GESPIELIN DER CYBORGS

INTERSTELLARE BRÄUTE® PROGRAMM: DIE KOLONIE - 2

GRACE GOODWIN

Gespielin der Cyborgs: Copyright © 2017 durch Grace Goodwin

Alle Rechte vorbehalten. Dieses Buch darf ohne ausdrückliche schriftliche Erlaubnis des Autors weder ganz noch teilweise in jedweder Form und durch jedwede Mittel elektronisch, digital oder mechanisch reproduziert oder übermittelt werden, einschließlich durch Fotokopie, Aufzeichnung, Scannen oder über jegliche Form von Datenspeicherungs- und -abrufsystem.

Herausgegeben von Grace Goodwin unter KSA Publishing Consultants Inc.

Goodwin, Grace
Gespielin der Cyborgs
Coverdesign: Copyright 2019 durch Grace Goodwin, Autor
Bildnachweis: Deposit Photos: RomarioIen, Angela_Harburn

Anmerkung des Herausgebers:
Dieses Buch wurde ausschließlich für *volljährige Leser* geschrieben. Spanking und andere sexuelle Aktivitäten, die in diesem Buch vorkommen, sind reine Fantasien, die für Erwachsene gedacht sind, und werden vom Autor und vom Verleger weder unterstützt noch ermutigt.

WILLKOMMENSGESCHENK!

TRAGE DICH FÜR MEINEN NEWSLETTER EIN, UM LESEPROBEN, VORSCHAUEN UND EIN WILLKOMMENSGESCHENK ZU ERHALTEN!

http://kostenlosescifiromantik.com

INTERSTELLARE BRÄUTE® PROGRAMM

DEIN Partner ist irgendwo da draußen. Mach noch heute den Test und finde deinen perfekten Partner. Bist du bereit für einen sexy Alienpartner (oder zwei)?

Melde dich jetzt freiwillig!
interstellarebraut.com

1

Kristin Webster, Abfertigungszentrum des Interstellaren Bräute-Programms, Erde

Als ich spürte, wie sich ein Schwanz...*dort* an mich drückte, wurde ich still und mein Atem stockte. Mein erster Gedanke war Panik. *Woher wusste er das?* Ich hatte mein Geheimnis noch niemandem verraten.

Noch nie.

Ihn nun dort zu begehren, von ihm gedehnt werden zu wollen, gefüllt—es war nicht richtig. Ganz und gar nicht. Oh, ich wusste, dass Kerle auf Analsex standen, zumindest wenn man jedem einzelnen Porno glauben durfte. Und über Pornos wusste ich nur zu gut Bescheid, nach drei Jahren Arbeit bei der Einsatzgruppe gegen Menschenhandel beim FBI—aber das hatte noch niemand von mir gefordert. Mich hatte noch nicht einmal jemand aus Versehen dort angestupst. Nicht auch nur eine Unterhaltung zum Thema *Hoppla, ich bin an deiner Pussy vorbeigerutscht und in deinem Hintern gelandet* hatte ich führen müssen.

Im Bett war ich immer nur ganz brav gewesen, hatte noch nie jemandem offenbart, was ich wirklich wollte oder brauchte. Hatte immer Angst gehabt. Bis jetzt zumindest.

Jetzt spürte ich diesen Schwanz, der sich gegen meinen Hintereingang drückte, und ich *wollte*, dass er mich öffnete und in mich eindrang. Tief in mich hinein, und mich fickte. Mich dehnte. Mir ein wenig weh tat. Sein Schwanz war größer als alles, womit ich je gespielt hatte, größer, als ich mir vorstellen konnte. Und er drückte sich in diesem Moment in mich. *Dort.* Entgegen jeglicher Vernunft, jeglicher Sinnhaftigkeit, wollte ich, dass er sich beeilte. Tief hinein fuhr und mich füllte, mich weit dehnte, bis ich um Gnade bettelte und mir sicher war, dass nichts mehr hinein passen würde. Mich auf eine Art ficken würde, die ich aus Angst noch keinem anderen Mann eingestanden hatte. Noch nie.

Warum beeilen?

Weil es bereits einen anderen Schwanz gab, der meine Pussy dehnte—aber ein Schwanz war nicht genug. Nicht für mich. Nicht für die unartige kleine Kristin.

Ich war ein böses Mädchen. Und keiner wusste es. Keiner ahnte es. Aber mein Gott, ich wollte ein böses, böses Mädchen sein... ich wollte, dass er mich an den Haaren riss und mich zum Betteln brachte, mich biss, bis es weh tat, und in meine Nippel kniff, bis sie brannten. Und jedes Einzelne dieser Begehren war so tief in mir vergraben, dass ich sie noch niemals laut ausgesprochen hatte. Nicht auch nur einmal. Nicht einmal zu mir selbst.

Aber meinem Traum-Ich war das egal. Sie gelüstete es. Sehnte sich danach. Fühlte sich ausgesprochen wohl zwischen den beiden mächtigen Männerkörpern. Es machte ihr nichts aus, zu fordern, was sie wollte. Zuzugeben, dass sie mehr brauchte als den Standard-Bums in der Missionarsstellung, den Albtraum, mit dem sich die meisten Menschen im Leben zufriedengaben. Irgendwo tief drin *wusste* sie, dass die beiden sich um sie kümmern würden. Ihr alles geben würden. Sie zum Schreien und Kommen bringen und dazu, nach mehr zu betteln.

Ich wollte so sehr betteln. So sehr vertrauen. So sehr loslassen. Mich hingeben.

Das hier war ein Traum. Musste es sein. Ich hatte noch nie einen echten Dreier gehabt. Nicht die biedere FBI-Agentin Kristin Webster. Männer hatten Angst vor mir oder dachten, dass ich zu hart war, zu kalt, zu abgehärtet von dem, was ich im Einsatz schon zu sehen bekommen hatte, um jemals im Bett dominiert werden zu wollen.

Sie lagen falsch. So unglaublich falsch.

Doch dies fühlte sich nicht *an* wie ein Traum. Nein, es fühlte sich echt an. Die *Schwänze* fühlten sich echt an. Die heiße Haut des Mannes unter mir—den ich ritt wie ein Cowgirl im Wilden Westen—sein dicker Schwanz, der meine Pussy so vollständig ausfüllte, an Stellen in mir rieb, die zum ersten Mal zum Leben erwachten. War das mein G-Punkt, den er traf?

Ich wimmerte, als diese breite Spitze wieder und wieder dagegen stieß.

Mein Kitzler rieb sich jedes Mal an ihm, wenn er in mich stieß. Tief hinein, so tief, dass er anstieß. Ich streckte den Rücken durch, verlagerte mich, bis ich so viel wie möglich von ihm aufnehmen konnte. Sogar noch mehr. Meine Hände pressen sich in die seidigen Laken neben seinen Schultern, kühl auf meiner hitzigen Haut, und ich streckte den Rücken durch und bot mich dem Mann hinter mir dar, der dort spielte. Mein Körper bettelte, sagte, was ich nicht aussprechen konnte, während ich die Knie weiter spreizte und meine Muskeln anspannte in der Hoffnung, seine Aufmerksamkeit zu gewinnen.

Wir alle waren schlüpfrig. Ich wusste, es war eine Art Öl, das uns glatter machte, mit reichem, exotischem Aroma. Berauschend. Der Geruch vermengte sich mit Sex und Haut und Mann. Meinen Männern. Ihr unverwechselbarer Geruch war mir vertraut, in diesem Körper, und er erfüllte meinen Geist mit Lust und Erinnerungen an andere Begegnungen, Orgasmen. Genuss. Sie ertränkten mich in Genuss.

Große Hände lagen auf meinen Hüften, führten mich, bewegten mich so, wie es dem Mann unter mir gefiel. Ein zweites Händepaar schlang sich von hinten um mich und umfasste und spielte mit meinen Nippeln. Sie waren harte Spitzen, so empfindlich, dass sich meine Innenwände bei jedem kräftigen Zupfen daran zusammenzogen und krampften. Seit wann hatten meine Nippel eine Direktverbindung zu meiner Pussy?

Nach einem besonders genüsslichen Ziehen daran stöhnte ich auf.

„Ich werde kommen", rief ich aus, und ich erkannte meine Stimme nicht. Wer war diese wilde Frau? Ich konnte nicht mit meinem Kitzler spielen, selbst wenn ich es gewollt hätte, denn ich hatte nicht die Erlaubnis dazu. Und das machte mich noch schärfer. Verzweifelter. Ich wusste, dass meine Gefährten mich nicht lassen würden. Wusste, dass meine Orgasmen ihnen gehörten. Woher ich das wusste? Keine Ahnung. Es war ein Traum. Ein seltsamer, geiler, unglaublicher Traum.

Ich würde nirgendwohin gehen, und wollte es auch nicht. Ich wollte, dass sie zu Ende führten, was sie begonnen hatten. Ich wollte, dass sie mich knackten und alles nahmen, jedes letzte Bisschen Lust und Selbstbeherrschung. Ich wollte ihnen gehören, vollständig. Kein Halten mehr. Keine verdammten Regeln. Nur ich...und sie.

Meine Männer. Sie gehörten *mir*.

Mit diesem leidenschaftlichen Gedanken senkte ich mich auf den Schwanz meines Gefährten hinunter und zappelte, ritt ihn mit meinem Kitzler, holte mir, was ich brauchte. Ich war nun von Sinnen. Ich brauchte einen Orgasmus. Ich brauchte, dass sie mich kommen ließen.

Eine Hand sauste auf meine rechte Arschbacke herunter, und ein lautes Klatschen hallte durchs Zimmer. Ich zuckte nur noch stärker um den Schwanz herum, der mich fickte, und es brachte mich meiner Erlösung nur noch näher.

„Kein Kommen, Gefährtin." Seine heiße

Hand landete noch einmal auf meinem Hintern, der scharfe Knall wie eine Droge für meine überladenen Sinne. „Nicht, bevor ich in deinem Hintern bin und wir dich gemeinsam in Besitz nehmen", sagte der Mann hinter mir. „Dann wirst du heftiger kommen. Es wird so viel besser sein."

Ich schüttelte den Kopf, verloren. Ich wollte nicht warten. Ich brauchte ihn jetzt.

Er schlug noch einmal zu. Ein Keuchen entkam meinen Lippen. Es brannte, aber schon bald breitete sich die Hitze hell und klar in meinem Kopf aus. Ich grinste, als mein Körper erbebte, der Effekt seiner Berührung war vielleicht das Gegenteil von dem, was er beabsichtigt hatte.

„Wenn du so weitermachst, werde ich kommen", sagte ich und leckte meine trockenen Lippen.

Ich hörte das dumpfe Rollen eines Männerlachens.

„Unser unanständiges Weib." Die Worte waren als Lob ausgesprochen worden, während der Schwanz sich stärker an meinen Hintereingang drückte. Die Ölschicht machte es ihm leicht, in mich einzudringen.

Ich hatte mich auf Schmerzen eingestellt—sollte ein so großer Schwanz nicht weh tun?—aber die traten nicht ein. Ich musste nur stöhnen, als die Spitze seines Schwanzes mit einem stillen Ploppen an dem engen Muskelring vorbei glitt, der ihn draußen halten wollte.

Vollgestopft, ausgefüllt, ich hatte mich nie zuvor so gefühlt. Ich sackte auf der Brust meines Gefährten zusammen, gab mich dem Gefühl hin, von ihnen genommen zu werden, gefickt, geliebt. *Nichts* würde diese beiden davon abhalten, mich in Besitz zu nehmen. Ich hatte nicht die Absicht, mich ihnen entgegenzustellen. Es fühlte sich so wahnsinnig gut an.

Sie bewegten sich, und ich schrie auf. Gegen die Empfindungen, zwei Schwänze in mir zu haben, die sich bewegten, kam ich nicht an. Ich konnte mich nicht zurückhalten. Ich war so erfüllt.

Mein Orgasmus baute sich auf, und meine Pussy fing bereits zu zucken an, aber der Mann hinter mir stöhnte auf und beide hielten still.

„Nein. Noch nicht. Nicht ohne unsere Erlaubnis." Die beiden hielten still, bis mein Körper von der Kippe zum Orgasmus wieder herunten war und ich die Männer, meinen Körper, den Raum langsam wieder bewusst wahrnahm. Ich konnte ihren schweren Atem hören, spürte, wie sie mich fester und fester packen, spürte ihre Schwänze in mir gleiten. Ich konnte *alles* spüren, und es ballte sich zu einem perfekten, hellen, heißen Ball zusammen, der gleich platzen würde.

„Bitte, bitte bewegt euch. Bitte", flehte ich, wollte meine Hüften bewegen, meinen Kitzler an dem Mann unter mir reiben. Irgendetwas.

„Noch nicht, Gefährtin."

Ich war langsam wie von Sinnen. Jedes Nervenende in meinem Körper war hellwach, meine Haut kribbelte, mein Körper war so empfindsam, dass ich mich bemühen musste, mich an Worte zu erinnern, und meine Lippen zwingen musste, sich um die Laute herum zu formen, damit ich überhaupt betteln konnte. „Bitte, ich kann es nicht erwarten."

„Dann werden wir die Worte nun sprechen."

„Tut *irgendwas*", wimmerte ich. Tränen

liefen mir über die Wangen, die einzige Erlösung, die mir in diesem Augenblick zur Verfügung stand, während ich zwischen ihnen klemmte, erobert. In ihrem Besitz.

„Nimmst du meine Besitznahme an, Gefährtin?", sprach der Mann unter mir, seine Stimme seidig und tief. Klar und fest, wenn man bedachte, dass wir gerade fickten und sein Schwanz hart wie Granit in meiner Pussy steckte. „Gibst du dich mir und meinem Sekundär frei hin, oder wünscht du, einen anderen primären Gefährten zu wählen?"

„Ja", schrie ich, mein Atem abgehackt, während ich mich daran gewöhnte, zwei große Schwänze in mir zu haben. Ich wusste, dass das nicht das Wort war, das er wollte, und das ich sagen sollte. Aber meine Pussy zuckte schon wieder zusammen, und ich brachte nicht mehr heraus. Konnte mich nicht aufs Sprechen konzentrieren.

„Sprich die Worte, Gefährtin, dann werden wir uns bewegen. Wir werden dich ficken, genau wie du es möchtest."

Ich leckte mir über die trockenen Lippen. Wenn ich wollte, dass sie mich rannahmen und mir gaben, was ich begehrte, dann musste ich mich konzentrieren. Zumindest ein paar Sekunden lang.

Das hier war bedeutsam. Die Besitznahme. Irgendwie wusste mein Traum-Ich, dass es bedeutsam war. So etwas wie ein ewiges, feierliches Versprechen. Zum Glück wusste sie, was sie sagen musste. „Ich nehme eure Besitznahme an, Krieger."

Sobald ich mein Gelöbnis ausgesprochen hatte, knurrten meine Gefährten, ihre Selbstbeherrschung war am Ende. Erst da erkannte ich, dass ich nicht die Einzige war, die sich kaum noch halten konnte.

„Dann nehmen wir dich in Besitz, durch das Ritual der Benennung. Du gehörst uns, und wir werden jeden anderen Krieger töten, der es wagt, dich anzufassen."

„Mögen die Götter euch bezeugen und beschützen.", erklang ein Stimmenmeer um uns herum.

Wir waren nicht alleine?

Oh mein Gott. Und diese Stimmen? Sie waren tief. Männerstimmen. Und es waren viele.

Meine Innenwände zuckten zusammen, als ich feststellte, dass wir Zuseher hatten. Ich hatte einen Schwanz in meiner Pussy und einen in meinem Hintern, ich war nackt und bettelte, und uns sah jemand dabei *zu*?

Ein Teil von mir, der konservative, verklemmte, nie die Regeln brechende Teil schrie in meinem Kopf auf. Aber meinem Traum-Ich war das egal. Es war zu viel. Noch eine neue Erkenntnis für mich—ich hätte nie gedacht, dass Exhibitionismus mich scharf machen würde—und ich liebte es, zu wissen, dass andere uns zusahen, begehrten, unsere Lust mit ihren Augen verschlangen, und uns doch nicht anfassen durften.

Hätte ich gewusst, was für ein unanständiges Mädchen ich war, dann hätte ich mir schon lange einmal zwei Männer gesucht, die es mir geben konnten.

Eine Hand fuhr auf meinen Hintern herunter, während beide Schwänze sich herauszogen, dann tief eindrangen, mich gemeinsam völlig ausfüllten mit harten, schnellen Stößen, und ich aufschrie von der Lust und dem Schmerz, davon, so vollständig genommen zu werden.

„Niemand anderer wird dir dies geben", knurrte der hinter mir, während seine Hand mir ins Haar fuhr und meinen Kopf nach hinten riss. Er winkelte meinen Kopf ab, bis ich ihn über die Schulter hinweg ansah, und er küsste mich heftig und tief, während der Mann unter mir das Spielen mit meinen Nippeln übernahm. Hatte ich die letzten Worte laut ausgesprochen?

Seine Zunge stieß tief in mich hinein, während sein Schwanz in meinem Hintern hin und her fuhr, hart und fest und gnadenlos. Der Schrei wuchs in meiner Kehle heran, und mein Körper spannte sich um sie beide herum an. Die Mühe dessen, sich zurückzuhalten, staute sich auf wie eine Bombe, die gleich in mir explodieren würde.

Er unterbrach den Kuss und biss mir sanft ins Ohr. „Komm, Gefährtin. Jetzt."

Unter seinem dominanten Ton, dem Brennen von seinem scharfen Schlag auf meinen Hintern und den Schwänzen tief in mir zerbrach ich in Stücke.

Ich schrie und zuckte, während sie mich zwischen sich festgeklemmt hielten. Meine Muskeln spannten sich an, dann erschlafften sie, spannten sich wieder an, gaben sich der Lust hin, die sie mir bereiteten. Meine Handflächen pressten sich in die heiße Haut der Männerbrust unter mir, meine Finger krümmten sich und hinterließen wohl kleine Abdrücke. Meine Pussy zog sich um ihn herum zusammen wie eine Faust.

Die Männer wurden schneller, hemmungsloser, fickten mich und wechselten ihren Rhythmus ab, hielten das selige Gefühl aufrecht, ließen meine Lust länger und länger nachhallen, bis ich keinen Atem mehr hatte und noch einmal explodierte. Das scharfe Zerren der Hand meines Gefährten in meinem Haar hielt mich wie eiserne Handschellen fest, mein einziger Anker in der Wirklichkeit. Ich konnte mich nicht losreißen, nicht aus ihrem Besitz entkommen, konnte nichts tun, als die dominanten Stöße ihrer Schwänze hinzunehmen, während sie mich mit einem Hunger in Besitz nahmen, der meinen eigenen vorantrieb. Ich wirbelte schon wieder in die Höhe, so knapp vor dem Orgasmus, mein Körper noch nicht völlig befriedigt. Ich wimmerte ungläubig, als ich spürte, wie sie erstarrten und anschwollen, mich bis an die Grenzen ausfüllten und dann kamen.

Ihr Samen spritzte heiß in mich, so reichlich, dass er heraustropfte und mich benetzte. Sie benetzte. Wir waren eins, vereint, und ich war es gewesen, die es vollbracht hatte. Diese Familie geschaffen hatte. Sie gehörten mir.

Der Gefährte in meinem Rücken leckte mich am Nacken, schmeckte die glitzernde Feuchtigkeit, die ihre Zuwendungen mir entrungen hatten. „Braves Mädchen, wie du allen gezeigt hast, wieviel Lust dir deine Gefährten bereiten. Es steht außer Frage, dass du uns gehörst. Du willst uns, brauchst uns, ebenso wie wir dich brauchen."

Ich spürte, wie der Mann vor mir sich aufsetzte, starke und kraftvolle Muskeln unter meinen Händen. Sein Mund drückte sich mit einem feurigen Kuss auf meine Lippen, während der Mann hinter mir an meinem Ohr und meinem Nacken knabberte, mir sanft in die Schulter biss. Der Schmerz ließ meine Hüften zucken, und ich glitt nach unten, drückte ihre beiden

Schwänze wieder tiefer in mich hinein und gab mich ihnen völlig hin, war zwischen ihnen gefangen, von beiden verehrt.

„Gefährtin", wiederholten sie, wieder und wieder. Keiner von ihnen zog sich heraus. Keiner wurde in mir weich. Ich wusste, dass wir noch nicht fertig waren. Wir würden noch einmal ficken, und ich konnte nichts sagen als...

„Bitte." Ich wollte, dass sie es schnell taten. Sich bewegten. Mich bissen. Mich verhauten. Mich fickten, als könnten sie niemals genug von mir bekommen. Ich war immer noch an der Kippe, mein Appetit auf sie war nicht annähernd gestillt. „Bitte, macht schnell."

„Miss Webster."

Diese Stimme nervte mich, und sie gehörte nicht zu meinen Gefährten. Ich ignorierte sie, konzentrierte mich auf die heißen Körper um mich herum. Ich brauchte mehr. Warum bewegten sie sich nicht? Sagten nichts? Fickten mich nicht? Machten mich nicht zu ihrem Eigentum. Ließen mich nicht *spüren*.

„Bitte", flehte ich noch einmal. „Gebt es mir. Beide."

„Miss Webster!"

Es war keine Männerstimme, die nun sprach, sondern die Stimme einer Frau, und ihre Stimme war laut und voller Intensität, die mit Sex nichts zu tun hatte. Oder mit Orgasmen. Oder mit harten, zustoßenden Schwänzen.

Nein. Nein. Nein. Ich kämpfte darum, an ihnen festzuhalten, an ihrer Lust, aber meine Gefährten verblassten, als würde ich wirklich gerade aus einem Traum erwachen. Einem scharfen, verdammt unglaublichen Traum.

Ich öffnete die Augen, blinzelte. Blinzelte ein zweites Mal.

Saubere weiße Wände. Ein nicht gerade ansehnliches Krankenhaus-Hemd, das mir über die empfindlichen Nippel rieb. Arme, die mit harten Metallhandschellen an meine Seiten geschnallt waren, während ich in einem Stuhl mit befremdlichen Computerteilen und Sensoren saß, die an meinem Körper und meinem Kopf befestigt waren. Ich war nackt unter dem Hemd, und die harte Sitzfläche unter mir war verschmiert und nass von meiner Erregung.

Aufseherin Egara mit ihrem dunklen

Haar, ihren freundlichen Augen und ihrem strengen Gesichtsausdruck starrte mich an, als wäre ich eine Kuriosität in einem Zirkus.

Oh. Mein. Gott.

Wie peinlich. Gott, konnte sie das etwa riechen? Roch ich nach Sex? Was würde sie von mir denken? Sollte ich überhaupt so erregt sein? Das bezweifelte ich. Ich musste für sie ein ganz schönes Theater gewesen sein. Die arme kleine Kristen, die Männern nicht traute. Die schon drei Jahre lang keine Verabredung mehr gehabt hatte. Die einen Mann auf sein Telefon blicken sah und sofort vermutete, dass er sich Kinderpornos anschaute oder eine Nutte bestellte, oder ein Dutzend anderer Dinge tat, die ich von bösen Männern schon erlebt hatte.

Ich war aus einem Grund hier im Abfertigungszentrum für Interstellare Bräute. Ich hatte zu viel gesehen. Ich brauchte einen Neuanfang. Und vielleicht konnte ich mein Hirn abschalten und es im Bett mit einem Alien wieder richtig schön haben, mit einem Mann, von dem ich wusste, dass er ehrenhaft war und mir vom fortschrittlichsten Partnervermittlungs-System, das je erschaffen wurde, zugeordnet worden war. Die Zuordnungsprotokolle ließen menschliche Partnerbörsen aussehen wie ein Steinzeit-Werkzeug neben einem Raumschiff.

Ich seufzte und blinzelte die Aufseherin an. Also hatte ich gerade keinen umwerfenden, sexy Dreier mit zwei gut bestückten Männern in einem Raum voller Zuschauer gehabt. Nein, ich war im Testzentrum für Interstellare Bräute gewesen. Ich war an den Teststuhl geschnallt und hatte gerade Aufseherin Egara angebettelt, es *mir zu geben*.

„Könnten Sie mich bitte jetzt sofort transportieren, damit ich Ihnen nicht mehr in die Augen blicken muss?", fragte ich. Da meine Handgelenke an den Armlehnen des äußerst unbequemen zahnarztähnlichen Stuhl geschnallt waren, konnte ich mir nicht einmal die Hände vors Gesicht halten.

Es war ja nicht einmal mein Hintern völlig verdeckt von dem dämlichen Krankenhaus-Hemd, das immerhin hinten offen war. Ich zappelte mit den Hüften. Während meine Pussy vor Erregung und von dem

Orgasmus noch ganz angeschwollen und schwer war, hätte ich schwören können, dass ich noch spüren konnte, wie der Umfang der Männerschwänze mich weit dehnte, an...beiden Stellen.

Aber mein Verstand kämpfte dagegen an, wie mein Körper sich fühlte. Da waren keine Schwänze. Keine scharfen Männer, die mich am Haar rissen, in mich hinein stießen und mich auf Kommando kommen ließen.

Stattdessen war da die Aufseherin. Von schmaler Statur, ihr dunkles Haar vom Nacken hoch in einen seriösen Knoten gebunden. Ihre rote Uniform trug die Abzeichen des Bräute-Programms an der Brust, und sie wirkte wie eine Frau, die freundlich war, jedoch auch auf ihre Aufgabe konzentriert.

„Ich versichere Ihnen, ich habe schon Schlimmeres gehört."

Meine Augen wurden groß. „Ich will mir gar nicht vorstellen, was andere Frauen so zu sagen hatten."

Sie wandte sich ab, setzte sich vor mir an einen Tisch und wischte auf ihrem Tablet herum. Eine Minute lang war sie still, dann blickte sie zu mir hoch und lächelte.

„Ihren Worten nach zu schließen hatten Sie zwei Männer in Ihrem Traum. Und daran, wie Sie gerade erröten, erkenne ich, dass das stimmt."

Ich sagte nichts dazu. Ich wollte mich nur in einem Loch verkriechen und sterben, oder vom Planeten transportiert werden.

„Sie sind einem Krieger von Prillon Prime zugeordnet worden. Herzlichen Glückwunsch."

„Sie scheinen darüber selbst erfreut zu sein", antwortete ich. Meine Handflächen waren feucht und ich hatte nichts, woran ich sie abwischen konnte.

„Ich weiß aus erster Hand, dass Prillon-Männer äußerst feurig sind. Besitzergreifend. Dominant."

Ja, das fasste die beiden Kerle in meinem Traum durchaus zusammen, und ich konnte mich nicht einmal an ihre Gesichter erinnern. Nur an ihre Schwänze.

„Aus erster Hand? Sie sind zugeordnet worden?", fragte ich.

Die Freude schwand aus ihrem Gesicht. „Ja, aber das ist schon lange her."

Ich wusste aus dem Infomaterial des

Programms, das eine Zuordnung fürs Leben war, zumindest nach der dreißigtägigen Testzeit. Das hieß, dass *beiden* ihrer Gefährten etwas Furchtbares zugestoßen sein musste, wenn sie zurück auf der Erde war.

„Nehmen Sie Ihre Zuordnung an?", fragte sie als Nächstes.

Wollte ich auf der Erde bleiben und hier einen Mann finden? Guter Gott, nein. Beruflich Sexualverbrechern und Menschenhändlern hinterherzujagen hatte mir die Männer auf der Erde gründlich verdorben. Was sie hier Frauen antaten, und noch schlimmer, Kindern, brachte mich dazu, sie alle zu meiden. War das unfair? Ja. Es gab auch gute Kerle da draußen, aber ich würde meine Zeit nicht damit verschwenden, sie unter all den faulen Äpfeln herauszusuchen. Die Arbeit beim FBI konfrontierte mich mit den schlimmsten Verbrechern und der Gürtelzone der Gesellschaft. Ich wusste, dass ich abgestumpft war, misstrauisch und kalt. Ich hatte eine Mauer aus Eis um mein Herz herum errichten müssen, um durchzuhalten. Die Frauen und Kinder, denen ich geholfen hatte, brauchten von mir nicht, dass ich weich oder hilfsbedürftig war. Sie brauchten von mir, dass ich stark war, gnadenlos und knallhart, genau wie die Kriminellen, die ich die letzten Jahre lang gejagt hatte.

Und ich hatte meine Rolle erfüllt. Jetzt war ich ausgelaugt.

Nun brauchte ich einen Neuanfang auf einem Planeten, wo ich nicht jeden Mann ansehen und das Schlimmste annehmen musste. Warum Zeit damit vergeuden, einen Mann zu suchen, der kein Arschloch war, wenn ich den perfekten Mann—oder zwei—mit einem effizienten, bewährten Zuordnungstest bekommen konnte?

Und es schien, als würde ich zwei Gefährten bekommen. Gott, an die Möglichkeit hatte ich noch nicht einmal gedacht. Warum auch? Ich wollte nicht einmal einen Erdenmann, geschweige denn zwei.

„Ich bin einem Krieger von Prillon zugeordnet worden, aber ich bekomme zwei Gefährten?"

Sie legte den Kopf leicht zur Seite. „Ja, Sie sind einem Prillon-Krieger zugeordnet worden, aber die nehmen eine Gefährtin stets mit einem vorbestimmten Sekundär in Besitz. Die Krieger auf Prillon Prime sind weithin dafür bekannt, im tiefen All den Hive zu bekämpfen. Sie haben eine hohe Verlustrate und wählen einen Sekundär, um ihre Gefährtin zu beschützen und sich um jegliche Kinder zu kümmern, falls das Undenkliche passiert."

„Falls sie im Kampf umkommen?"

Ihre grauen Augen waren traurig. „Ja. Sie würden ihre Familie niemals schutzlos zurücklassen. Alle Prillon-Krieger wählen einen Sekundär, einen Mann, dem sie vertrauen und den sie schätzen. Dieser zweite Krieger wird ein ebenso hingebungsvoller Gefährte sein wie ihr erster. Rechtlich gesehen werden Sie dem prillonischen Gesetz nach mit beiden verpartnert sein."

„Wie in dem Traum." Ich erinnerte mich an die genaue Ausdrucksweise, die er mir gegenüber verwendet hatte, und die ich zur Antwort genutzt hatte. *Unsere Besitznahme.* Nicht *meine.*

„Wie in dem Traum. Sobald Sie Ihre Gefährten kennenlernen, haben Sie dreißig Tage lang Zeit, deren Besitznahme anzunehmen oder ihnen mitzuteilen, dass Sie wünschen, jemand anderem zugeordnet zu werden."

Ihre Besitznahme annehmen? Ja, ich wusste, wie die Besitznahme aussehen würde, und ich zuckte zusammen.

„Fürs Protokoll, nehmen Sie diese Zuordnung an?", fragte sie, und ihre Stimme wurde monoton und offiziell. „Sobald Sie die Zuordnung annehmen, werden Sie offiziell eine Bürgerin von Prillon Prime. Sie werden nicht zur Erde zurückkehren, Kristin."

Wollte ich die Zuordnung annehmen? Wenn ich Ja sagte, würde ich von der Erde nach Prillon Prime transportiert werden, mehrere Lichtjahre entfernt. Das war kein Trip nach Italien.

Aber war das nicht genau das, was ich wollte? Ich hatte mich freiwillig hierzu gemeldet. Ich hatte meinen eigenen Hintern in das dämliche Krankenhaus-Hemd gezwängt und mich den Tests unterzogen. Ich hatte jede Minute des Traumes absolut genossen. Ich wollte mehr. Ich wollte mich fühlen wie diese Frau: wild, wollüstig und frei.

„Ja." Es gab jetzt kein Zurück mehr. „Ja, ich nehme die Zuordnung an."

Sie nickte knapp, und ihre Finger wischten eifrig über ihr Tablet. „Damit wir uns an das Protokoll halten, nennen Sie bitte Ihren Namen."

„Kristin Webster."

„Waren Sie jemals oder sind Sie derzeit verheiratet?"

„Nein."

„Irgendwelche biologischen Nachkommen?"

„Nein."

„Ich bin verpflichtet, Sie darauf hinzuweisen, obwohl ich dies bereits erwähnte, dass Sie dreißig Tage lang Zeit haben werden, den Gefährten, der für Sie von den Zuordnungsprotokollen des Interstellaren Bräute-Programms ausgewählt wurde, anzunehmen oder abzulehnen."

Ich holte tief Luft und atmete aus. Keine Einsatzgruppe für Sexualverbrechen mehr. Keine bösen Jungs mehr. Kein FBI mehr. Verdammt, keine Erde mehr. Genau das, was ich wollte.

Ich holte tief Luft und atmete aus. „Ich

schätze, ich gehe nach Prillon Prime. Wann bekomme ich meine Männer?"

Ich musste bei dem Gedanken einfach grinsen. Es schien verrückt. Es *war* verrückt.

Sie blickte noch einmal aufs Tablet hinunter, wischte noch ein paar Mal und blickte hoch. Mit strahlendem Lächeln. „Wie wär's mit jetzt gleich? Ihr Gefährte lebt auf einem sekundären Prillon-Planeten, der als die Kolonie bezeichnet wird. Sie sind einem Krieger mit achtundneunzig Prozent Kompatibilität zugeordnet worden."

Die Kolonie? Nie davon gehört, aber wen kümmerte das schon. Alien war Alien. „Und der sekundäre Gefährte macht die restlichen beiden Prozent aus?", fragte ich.

Sie trat zurück und lachte über meinen Sarkasmus. „Könnte man so sagen."

Mit einem letzten Wisch mit ihrem Finger öffnete sich die Wand hinter mir, und ein blaues Licht trat dahinter hervor. Ich drehte den Kopf herum, konnte aber nichts sehen außer dem farbigen Leuchten.

„Keine Panik. Wenn Sie aufwachen, Kristin Webster, wird Ihr Körper für die dortigen Bräuche und die Anforderungen Ihres Gefährten präpariert worden sein. Er wird dort auf sie warten." Es klang, als würde sie ein Skript herunterbeten, und das bedeutete, dass ich nicht die einzige Frau war, die an diesem Punkt leichte Panik bekam.

Zwei große Metallarme mit riesigen Nadeln am Ende schienen zu beiden Seiten auf meinen Kopf heran zu fahren. „Moment bitte. Was zur Hölle sind diese Dinger?"

Ich versuchte, davonzurutschen, aber das funktionierte nicht, da ich immer noch an den verdammten Stuhl geschnallt war.

„Sie werden Neuroprozessor-Units anbringen, die sich mit den Sprachzentren in Ihrem Gehirn verbinden und es Ihnen auf diese Weise ermöglichen, jede Sprache zu sprechen und zu verstehen. Bleiben Sie ruhig, dann sind Sie schon bald bei ihrem Gefährten."

Ich hielt den Atem an, als die Nadeln näherkamen und dann in meine Schläfen stachen, direkt über den Ohren. Ich zuckte zusammen, aber so schmerzhaft war es gar nicht. Sobald sich die Roboterarme zurückgezogen hatten, glitt mein Stuhl nach hinten und ich wurde in ein warmes, blau leuchtendes Bad gelassen. Ich atmete aus und entspannte mich, denn alle Furcht schien dahinzuschmelzen.

„Kristin Webster, Sie sind unterwegs zu Ihrem Prillon-Krieger. Ich bin nicht voreingenommen, denn jede Frau wird dem Planeten zugewiesen, der für sie perfekt ist, aber diese Prillon-Männer liegen mir besonders am Herzen. Ich weiß, dass Sie dort glücklich werden, so wie ich es einmal war."

Ich seufzte und schloss die Augen. Glücklich? Das war der größte Traum von allen.

„Ihre Abfertigung beginnt in drei... zwei... eins."

Alles wurde schwarz.

2

Captain Hunt Treval, die Kolonie, Basis 3, Abfertigungsraum für Neuankömmlinge

UNGEDULD NAGTE AN MIR, ließ mich in meinem Stuhl zappeln. Über den Tisch hinweg starrten mich unsere vier letzten Neuankömmlinge mit einer Mischung aus Rage und Verzweiflung an. Sie versuchten, ihren Schmerz zu verbergen, aber den Zorn? Der Zorn zeichnete sich klar in den angespannten Linien ihrer Körper ab, in der grimmigen Spannung in ihren Lippen, der völligen Abwesenheit jeden Fünkchens Humors in ihren Augen. Sie waren Krieger der Koalitionsflotte, hatten Gefangenschaft und Folter in der Gewalt unseres Feindes, des Hive, überlebt, und nun waren sie *hier*.

Hierher wollte niemand.

Diese Teufelswut war etwas, das Kriegern nur allzu vertraut war. Und wer auf die Kolonie geschickt wurden, hatte mehr Anlass zur Rage als die meisten. Ich wusste das. Wir alle wussten es. Wir waren Ausgestoßene. Verlassen. Abgelehnt von jenen, für deren Schutz wir gekämpft hatten, bevor wir die Höllenqualen von Folter und Experimenten durch den Feind erlitten hatten. Wir hatten überlebt, einige von uns nur knapp, aber wir waren nicht länger *erwünscht*. Und es war schwer, das zu akzeptieren. Das Eintreffen in der Kolonie war der Nachweis für diese Ablehnung, so wie die Veränderungen an unseren Körpern der Nachweis waren, dass wir nie wieder ganz sein würden.

Wut überdeckt eine Bandbreite anderer Emotionen gut, aber ganz besonders Schmerz. Als Krieger waren wir die stärksten, härtesten Typen im Universum. Verletzte Gefühle waren nicht unser Ding. Die meisten, die in den vergangenen zwei Jahren durch dieses Zimmer gekommen waren—seit ich damit beauftragt worden war, Neuankömmlinge bei der Eingewöhnung zu unterstützen—würden lieber Folter als Tränen wählen. Diese Vier, so schien es, waren da keine Ausnahme.

„Ich wünsche, auf meinen Heimatplaneten zurückzukehren." Der große atlanische Kampflord, ein Riesenkrieger namens Rezz, funkelte mich aus seinem Stuhl heraus an. Seine tellergroßen Hände ballten sich wieder und wieder um die Armlehnen an seinem Stuhl zu Fäusten zusammen, und ich blickte in die Ecke des Raumes, wo mein Sekundär Captain Tyran mit einem Ionen-Blaster und einem Betäubungsgewehr im Anschlag bereitstand. Ich traf seinen dunklen Blick, nur für einen Augenblick, mit fragendem Ausdruck.

Tyran nickte, die Bewegung war kaum wahrnehmbar. Er war schussbereit. Nicht, dass er die Waffen brauchen würde, selbst gegen das Biest. Der Hive hatte Tyrans

Knochen und jede wichtige Muskelgruppe in seinem Körper verstärkt. Er war stark, stärker als jede andere lebende Kreatur, die ich gesehen hatte, einschließlich eines Atlanen im vollen Biest-Modus. Als Tyran und ich gemeinsam in Gefangenschaft gerieten, waren wir Freunde gewesen. Nach dem, was sie uns angetan hatten, wusste ich, dass es niemand anderen gab, dem ich eine Gefährtin anvertrauen würde, und ich hatte ihn gebeten, mein Sekundär zu werden.

Damit, dass wir das Vertrauen des anderen im Kampf brauchen würden, war es nun vorbei. Eine Gefährtin zu teilen, würde hoffentlich unsere Zukunft sein und noch viel wichtiger als alles andere, was wir getan hatten.

Als zum ersten Mal jemandem auf der Kolonie eine Gefährtin zugeordnet worden war, eine Erdenfrau namens Rachel, war ich skeptisch gewesen. Aber zuzusehen, wie sie einen von uns in den Armen hielt, während er starb, hatte meine Meinung über das Interstellare Bräute-Programm geändert. Darüber, eine Gefährtin zu haben. Ich hatte mich nach der sanften Berührung von Frauenhänden auf meiner Haut gesehnt, nach jemandem, der mich mit etwas anderem als Angst in den Augen anblicken würde. Götter, ich sehnte mich so sehr danach, aber ich hatte angenommen, dass die Verbannung auf die Kolonie bedeuten würde, dass dieses Glück nie mir zuteil werden würde. Dass ich niemals eine Gefährtin gewährt bekommen und niemals eine heiße, willige Frau mit Tyran teilen würde.

Aber Rachels Ankunft hatte alles verändert. Begierig ließ ich mich sofort am nächsten Tag testen, Tyran am Tag darauf. Und nun warteten wir einfach und versuchten, nicht zu hoffen. Hoffnung war schmerzhaft, erfüllte meine Brust mit einer Leere, die keine noch so große Menge an Alkohol oder Arbeit je stillen konnte. Jedes Mal, wenn ich Rachel—Lady Rone—mit ihren Gefährten Gouverneur Maxim und Captain Ryston zusammen sah, wurde diese Hoffnung schlimmer.

Ich hatte gelernt, dass Hoffnung eine gefährliche Sache war. Ein wenig davon war zum Überleben notwendig, aber zu viel davon, und die Enttäuschung würde grausam sein. Es war ein empfindliches Gleichgewicht, mit dem ich seit meiner eigenen Ankunft auf diesem Planeten leben musste.

Aber seit meinem und Tyrans Test waren Wochen vergangen. Hunderte Krieger waren auf der Kolonie getestet worden, und keine neuen Bräute waren eingetroffen. Diejenigen von uns, die hier in der Falle saßen, fingen an, die Hoffnung auf eine Zuordnung wieder aufzugeben. Hoffnung verblich. Wut war besser. Und Arbeit.

Ich hatte drei Koalitionskrieger vor mir sitzen und einen der furchteinflößenden Jäger von Everis, der selbst jetzt in einiger Distanz zu den anderen saß. In ihren Augen lag überhaupt keine Hoffnung mehr. Das war der Grund, weshalb Tyran seine Hand aufmerksam über seine Ionen-Pistole hielt, auf seinem Posten neben der Tür.

Der Jäger Kjel war aus einem getrennten Bereich des Hive-Baus geborgen worden, einem Bereich, der für die Zucht vorgesehen war. Er sah harmlos genug aus, sein dunkles Haar und seine blasse Haut eher wie ein Krieger von der Erde oder von

Trion. Aber er war alles andere als menschlich, die Jagdkünste seines Volkes furchteinflößend und unerklärlich. Sie waren wie Phantome, die in die Abgründe des Weltraums blicken konnte. Nichts und niemand konnte sich vor ihnen verbergen.

Kjel war unser erster Jäger, und ich war mir noch nicht ganz sicher, was wir mit ihm anfangen sollten.

Niemand außer mir und Gouverneur Rone kannte den gesamten Inhalt der Akten dieser Männer, aber mir schauderte bei dem Gedanken daran, was dieser stolze und tödliche Jäger hatte ertragen müssen. Die Everianer waren die tödlichsten Auftragskiller, Spione und Fährtensucher der Flotte. Sie machten einen großen Teil des Geheimdienstes der Koalitionsflotte aus, und der Hive war, wenn sie einen Jäger gefangen nehmen konnten, absolut gnadenlos. Ich war schockiert darüber, dass der Jäger überhaupt überlebt hatte.

Kjel von Everis musste einen Willen aus Eisen haben. Unzerbrechlich. Was in der Schlacht hilfreich war, aber nicht hier. Ich brauchte von diesen Männern, dass sie als Team zusammenarbeiteten und sich in unsere Gesellschaft integrierten. Ein wenig Hoffnung schöpften, dass ihr altes Leben vielleicht vorüber war, aber ein neues sich schaffen lassen konnte. Es war meine Aufgabe, meine Pflicht, dafür zu sorgen, dass sie das taten.

Diese Männer brauchten Arbeit, einen Zweck, einen Wohnplatz und eine neue Gruppe von Waffenbrüdern, die ihnen dabei helfen konnten, mit ihrem neuen Leben fertigzuwerden.

Die Kolonie war kein Zuhause, für niemanden von uns. Selbst die Gefährtin des Gouverneurs hier zu haben, reichte nicht aus. Dieser Ort war ein Gefängnis, unsere Endstation, und wir alle wussten das. Eines Tages, mit Gefährtinnen und Kindern, konnte es vielleicht ein Zuhause für uns alle werden. Aber bis dahin...

„Keiner von uns kommt nach Hause, Kampflord." Ich deutete zu meinem rechten Auge und schob den linken Ärmel hoch, um den metallischen Schimmer sichtbar zu machen, der knapp unter der Hautoberfläche meinen entblößten Arm und die Hand überzog. Zu diesen Treffen trug ich nie meine Rüstung, wählte stattdessen eine zivile Tunika mit kurzen Ärmeln und Hosen, um diese Krieger daran zu erinnern, dass ich nicht gegen sie kämpfte. Ich war nicht der Feind. Auch ich hatte gekämpft, war in Gefangenschaft geraten. Gefoltert worden. Befreit worden. Hatte überlebt. *Lebte.*

Rezz' Blick flog zu meinem Arm, dann verweilten er auf den handgenähten Ziernähten am Ärmel, bemerkten den grünen Gefährtenkragen um meinen Hals, und er verzog das Gesicht noch stärker. Dieser verweilende Blick, und die verächtlich verzogene Lippe beim Anblick meines Kragens verbesserten meine Laune nicht gerade. Ich trug ihn schon seit drei Monaten, seit dem Tag, an dem ich mich den Testprotokollen des Bräute-Programms unterzogen hatte. Ich trug ihn, um andere dazu zu ermutigen, sich ebenfalls testen zu lassen. Um ihnen zu zeigen, dass ich *Hoffnung* hatte, dass sie kommen würde. Dass ich ihr bereits gehörte, wo auch immer im Universum sie noch war. Als meine Hoffnung nach und nach geringer wurde, wurde die Gegenwart des Kragens eine Quelle von Spott zu den Mahlzeiten, wenn die anderen meine Zuversicht verhöhnten. Manche zweifelten sogar daran, dass ich mich überhaupt hatte testen lassen.

Mir war egal, was diese Scheißkerle dachten. Ich hatte die verdammte Hoffnung. Ich war fest entschlossen, stärker zu sein als sie. Ich weigerte mich, daran zu glauben, dass dieses einsame Leben mein Schicksal war. Ich weigerte mich, den Kragen abzunehmen. Sie würde kommen. Irgendwann.

„Ich werde hier nicht verweilen wie ein Gefangener", sagte Rezz nachdrücklich.

„Sie sind kein Gefangener, Kampflord." Ich seufzte, lehnte mich in meinem Stuhl zurück und machte mich aufs Schlimmste gefasst. Zweimal in den letzten zehn Jahren war ein Biest hier eingetroffen und hatte die Beherrschung verloren. Diese Tatsache war mir und allen anderen Kolonie-Offizieren, die der Unterhaltung beiwohnten, nur allzu bewusst. Tyran war nicht die einzige Sicherheitskraft im Zimmer. Drei Krieger pro Neuankömmling war meine Präferenz. Heute waren wir weit unterbesetzt. Mit Tyran waren nur sieben Wachen anwesend —und keiner von ihnen war Atlane. Wenn

Kampflord Rezz die Beherrschung verlor und in den Biest-Modus wechselte, würden wir selbst mit Tyrans Kraft den Atlanen wahrscheinlich töten müssen. Eine Aktion, die ich gerne vermeiden wollte.

Früher einmal hätte der Gedanke daran, das Biest exekutieren zu müssen, mich in einen Teufelskreis aus Trauer und Selbsthass gestürzt. Reue. Frust und das Gefühl, verraten zu sein. Aber nicht nur er musste gerade damit fertig werden, auf der Kolonie zu sein, sondern auch sein Biest. Es war ein innerer Willenskampf, und ich musste bei Kampflord Rezz erst herausfinden, wer gewinnen würde.

Ich wusste, wie er sich fühlte. Gefangen. Einem Gefängnis entkommen, nur um in einem anderen Gefangnis zu landen. Vor drei Jahren hatte ich mit Tyran auf der anderen Seite des Tisches gesessen. Und kurz davor hatten wir drei grauenvolle Tage in den Händen der Hive-Integrationseinheit verbracht, bevor das Bergungsteam der Koalition uns herausgeholt hatte. Wir hatten Glück gehabt. Waren noch zu retten gewesen. Auch wenn es sich zu der Zeit nicht wie Glück angefühlt hatte.

Nun war die einzige Emotion, die mich durchströmte, während ich Rezz bei seinen Beherrschungsversuchen beobachtete, Resignation. Er würde sich entweder unter Kontrolle bringen, oder nicht. Es gab keinen Mittelweg.

Und er hatte nicht unrecht. Obwohl dies hier genau betrachtet kein Gefängnis war, würde niemand von uns nach Hause zurückkehren. Nie wieder. Und auch, wenn in den Koalitionswelten allgemein die Ansicht herrschte, dass die Krieger auf der Kolonie mit Hive-Technologie verseucht waren und nicht dazu geeignet, sich wieder in die Gesellschaft auf ihren Heimatplaneten einzugliedern, war die Wahrheit noch schlimmer—aber einfacher zu akzeptieren.

Die Koalitionsflotte war nicht in der Lage, die Ausstrahlung von Hive-Steuerbefehlen im großen Ausmaß zu unterbinden. Jeder Krieger hier hatte Hive-Technologie eingepflanzt bekommen, die nicht entfernt werden konnte, ohne uns umzubringen. Wir waren auf der Kolonie nur deswegen in Sicherheit, weil wir so tief im Koalitionsraum waren, dass der Hive uns nicht erreichen konnte, um mit unseren Gedanken zu spielen und uns wie Marionetten zu steuern. An ein paar von uns wurden experimentelle Implantate getestet. Wir testeten ein neues Gerät zum Scannen und Generieren von Störfrequenzen. Und Lady Rone, eine wissenschaftliche Expertin im Bereich Gehirn- und Körperchemie, half uns, neue Wege zu testen, wie wir unsere Körper gegen Hive-Angriffe stärken konnten.

Aber ich wusste, dass das vielleicht nicht ausreichte.

Auf den höchsten Befehlsebenen wollte man die Zivilbevölkerung unserer Planeten nicht darauf aufmerksam machen, dass wir Schwierigkeiten damit hatten, den Hive aufzuhalten. Es war beängstigend und konnte zu Massenpanik führen. Wir waren der Beweis für dieses Versagen, und wir durften einen solchen politischen Alptraum nicht durch unsere Anwesenheit auf den Heimatwelten enthüllen.

Die Koalitionsflotte hatte große Mühe, die Ausdehnung des Hive in das Gebiet der Koalition zu verhindern. Wir standen knapp davor, diesen verdammten Krieg zu verlieren.

Als Prinz Nial Primus unseres Planeten wurde, hatte er damit den Mantel des Kommandanten der gesamten Koalitionsflotte geerbt. Prillon Prime war die erste Welt gewesen, die sich dem Hive entgegengestellt und andere rekrutiert hatte, und die Koalition war um uns herum gewachsen. Wir kämpften schon seit langer, langer Zeit. Seit Jahrhunderten. Als Primus Nial an die Macht kam, hatte er den Bann auf die Heimkehr von Hive-verseuchten Kriegern aufgehoben, besonders, da er selbst einer war. Einer von uns. Das hatte zu weiteren Erkenntnissen geführt...hatte den Koalitions-Geheimdienst I.C. dazu gezwungen, mit ein paar harten Wahrheiten herauszurücken.

Wir konnten nicht nach Hause. Nie wieder. Nicht jeder von uns.

Primus Nial war selbst mit Hive-Technologie infiziert. Aber nachdem er den Thron bestiegen hatte, hatte er ein Treffen mit dem I.C. gehabt. Die hatten ihm die Lage erklärt, die Dinge, die wir auf der Kolonie bereits wussten—dass es keinen Weg gab, sicherzustellen, dass er sich unter Kontrolle haben würde, sollte er einen Hive-Befehl empfangen. Die Technologie, die in seinem Körper eingebettet war, gehorchte immer noch ihrem Meister und würde seinem Ruf folgen.

Der Primus hatte vom I.C. ein spezielles Implantat erhalten, einen dauerhaften Signalhemmer, der ihn frei von Hive-Kontrolle halten sollte. Aber es war experimentell. Und selbst mit den verfügbaren Signalhemmern weigerten sich die meisten Koalitions-Planeten, den Bann darauf aufzuheben, dass verseuchte Krieger sich ihrer Zivilbevölkerung wieder anschließen durften.

Verseuchte Krieger waren ein zu großes Risiko. Dem widersprach ich nicht. Ich musste mich täglich mit ihnen herumschlagen. Verdammt, ich war einer von ihnen. Darauf zu hoffen, dass jene auf Prillon Prime mich und Tyran als *normal* akzeptieren würden, war zu viel, selbst für mich.

Primus Nial gab sein Bestes, aber am Ende beschlossen die meisten der Prillon-Krieger auf der Kolonie, einschließlich mir und Tyran, zu bleiben. Wir alle hatten dafür gekämpft, unser Volk zu beschützen. In unserem Zustand nach Hause zu gehen, selbst mit der experimentellen Technologie, die der I.C. anbot, würde unsere Familien in Gefahr bringen und unser Opfer, und die Tode so vieler Freunde und Mitstreiter, wertlos machen. Keiner von uns wollte den Hive zu ihnen führen, ihnen in den Rücken fallen und die Kontrolle verlieren.

Also blieben wir in einem Gefängnis, das wir selbst gestalteten.

Und hofften auf Besserung, darauf, dass wieder ein wenig Leben in unseren Alltag einkehren konnte.

Auf eine Gefährtin.

„Das hier fühlt sich an wie ein Todesurteil." Kampflord Rezz knurrte, und ich sah die Anfänge seiner Verwandlung zum Biest in seinem Gesicht, wo die Knochen zu schmelzen und länger zu werden schienen, bevor sich alles wieder normalisierte. „Sie hätten mich in dieser Höhle verrecken lassen sollen."

„Es tut mir leid." Ich deutete zu den Kriegern, die an den Wänden entlang bereitstanden. „Uns allen ging es genauso, als wir hier eintrafen." Der Raum war groß genug, dass noch mindestens fünfzig Kämpfer in voller Rüstung Platz gehabt hätten. Mit nur elf fühlte es sich an wie eine leere Höhle, in der unsere Isolation verhallte. „Aber es wird mit der Zeit einfacher. Und die Kolonie empfängt inzwischen Gefährtinnen aus dem Interstellaren Bräute-Programm. Sobald Sie sich alle eingelebt haben, können Sie sich für eine Zuordnung testen lassen."

„Nein." Der Atlane erhob sich und seine Schultern wurden größer, als er mich anfauchte.

„Beruhige dein Biest, Rezz." Der Prillon-Krieger Captain Marz, der teilnahmslos auf dem Nachbarsstuhl gesessen hatte, war etwa so groß wie ich und hatte ebenfalls goldenes Haar, goldene Haut und Augen. Ein blasser Farbton, der mit den kälteren Regionen unserer Heimatwelt Prillon Prime in Verbindung stand. Zumindest, bis der Hive ihn in die Finger bekommen hatte. Nun war sein linkes Auge ein seltsames, schimmerndes Silber, und die Hive-Technologie, die in seine Haut eingepflanzt war, verwandelte auch seine

Hautfarbe in blasses Silber. Die Färbung verlief um sein betroffenes Auge herum, über seine Schläfe und verschwand unter seinem Haar. Es war, wie in einen Spiegel zu blicken, und es war ein wenig nervenaufreibend. Ich hatte seine Akte offen vor mir liegen und wusste, dass er unter seiner Uniform noch mehr davon trug, mehr Narben des Hive. So wie wir alle. Auch Narben, die nicht körperlich sichtbar waren. Und deswegen waren wir hier.

Rezz verdrehte den Kopf, knackte lautstark die Gelenke entlang seiner Wirbelsäule und setzte sich wieder. Aus dem Augenwinkel sah ich zu, wie Tyran sich erneut gegen die Wand lehnte, und wir alle atmeten erleichtert auf. Diese verdammten Atlanen und ihre Biester waren unberechenbare Typen. An der Front wären wir ohne sie verloren, aber sie gehörten nicht wirklich nach Drinnen, wo sie brav sitzen und politische Unterhaltungen führen sollten. Nicht, wenn ihre Biester knapp davor standen, die Kontrolle zu verlieren, ob vor Wut oder Paarungsfieber. Bei Rezz vermutete ich beides.

„Captain Marz. Ich habe Sie alle vier

dazu eingeteilt, zusammen in Abschnitt 9 zu arbeiten. Primus Nial hat uns aufgetragen, die Befestigungen um alle Kolonie-Basen herum zu verstärken und Erweiterungen vorzubereiten." Ich konzentrierte mich auf den prillonischen Captain. Ich hatte dies schon zuvor gesehen. Wusste genau, was diesen Kriegern widerfahren war. Sie kannten einander vielleicht nicht vor der Gefangennahme, aber irgendwo in den Höllenqualen war Captain Marz derjenige gewesen, der das Kommando übernommen und sie beisammen gehalten hatte. Sie bei Sinnen gehalten. Und nun brauchten der Kampflord und der andere Prillone mir gegenüber, Leutnant Perro, Marz als Stütze. Er war ihr Gruppenanführer geworden. Was gut war. Diese Kerle brauchten jeden Freund, den sie finden konnten. Freude, und das Gefühl eines Lebensinhaltes. „Wir brauchen mehr Männer, die dort beim Aufbau und der Verstärkung der Mauern helfen."

Captain Marz nickte, und wir beide ignorierten Kampflord Rezz, der sich langsam wieder unter Kontrolle brachte.

Der Jäger Kjel beobachtete und wartete

ab, wie das Raubtier, das er war. Er hatte noch kein Wort gesagt, aber ich hatte keinen Zweifel daran, dass er die genaue Position jeder einzelnen Sicherheitskraft im Raum kannte, inklusive welche Waffen sie trugen und wie aufmerksam sie diese Besprechung verfolgten. Er war nicht Teil von Captain Marz' Truppe, aber das musste ich ändern. Selbst ein einzelner Jäger musste irgendwo dazugehören, brauchte einen Grund, morgens aufzustehen. Und er war der einzige Everianer auf Basis 3. Soweit ich wusste, war er der einzige Jäger, der je die Hive-Gefangenschaft überlebt hatte.

Der andere Prillon-Krieger, Leutnant Perro, der sich bislang still verhalten hatte, verschränkte die Arme vor der Brust. Seine Arme waren frei von Hive-Implantaten, die sanfte braune Haut ungetrübt. Ich hatte mir auch seine Akte angesehen. Seine Implantate befanden sich hauptsächlich am Nacken und an der Wirbelsäule, ein paar weitere im Hirngewebe. Sollte der Hive je hierher durchbrechen, würde ihm wohl das Hirn aus den Ohren tropfen. Aber jetzt waren seine Augen erst mal klar und scharf, von kupferner Farbe, die zu seinem Haar passte. „Was genau sollen wir nun die nächsten sechzig oder siebzig Jahre lang anstellen? Mauern bauen? Ich bin Pilot, und zwar ein verdammt guter."

Ja, das war er. Und ungehorsam und ein wenig wild. Was wahrscheinlich zu seiner Gefangennahme geführt hatte...und letztlich zu seinen Qualen auf den Operationstischen der Hive-Integrationseinheiten.

„Ich bin mir über die Qualifikationen von Ihnen allen bewusst. Jeder Neuankömmling verbringt einige Zeit damit, zu bauen. Es hilft dabei, Stress abzubauen, und gewährt Ihnen Zeit, die anderen kennenzulernen. Dies ist kein Ort, an dem man es alleine schafft. Während Ihrer Eingewöhnungsphase werden Sie registriert und auch für andere Aufgaben in Betracht gezogen.

Wir betreiben Schiffe zu den anderen Basen, und für die brauchen wir auch Piloten. Aber der meiste Transfer von Gütern und Personal findet über die Transport-Pads statt. Wenn die Ärzte sie für den Flug freigeben, könnten Sie der Luftpatrouille zugewiesen werden, die die äußere Atmosphäre des Planeten überwacht. Aber da Sie hier neu sind, brauchen Sie Zeit, sich einzugewöhnen. Zeit, zu heilen. Sie mögen dem vielleicht nicht zustimmen, aber fürs Erste haben Sie leider keine Wahl. Keiner von Ihnen wird für Kernaufgaben eingeteilt werden, bis Sie einige Wochen hier verbracht haben."

Oder noch länger. Besonders, wenn die anderen Krieger sie nicht mochten oder ihnen nicht trauten. Aber das sagte ich nicht dazu. Um ihnen ein wenig dieser verdammten Hoffnung zu geben, fügte ich hinzu: „Danach stehen alle Überlegungen offen."

Captain Marz nickte. „In Ordnung. Ich nehme auch an, dass uns allen Quartiere im gleichen Bereich zugeordnet wurden."

Den Göttern sei Dank, war das hier beinahe vorüber und Marz würde von hier an übernehmen. Ich sah es in seinen Augen das Bedürfnis dafür zu sorgen, dass seine Männer geschützt und gut versorgt waren. Zumindest einer von ihnen verstand die Veränderungen, die sie nun akzeptieren mussten. Wenn einer sich die Mühe machen wollte, dann konnte er die anderen besser überzeugen, als ich das je konnte.

Ich mochte Marz sofort und machte mir eine geistige Notiz davon, ihn rasch durch den Prozess zu schleusen. Nach der kürzlichen Hive-Attacke und dem Verrat durch eines unserer Mitglieder, einem medizinischen Offizier namens Krael, brauchte ich Männer, denen ich trauen konnte. Männer mit Ehre. Nicht, dass die anderen das nicht vorweisen konnten. Die drei anderen hatten hervorragende Dienstzeugnisse und hatten das Schlimmste des Hive überstanden. Wenn sie sich gut anpassten, sich in ihre neuen Leben eingewöhnten, würden sie bedeutsamen Positionen zugeteilt werden. Wir schätzten jeden auf der Kolonie, *wenn* er sein Bestes geben wollte.

Und doch kamen Verräter ans Tageslicht. Krael hatte einen Hive-Transmitter auf Basis 3 gebracht, und die toxischen Frequenzen hatten viele krank gemacht, darunter auch unseren eigenen Gouverneur, und hatten zum Tod von Captain Brooks geführt. Er war ein Krieger von der Erde gewesen, der leichtherzig war und gerne lachte, auch nach dem, was der Hive ihm angetan hatte. Er war mein Freund gewesen, und ich wollte nichts lieber, als den verräterischen Mistkerl zu schnappen, der ihn umgebracht hatte. Der ihn von innen heraus zerstört hatte.

Ich wandte mich an den Jäger Kjel. Vielleicht konnte ich mir die Fertigkeiten des Jägers ja doch zu Nutze machen. „Sie sind für die gleichen Pflichten und den gleichen Bereich eingeteilt worden."

„Natürlich." Seine Stimme war gleichmäßig und ungerührt, als würde man mit einer Leiche sprechen. Ich *wollte*, dass er mir widersprach, wollte durch diese kühle Reserviertheit dringen. Er würde sich seinem Schmerz niemals stellen, seiner neuen Realität, wenn er alles in seinem Inneren verschlossen hielt.

Ich stand auf und rollte die Schultern. Die Anspannung dort bereitete mir Kopfschmerzen. Wieder einmal. Ich hatte früher nie unter Kopfschmerzen gelitten— bevor der Hive seine Nadeln und mikroskopischen Implantate in mich hineingeschoben hatte. Jetzt waren sie eine ständige Plage, ein Merkzettel dafür, dass ich nie wieder sein würde, was ich früher gewesen war. „In Ordnung. Das hier ist Phin, ein Mitglied meines Sicherheitsteams." Ich deutete mit dem Kinn auf die Wache. „Er bringt Sie zu Ihren Quartieren und gibt Ihnen eine Führung durch Basis 3. Sie melden sich in achtzehn Stunden für Ihre erste Schicht zum Dienst."

Captain Marz erhob sich, gefolgt von Perro, dem Atlanen und dem Jäger, und vier Männern aus meinem Team führten sie den Korridor entlang zu den Privatquartieren. Die Männer waren mit nichts gekommen, also würde es nicht lange dauern, bis sie sich eingerichtet hatten und die Basis erkunden konnten. Wir hatten nicht viele Atlanen, und Kjel war unser erster Jäger. Sie würden zweifellos Aufmerksamkeit erregen, und viele Herausforderungen in den Kampfgruben.

Ich konnte sehen, wie Tyran an Kampflord Rezz im Vorbeigehen Maß nahm, und wusste, dass mein Sekundär dasselbe dachte. Tyran war der amtierende Nahkampf-Champion auf Basis 3. Ein Rang, den ihm der atlanische Kampflord gewiss nur zu gerne abnehmen würde. Wenn der

Neuankömmling ihn bezwingen konnte. Tyran würde ihm das nicht leicht machen.

Ich folgte der Gruppe zur Tür und blieb neben Tyran stehen, während die Neuankömmlinge und ihre schwer bewaffnete Eskorte weiterzogen. „Er wird dich in Stücke brechen, mein Freund. Wie einen Zweig."

3

Hunt

Tyran grinste, und in seinen dunkelbraunen Augen blitzte das Funkeln einer angenommenen Herausforderung. Er war in vielen Dingen mein Gegenstück, seine dunkle Haut und Haare ein starker Kontrast zu meinen. Seine Vorliebe für organisierte Gewalt war zwar verständlich, aber zuweilen konnte er nicht aufhören und ging zu weit. Seit unserer Gefangennahme war er nicht mehr derselbe. Aber das waren wir alle nicht. Tyran freute sich mehr als jeder andere Krieger, den ich kannte, auf die veranstalteten Kämpfe. „Wie lange gibst du mir?"

Ich dachte nach. Der Atlane würde bis zum Abendessen von den Kampfgruben erfahren haben. Bis morgen würde er Tyran von seinem Podest als Champion stoßen wollen. „Einen Tag. Zwei vielleicht."

„Ausgezeichnet." Tyran steckte seine Waffen weg und ging neben mir den Flur entlang. Unsere Stiefel sollten auf den harten Böden laut hallen, aber wir hatten gelernt, uns leise fortzubewegen. Selbst Tyran in voller Kampfmontur bewegte sich neben mir still wie ein Schatten. Im Vergleich zu meinem Sekundär wurde ich als gesellig angesehen. Das musste ich bei meinem Job auch sein. Ich konnte die Neuankömmlinge ja nicht gleich am ersten Tag verschrecken. Tyran hatte eine dunkle Aura um sich herum. Wir waren schon vor unserer Gefangenschaft befreundet gewesen, aber danach? Danach wurde Tyrans Schweigen tiefer, und ich hatte keine Ahnung, wie ich es füllen konnte. Ich konnte nur hoffen, dass unsere Gefährtin ihn von innen heilen würde.

Unnachgiebig, präzise. Tyran hatte eine Genauigkeit in seinen Bewegungen, in seinem Kampfstil, an der andere Männer jahrzehntelang arbeiteten. Das hatte seinen Preis. Ein introvertiertes Gemüt, eine Intensität, die anderen Angst machte. Besonders, da er ein Prillon-Krieger war. Aber ich würde keinen anderen zum Sekundär haben wollen. Ich würde niemandem sonst die Sicherheit meiner Gefährtin anvertrauen.

„Hast du dich heute Morgen mit dem Gouverneur getroffen?", fragte Tyran.

„Ja."

„Irgendein Hinweis auf Krael?"

Mein Blut gefror, als ich an den Prillon-Krieger dachte, der uns alle verraten hatte. Meine Fäuste ballten sich bei dem Gedanken an seine Ehrlosigkeit. Er war schon lange ein Verräter gewesen, und wir hatten es nicht gewusst. Es machte uns alle nervös. Wir hatten uns auf der Kolonie zwar an Regeln zu halten, damit alles zivilisiert zuging, aber die gesamte Bevölkerung bestand aus Veteranen, ehemaligen Kriegern, und wir alle hatten angenommen, dass ein Grundverständnis von Ehre herrschte. Wir hatten auf die harte Tour gelernt, dass dies nicht der Fall war, und nun beäugten wir einander gründlich, mit größerer Sorgfalt, mit einem Misstrauen, das ich zu hassen gelernt hatte. Es war schon schwer genug, die Männer hier bei Sinnen zu halten, ohne die zusätzliche Sorge, dass Verräter unter uns wandeln konnten.

„Niemand kann ihn finden. Und es gibt keine Transport-Aufzeichnungen. Er ist entweder immer noch am Planeten, oder er ist per Raumschiff entkommen."

„Der Gouverneur hat auf seinen Kopf einen Preis ausgesetzt."

„Das reicht nicht." Ich wusste darüber Bescheid. Ein noch höheres Kopfgeld war außerhalb des Planeten auf ihn ausgesetzt, dank Primus Nial von Prillon Prime. Aber es reichte nicht aus. Wenn das so wäre, hätten wir Krael bereits in Gewahrsam. Niemand außerhalb der Kolonie wusste, warum wir den Bastard wollten, aber jeder im Universum wusste, dass wir ihn *lebend* wollten.

Tyran stimmte mir zu, und wir bahnten uns unseren Weg zum Zentrum der Basis 3. Unser Zuhause hatte sich in den letzten paar Wochen stark verändert. Die Gefährtin des Primus, Lady Deston, war zu Besuch gekommen, zwei Mütter waren auf die Kolonie übersiedelt, um in der Nähe ihrer Söhne zu leben, und Lady Rone war als erste Kolonie-Gefährtin eingetroffen. Das hatte der Kolonie Leben eingehaucht. Die Gefährtin des Gouverneurs fand besonderen Gefallen an den Gärten und hatte darauf bestanden, dass mehr dafür getan wurde, sie einladend zu gestalten. Bäume und Blumen waren von allen Koalitionsplaneten herantransportiert worden, und überall standen Sitzgelegenheiten. Ranken wuchsen uneingeschränkt überall, was dem Ort eine wilde Atmosphäre verlieh. Ich hatte einige Zeit lang nicht viel davon gehalten, aber inzwischen hatte die stille Einsamkeit des Areals mich mit seinen neuen Brunnen und gezähmten Vögeln in seinen Bann gezogen, und brachte mir ein gewisses Maß an innerer Ruhe.

Den Pflanzen von ihren Heimatwelten dabei zuzusehen, wie sie wuchsen und zu Leben erwachten, war tröstlich für die Männer. Die Kolonie war kein toter Planet.

Wir waren am Leben. Wir mussten uns nun nur noch daran erinnern, wie man *lebte*.

Als hätte ich sie herbeibeschworen, sah ich Lady Rone und den Gouverneur auf uns zukommen, beide zufrieden wirkend.

„Captain Hunt! Tyran! Es ist soweit. Kommen Sie schnell!" Lady Rone nahm uns beide an der Hand und zerrte uns geradezu in die Gegenrichtung. Sie war eine der wenigen Leute auf der Kolonie, der wir es gestatten würden, uns auf diese Art herumzuführen, trotz der Tatsache, dass sie im Vergleich zu unserer Prillon-Größe winzig war. Wenn wir nicht mitkommen wollten, würde uns niemand dazu zwingen können, außer vielleicht ein Atlane in vollem Biest-Modus.

„Meine Dame, was machen Sie da?" Ich blickte zu ihrem primären Gefährten Gouverneur Maxim, und auch er lächelte. Ein Ausdruck, den ich kaum je gesehen hatte, aber nun immer häufiger, seit er und sein Sekundär Ryston über das Interstellare Bräute-Programm vermittelt worden waren.

„Ihre Gefährtin ist eingetroffen."

„Meine Gefährtin?" Ich blieb auf der

Stelle stehen, völlig verblüfft, und mein Herz raste. Meine zugewiesene Gefährtin? Sie war hier? Lady Rone zerrte weiter, dann gab sie auf und zog nur noch an Tyran. „Wie? Warum hat mir niemand gesagt, dass ich zugeordnet wurde, oder dass ihre Ankunft bevorsteht?" Üblicherweise erfuhren wir das im Voraus, zumindest ein paar Stunden zuvor. Nicht, dass ich mich beschweren würde, aber der Schock erfüllte jedes Wort von meinen Lippen mit Unfug.

Tyran ignorierte mich und ging weiter, Lady Rones Hand um seinen Ellbogen gelegt. Sie führte ihn der Transportstation entgegen und ließ mich einfach stehen. Er blickte über seine Schulter, und ich sah etwas in seinem Blick, das ich schon sehr, sehr lange nicht mehr gesehen hatte. Es war nicht nur Hoffnung.

Es war Begeisterung.

Maxim klopfte mir auf den Rücken und riss mich aus den Gedanken. „Sie ist nicht *Ihre* zugewiesene Gefährtin, Hunt. Sie ist Captain Tyrans." Er rief Tyran zu. „Ich nehme an, dass Hunt ihre Wahl zum Sekundär ist?"

Tyran blickte verdutzt drein, so schockiert, wie ich mich fühlte, aber er antwortete rasch. „Natürlich." Tyrans Bestätigung kam bei mir an, und meine Welt stand zwar immer noch auf dem Kopf, aber sie beruhigte sich langsam. Die Dinge waren vielleicht anders, als ich sie mir vorgestellt hatte, aber wir würden uns daran gewöhnen. Ich würde mich daran gewöhnen. Ich hatte nun keine Wahl mehr.

Wir hatten eine Gefährtin. Das war das Einzige, was nun noch wichtig war.

CAPTAIN TYRAN ZAKAR, *Die Kolonie, Basis 3*

MEINE GEFÄHRTIN. Heilige Scheiße. *Meine* Gefährtin. Nicht Hunts, wie ich erst dachte. Ja, ich war enttäuscht gewesen, und die Hoffnung in mir war einen langsamen Hungertod gestorben, als erst Wochen, dann Monate vergingen und keine neue Gefährtin für die Kolonie eintraf. Wir waren ins Testzentrum gegangen, hatten den Prozess durchgemacht, aber keiner von uns kam mit einer Zuordnung daraus hervor. Und das war bereits drei Monate her. Bis jetzt hatten wir nichts weiter davon gehört. Ich wusste, dass Hunt sich über diese langen Wochen hinweg an seiner Hoffnung festgehalten hatte. Ich hatte schon lange aufgegeben.

Ich konnte mich von diesem Ereignis nur noch daran erinnern, dass ich einen umwerfenden, aber vagen Sextraum gehabt hatte und mit einem so harten Schwanz herausgekommen war, dass ich gefürchtet hatte, er bohrt sich gleich durch meine Rüstung. Zum Glück konnte ich in mein Quartier zurück und die Sache in die Hand nehmen, meine Qual lindern, von der ich wusste, sie würde nur dann ganz nachlassen, wenn ich mich in meiner Gefährtin versenkte.

Und jetzt würde ich eine bekommen. Ich würde kein Sekundär sein, sondern der zugeordnete Gefährte, der primäre Mann. Ich versuchte, mein Grinsen zu unterdrücken, aber es war fast unmöglich. Ich fühlte mich... Götter, fühlte ich mich gut. Beschwingt. Begeistert. Verdammt nahe dran an glücklich. Da draußen im Universum gab es eine Frau, die für mich perfekt war.

Ich hatte angenommen, dass mein dunkles Wesen, meine tiefgehenden sexuellen Bedürfnisse, bedeuteten würden, dass es niemanden gab, der ähnlich veranlagt war. Welche Frau wollte schon gefesselt und gefickt werden? Mit verbundenen Augen vor mir knien? Vor Lust aufschreien über ein kleines Bisschen Schmerz? Dominiert werden, und nicht nur wollen, sondern brauchen, dass ihr Gefährte die Kontrolle übernimmt?

Wenn Hunt der zugeordnete Gefährte gewesen wäre, wusste ich, er würde sich Zeit damit lassen, unsere Gefährtin zu verführen. Ich war darauf eingestellt gewesen, das zu akzeptieren und einer Gefährtin zu geben, was sie brauchte, und mir sonst um nichts Gedanken zu machen. Mild, nicht wild. Zahm, nicht züchtigend. Sinnlich, nicht sündig.

Aber diese Frau gehörte mir. Mir. Was bedeutete, dass sie genau das wollte, was ich wollte. Sie würde brauchen, was ich ihr geben konnte. Wir wären einander sonst nicht zugeordnet worden.

Mein Herz stockte beim Gedanken daran, dass sie mich zurückweisen könnte, sobald sie mein Auge sah und was der Hive mir angetan hatte. Aber dann, mit Lady Rone in diesem Moment an meinem Arm, ihre Hand um meinen Ellbogen geschlungen und ein fröhliches Lächeln auf dem Gesicht, erinnerte ich mich daran, dass Liebe blind war. Sie schien es nie zu bemerken oder sich darum zu kümmern, dass ihre beiden Krieger vom Hive verseucht worden waren. Meine Gefährtin musste ebenso sein, denn die Zuordnung hatte stattgefunden, *nachdem* ich vom Hive ruiniert worden war. Die Tests hatten mich mitsamt aller Cyborg-Teile einer Frau zugeordnet. Das hieß, dass sie mich genau so wollen würde, wie ich war.

Oder nicht?

Oder nicht?

Lady Rone neben mir hatte einen spürbaren Schwung in ihrem Schritt, der mich an ein sorgloses Kind erinnerte. Ich ließ zu, dass ihr Glück sich auf mich übertrug. Ich würde mir nun keine Sorgen machen. Ich würde den Moment genießen. Diese Momente waren selten. Flüchtig. Ungewohnt.

„Sie müssen so aufgeregt sein", sagte Lady Rone zu mir, als wir uns der Transportkammer näherten. „Ich kann es nicht erwarten, sie kennenzulernen. Woher sie wohl stammt?"

Niemand verwendete den Ausdruck *aufgeregt* bei mir. Ich war der Ruhige, der Beobachter. Der vor sich hinbrütende Klotz in der Ecke. Und doch war ich es, der zugeordnet worden war.

Ich wusste, dass Maxim und Hunt ein paar Schritte hinter uns waren. Was Hunt wohl dachte? Jetzt war er *mein* Sekundär. Wir waren Freunde. Hatten den gleichen Rang. Waren ebenbürtig. Und doch war er ein Anführer, redegewandt und wortstark, während ich damit zufrieden war, im Hintergrund zu bleiben. Das hieß nicht, dass ich weniger leidenschaftlich war. Ich war wohl sogar noch verwegener und gewitzter als Hunt. Ich verschwand im Hintergrund, war still, und ein Angriff kam unerwartet.

Und mit einer Frau? Es war schon lange her, dass ich meinen Willen bekam, aber ich kannte meine Natur. Ich würde das Kommando übernehmen, sie beobachten, jede kleinste Reaktion analysieren. Eine Frau war ein Rätsel, das ich nur zu gerne löste. Ich mochte nichts lieber, als ihren

Geheimnissen auf den Grund zu gehen, damit ich ihr alles geben konnte, was sie wollte, was sie brauchte. Selbst, wenn sie es selbst nicht wusste oder sich ihre Bedürfnisse selbst nicht eingestand.

Ich hatte einfach angenommen, dass Hunt zugeordnet werden würde. Dass er der primäre Mann sein würde und ich sein Sekundär. Ich hatte auf eine eigene Gefährtin gehofft, hatte angenommen, dass meine dunklen Bedürfnisse gezähmt oder gänzlich verborgen bleiben würden, aber ich hatte es nie für möglich gehalten, dass es eine Frau im Universum geben konnte, die für mich perfekt war. Nicht, als Maxim gesagt hatte, dass eine Zuordnung stattgefunden hatte.

Erst, als er gesagt hatte, dass sie *meine* war.

„Aufgeregt? Nein. Ich hoffe, dass ich mich der Ehre würdig erweise", gestand ich Lady Rone. Ich hielt an, und sie blickte überrascht zu mir hoch. Ich sprach nicht von meinen Zweifeln, meiner Sorge, dass Hunt seine neue Rolle vielleicht nicht akzeptieren konnte. Jahrelang war er der Führende gewesen, hatte die Befehle gegeben.

Ich hatte sie befolgt, hatte gehorcht. Nicht, weil ich nicht selbst anführen könnte, sondern weil er mein Waffenbruder war und ich sonst niemandem meine Sicherheit anvertrauen wollte.

Und wenn irgendein anderer arroganter Mistkerl versucht hätte, mich herumzukommandieren, hätte ich ihn mit der gleichen Leichtigkeit getötet, mit der ich meinen Kopf beugen konnte.

„Ich muss meine Kragen holen. Ich möchte nicht, dass sie ohne einen ist."

Verständnis füllte ihre Augen, und Maxim und Hunt stießen direkt vor dem Transporterraum auf uns. „Ich dachte schon, dass Sie ihr Ihren Kragen gleich um den Hals legen wollen", sagte der Gouverneur mit tiefer Stimme. „Bei mir war es genauso. Wir können es nicht brauchen, einen Krieg über eine nicht in Besitz genommene Frau anzufangen, so wie es mit Rachel beinahe passiert wäre."

Lady Rone versetzte ihrem Gefährten einen Schlag auf den Arm und verdrehte die Augen. „Das ist nicht fair. Es ist nicht meine Schuld, dass ich die einzige Gefährtin auf dem gesamten Planeten bin."

Sie blickte zu mir. „Ich kann es nicht erwarten, noch eine Frau hier zu haben, die mir hilft, unter euch Neandertalern meine Frau zu stehen. Und eine von der Erde ist sogar noch besser." In ihren Worten klang so etwas wie Überschwang. Ihre Begeisterung war ansteckend, denn es traf mich wie ein Ionen-Blaster, dass Lady Rone vielleicht aufgeregt war, eine neue Freundin zu bekommen, aber die Frau, die gleich eintreffen würde, mir gehörte.

Mir!

„Obwohl ich mir ansonsten nie herausnehmen würde, etwas zu tun wie jemanden in eure Privatquartiere zu schicken, wusste ich, dass Eile wichtig sein würde", sagte Maxim. „Ich habe jemanden geschickt, Captain, um eure Kragen zu holen. Wenn Hunt Ihr erwählter Sekundär ist."

Ich blickte zu meinem Freund. Sein Ausdruck war neutral. Nichtssagend. „Er ist mein Sekundär", sagte ich laut. „Wenn er es annimmt." Ich wollte nicht, dass daran irgendjemand zweifelte. Ich war stolz darauf, dass er meine Gefährtin mit mir teilen würde, dass wir eine Familie sein würden. Aber gefragt hatte ich ihn noch gar nicht.

Wir hatten dieses Gespräch nie geführt, da wir beide davon ausgingen, dass er zugeordnet werden würde.

Aber Hunt trug immer noch seinen grünen Gefährtenkragen um den Hals, er hatte ihn angelegt, sobald seine Tests abgeschlossen waren. Das helle Grün war deutlich sichtbar und ein Signal für alle, dass er für eine Gefährtin bereit war. Als sein Freund wusste ich, dass er sich mit einer Verzweiflung eine Frau wünschte, die er gut verbarg. Eine Gefährtin zu finden war mehr als nur wichtig für ihn. Es war eine Notwendigkeit. Viele Krieger auf der Kolonie hatten ihn damit schon aufgezogen, aber es störte ihn nicht, sein Begehren war davon unbetroffen. Er wusste, dass sie kommen würde, und er hatte recht gehabt. Aber wie sich herausstellte, würde ihre Ankunft nicht so sein, wie er es erwartet hatte.

Er konnte aber beschließen, auf eine eigene Gefährtin zu warten. Er musste die Rolle als mein Sekundär nicht annehmen. Er konnte warten und seine eigene Gefährtin in Besitz nehmen, sollte sie eines Tages ankommen. Ich würde es ihm nicht vorwerfen, wenn das seine Wahl war.

„Es ist deine Entscheidung, Hunt. Ich weiß, du wolltest eine eigene Zuordnung. Ich werde mich dir nicht in den Weg stellen, falls du gerne warten möchtest. Ich kann einen anderen Sekundär wählen."

„Nein." Hunt blickte mich grimmig an, seine Entrüstung deutlich. Um mein Sekundär zu werden, würde er die Farbe seiner Familie ablegen müssen und sie durch meine ersetzen. Wenn er mein Sekundär war, würde er den blauen Kragen meiner Familie tragen. Aber würde er diesen Rollenwechsel zwischen uns annehmen? Würde er gewillt sein, eine Gefährtin zu teilen, die mit einem blauen Kragen gekennzeichnet und in Besitz genommen war, anstatt eines grünen?

Wir alle blickten erwartungsvoll zu Hunt.

Er fasste sich an den Nacken und entfernte seinen Kragen, hielt ihn mir mit einem Nicken hin.

Erleichtert grinste ich und nahm ihn entgegen.

„Ich bin sein Sekundär", sagte Hunt mit Überzeugung in der Stimme.

„Gut. Nun, da dies geklärt ist—" Maxim

drehte sich herum, und die Tür glitt auf. Wir betraten den kleinen Transporterraum, und mein Herzschlag raste, als würden wir in die Schlacht ziehen. Adrenalin durchflutete mein Hirn.

„Sie sollte jeden Augenblick ankommen, Gouverneur", sagte der Transport-Offizier. Er blickte nur so lange hoch, wie er sprach, und wandte sich dann wieder dem Kontrollpult vor sich zu. Die Tür glitt erneut auf, und ein zweiter Offizier trat herein und hielt uns drei Kragen hin, zwei so blau wie der tiefste Himmel auf Prillon Prime, und einer, der meiner Lady, schwarz wie das Weltall, bis sie meinen Besitz offiziell annehmen würde und uns gestatten würde, ihren Körper gemeinsam zu nehmen. Sobald sie mir gehörte, würde der Kragen sich blau färben und sie würde für immer mein sein. Die Stoffstreifen und ihre eingebettete Neuro-Technologie hatten bisher nur leere Versprechungen beinhaltet, bis jetzt. Obwohl ich wusste, dass sie selbst sich nicht verändert hatten, fühlten sie sich anders an. Schon bald würden sie um unsere Hälse befestigt sein—von Hunt, mir und unserer Gefährtin—und uns zusammen verbinden, unsere Gefühle und Begehren teilen, uns vereinen—für immer.

Das schwarzgrüne Gitter der Transportplattform war locker groß genug für zwanzig gerüstete Krieger, aber sie war leer. Wir alle starrten darauf, an plötzliche Ankömmlinge gewöhnt. Aber eine Frau war etwas anderes.

Alles war anders. Und als ich spürte, wie sich die Härchen auf meinem Arm aufstellten, das einzige Anzeichen für den Energieschub, der einen Transport ankündigte, da wusste ich, dass mein Leben nie mehr dasselbe sein würde.

Es gab kein Zurück mehr.

Und als eine kleine Gestalt auf der Plattform erschien, blass und nackt, da spürte ich ihre Gegenwart tief in meinen Knochen. Eine Schwere, ein Sehnen, das ich nicht erklären konnte. *Das* war meine Gefährtin.

4

Es war Hunt, der die Situation als etwas anderes erkannte und rasch seine Tunika auszog, die paar Schritte auf die Transportplattform lief und die schlafende Gestalt zudeckte.

Er drehte den Kopf herum und funkelte die beiden Offiziere am Kontrollpult an, die beide rasch ihre Blicke abwandten.

„Holt sofort eine Decke", rief Lady Rone.

Ich hörte Schritte, aber ich wandte

meinen Blick nicht von der zerbrechlichen Frau ab. Ich konnte gar nicht. Ich konnte mich nicht einmal bewegen, bis Hunt meinen Namen rief.

Mit langen Schritten legte ich die Distanz zwischen mir und meiner Gefährtin zurück und kniete mich neben sie. Es sah so aus, als würde sie schlafen, aber war sie—

Meine Finger wanderten an ihren blassen Hals, fühlten entlang der zarten Haut nach ihrem Puls, spürten ihn stark und sicher. Ihr Haar war hell, eine blassgoldene Farbe, und ich fragte mich, ob ihre Augen hell und bernsteinfarben sein würden wie Hunts, oder einen exotischen Farbton hatten, den ich noch nie gesehen hatte. Ihr Gesicht war zierlich, herzförmig und wunderschön, mit vollen rosa Lippen und langen Wimpern, die auf hohen Wangenknochen ruhten. Sie war perfekt. Das schönste weibliche Wesen, das ich je gesehen hatte. Ich fand Hunts blassen Blick, und einer seiner Mundwinkel zog sich hoch. Lachte er mich aus, weil ich ihren Puls gemessen hatte?

Kümmerte mich das?

Nein.

Eine Decke erschien über meiner Schulter, und ich breitete sie aus, bedeckte sie, und Hunt holte sein Hemd wieder darunter hervor, zog es wieder an, während ich sie vorsichtig in meine Arme hob. Der weiche Stoff bedeckte sie anständig, aber hielt sie zugleich warm.

Sie war weich und kurvig. Ich konnte zwar nicht viel von ihrer Figur unter der Decke erkennen, aber ich konnte sie spüren, die Weichheit ihres Körpers. Ich war begierig darauf, jeden Teil von ihr zu erkunden. Mein Schwanz wurde hart bei ihrem weiblichen Duft.

Niemand würde sie nackt sehen, außer Hunt und mir. Niemand.

„Sollen wir sie auf die Medizinstation bringen?", fragte Hunt. „Auf Schlachtschiffen ist es üblich, dass Bräute nach der Ankunft eine medizinische Untersuchung erhalten."

Ich wusste zwar, dass ich ihr Wohlergehen an erste Stelle stellen sollte, aber ich fühlte mich sofort besitzergreifend und wollte nicht, dass irgendjemand, nicht einmal ein Arzt, sie anfasste. Ich verstand die Philosophie hinter den Untersuchungen. Die meisten waren über Fruchtbarkeit und Verletzungen während des Transportes besorgt. Dieses Vorgehen war vor hunderten Jahren zum Standard geworden, als der Transport noch nicht so weit fortgeschritten war und die Reise durchs All die verletzlichen Frauenkörper dauerhaft beschädigen konnte. Aber mir war es egal, ob meine Gefährtin zuchttauglich war, ich wollte sie nur ins Bett bringen. Ihr Lust bereiten. Die Einsamkeit und den Schmerz lindern, den Hunt und ich nur zu gut kannten.

Sie gehörte mir. Mir. Kein Arzt würde sie anfassen. Kein anderer sollte sie bewusstlos und verletzlich sehen. Ich wollte dem Gouverneur die Augen dafür ausreißen, sie anzusehen. Nun verstand ich, wie ein Atlane sich fühlte, wenn sein Biest ihn überkam. Besitzergreifend. Beschützerisch. Unvernünftig. Ich war in diesem Moment irrational, und es war mir egal.

„Lady Rone schlief nach dem Transport ebenfalls. Sie wurde nach einigen Minuten wach", sagte uns Maxim, und ich entspannte mich ein wenig vor Erleichterung.

„Ich bin in einem der Untersuchungszimmer auf der Krankenstation aufgewacht. Es war definitiv ein abruptes, und klinisches, Erwachen." Die besagte Dame hatte mit grimmigem Gesicht die Arme verschränkt. „Wovon ich bezweifle, dass diese junge Dame es gerne erleben würde."

„Wir haben uns nur um deine Gesundheit gesorgt, Gefährtin. Ich war dabei, und Ryston auch", antwortete Maxim.

„Und der Arzt", sagte Lady Rone und widersprach ihrem Gefährten grummelnd. „Du und Ryston wart schon genug, das ich begreifen musste, auch ohne den Arzt."

Meine Gefährtin war so klein, so leicht in meinen Armen. Ich stand mühelos auf. „Vielen Dank, Lady Rone. Da meine Gefährtin von der Erde ist, werde ich Ihren Rat befolgen. Also kein Arzt. Vielen Dank, Gouverneur, und Lady Rone, für Ihre Unterstützung."

Die Lady beugte sich vor und versuchte, unter die Decke zu gucken. „Oh, wow. Sie hat wunderschönes blondes Haar. Und sieh sich einer diese Wangenknochen an. Ich hasse sie jetzt schon."

Verdutzt starrte ich sie an, mein Verstand auf Hochtouren nach einer Lösung suchend, falls die Gefährtin des Gouverneurs beschließen sollte, meine Dame nicht leiden zu können. Zum Glück grinste sie.

„Ich scherze nur, aber wenn sie Körbchengröße D hat, werde ich nicht mit ihr befreundet sein."

Ich hatte keine Ahnung, was eine Körbchengröße war, aber ich würde dafür sorgen, dass meine Gefährtin sie vermied, damit sie und Lady Rone Freunde werden konnten und keine Feinde. Wenn meine Gefährtin aufwachte, würde ich sie bitten, mir diese eigenartigen Drohungen von der Gefährtin des Gouverneurs zu erklären.

„Obwohl ich davon ausgehe, dass die Nachricht von der Ankunft eurer Gefährtin für jeden auf Basis 3, wenn nicht auf der ganzen Kolonie, innerhalb der nächsten paar Stunden schon Gesprächsthema Nummer Eins sein wird, werde ich allen Bescheid geben, dass ihr euch von euren Pflichten bis morgen frei nehmt", sagte Maxim. *Von unseren Pflichten freinehmen* war der diplomatische Ausdruck für: uns Zeit nehmen, unsere Gefährtin ordentlich zu verwöhnen.

Maxim klopfte mir auf die Schulter. Als ich mich nicht rührte, runzelte er die Stirn. „Bringen Sie sie nicht auf Ihr Quartier?"

Ich wusste, dass er mit Vernunft sprach, aber während ich sie so in den Armen hielt, erfüllten ihre Wärme und ihr Duft meinen Kopf mit Verlangen, mit Begehren, was ich nie zuvor verspürt hatte und wogegen ich wehrlos war. Hunt blickte mich mit einem fragenden Blick an, auf den ich keine Antwort hatte. Ich wusste nur, dass mein Schwanz hart wurde, meine Gedanken verschwommen mit Lust, und meine Füße sich weigerten, sich zu bewegen. Sie gehörte mir, und der lange Marsch zu unseren Soldatenunterkünften war mir noch nie so lange erschienen.

Ihre nackte Gestalt verfolgte mich, und mein Mund wurde trocken vor Vorfreude darauf, sie zu schmecken...überall. Ich blickte zu Hunt und verließ mich darauf, dass er bei meinem Vorhaben mitmachen würde, das sich in meinem Kopf zusammenbraute: sie hier zu nehmen. Jetzt. Ich konnte nicht warten, bis uns neue Quartiere zugewiesen wurden. Ich wollte nicht warten und versuchen, ihre Ängste mit dem Gerede eines Gentleman zu beschwichtigen. Wenn sie wahrhaft mir gehörte, dann würde sie das auch nicht brauchen.

Ich wandte mich von Hunt ab und begegnete Maxims Blick. „Vielen Dank, Maxim. Bei allem gebührenden Respekt, Gouverneur", ich wandte mich herum, um Lady Rone und die beiden Offiziere am Kontrollpult miteinzubeziehen. „Sie alle. Verpisst euch."

Der Transportmann holte bei meiner derben Wortwahl lautstark Luft. Ich blickte ihn und seinen Kollegen, der mich angrinste, als wäre ich das Unterhaltsamste, was er seit Monaten gesehen hatte, mit zusammengekniffenen Augen an. Vielleicht war ich das ja. Es war mir egal. „Ihr beiden. Raus mit euch. Ich nehme meine Gefährtin in Besitz, und ich nehme sie hier. Jetzt."

Hunt, der ewige Diplomat, meldete sich zu Wort, stellte sich zwischen mich und Maxim, der mich aus verengten Augen anblickte und eindeutig mit der Entscheidung rang, wie er mit mir umgehen sollte.

Aber es gab kein Umgehen mit mir. Nicht in dem Moment. „Tyran, wir können sie in die—"

„Nein." Ich spürte die weiche Fülle einer Brust an meiner Hand, fühlte die Rundung ihres Hinterns an meinem Bauch. Ihr Geruch war berauschend, ertränkte mich und sämtliche Vernunft, und ein tiefsitzender Instinkt stieg in mir hoch. Dabei trugen wir noch nicht einmal unsere Kragen. „Sie werden hier verschwinden, denn ich vergeude keine weitere Sekunde mehr, bevor ich diese Frau zu unserem Eigentum mache."

Maxim lachte, nahm seine Gefährtin an der Hand und scheuchte die Techniker von ihren Posten.

„Was, wenn ein Transport hereinkommt?", fragte einer.

„Dann sind die Captains hier."

Der Mann nahm seinen Posten äußerst ernst, aber in diesem Moment war mir das egal. Transporte kamen zwar vor, aber recht selten. Trotzdem wollte ich nicht unbedingt, dass unsere Gefährtin gerade über das Transportpult gebeugt war, mit meinem Schwanz in der Pussy und Hunts in ihrem Mund, wenn jemand ankam.

Einen Scheiß würde das passieren.

„Stell den Transporter auf Standby", sagte ich zu Hunt. Er blickte mich überrascht an und dann Maxim, der an der Tür stehengeblieben war, als er mich hörte. Vielleicht deswegen, weil ich selten Befehle erteilte—zumindest nicht, seit wir nicht mehr im Kampf waren. Der letzte Befehl, den ich gegeben hatte, hatte uns beide beinahe umgebracht. Mein Kampfrausch hatte an jenem Tag gesiegt, und das war der Grund, warum wir in diesen Hive-Integrationshöhlen gelandet waren, gefoltert und geschwächt. Der Grund, warum wir hier gelandet waren.

Ich hatte die letzten drei Jahre damit verbracht, den Preis dafür zu bezahlen und zu tun, wie mir befohlen wurde—vom Gouverneur, von Hunt und den anderen gewählten Befehlshabern auf der Basis. Der tiefe Instinkt, den ich hatte, anzuführen und zu kommandieren, war unterdrückt worden, bis ich daran erstickte. Hunt war ein guter Anführer, besonnen, der die Dinge von allen Blickwinkeln aus betrachtete und den richtigen Weg für die Krieger hier auf Basis 3 entschied. Er war einer von Maxims vertrautesten Beratern.

Ich war ein wandelndes Chaos. Ich befolgte Befehle, weil ich mich dazu entschied, und nicht deswegen, weil ich jemanden brauchte, der mir sagte, was zu tun war. Ich befolgte Befehle von Männern, die ich respektierte, weil ich nicht die Verantwortung übernehmen wollte, dass das Blut von auch nur einem weiteren Krieger an meinen Händen klebte.

Nein, ich gab keine Befehle mehr, und ich sah den Schock auf Hunts Gesicht— unsicher darüber, ob der Blick dafür war, weil ich es hier treiben wollte, oder weil ich gerade dem Gouverneur von Basis 3 einen Befehl zugebellt hatte.

Maxim nickte eine Zustimmung und ging, und die Tür schob sich hinter den Männern mit einem nahezu lautlosen Zischen zu.

„Sie hätte sich ein Bett verdient", grummelte Hunt, während seine Finger über die Steuerung glitten. Als er fertig war, blickte er auf unsere schlafende Gefährtin. „Sie hätte etwas Weiches verdient, Tyran. Sieh sie dir an. Sie ist so wunderschön, so makellos." Er blickte auf seinen linken Arm hinunter, auf die Hive-Technologie, die seinen Arm fast völlig in Silber getaucht hatte, und runzelte die Stirn, blickte zu mir und ließ seinen Blick über mein Auge und meine silberne Schläfe wandern. „Sie hat etwas Besseres verdient als uns."

„Das hat sie, aber das wird sie von mir nicht immer bekommen. Sie will es nicht", antwortete ich.

„Wie zum Teufel willst du das wissen?"

„Weil ich meinen Kragen jetzt sofort an ihrem Hals haben will. Ich will sie sofort ficken. Ich bin nicht sanft, Hunt. Ich werde ihr alles abverlangen, und wir werden ihr alles geben, was sie braucht. Dein Licht und meine Finsternis."

Er öffnete den Mund, um zu sprechen, aber ich fuhr fort. „Sie ist mir zugeordnet, Hunt. Von all den Kriegern auf der Kolonie, und du kennst mich. Du kennst die Dunkelheit, die ich in mir trage. Sie wird nicht immer ein Bett wollen, denn sie gehört mir. Sie wird das begehren, was wir ihr geben können."

Er stellte sich vor mich hin und blickte

auf das Gesicht der Frau hinunter, die nun uns gehörte. „Was, wenn du dich irrst?"

Ich kniff die Augen zusammen. „Ich irre mich nicht. Nicht, wenn sie mir gehört."

Er runzelte die Stirn, streckte vorsichtig den Finger aus und strich ihr damit über die Wange.

Da regte sie sich, und mein Schwanz meldete sich zur Stelle. Ihr femininer Duft stieg zu uns hoch, als sie sich unter ihrer Decke bewegte.

„In Ordnung, Tyran. Wir werden es wohl schon bald genauer wissen."

Kristin, *Transporterraum, Die Kolonie, Basis 3*

Mir war wohlig warm, eine Decke war um mich gewickelt auf die Art, wie ich es als kleines Mädchen immer geliebt hatte. Ein regelmäßiger Herzschlag wirkte beruhigend auf mich ein, und ich schmiegte meine Wange an den harten, warmen Mann, der mich festhielt...

Mann?

Ich blinzelte. Einmal, dann noch einmal, und mein Blick wurde klar. Danach blinzelte ich noch einmal, um sicherzugehen, dass ich nicht halluzinierte. Ja, da standen zwei ausgenommen große, ausgenommen scharfe Kerle und starrten auf mich hinunter. Aufseherin Egara war nirgendwo zu sehen, und diese Männer waren keine Menschen. Sie waren wunderschön, sexy, ihre Färbung golden und braun mit ein wenig kantigeren Gesichtszügen, als ein Mensch sie haben würde. Der Mann, der mich festhielt, war dunkler, mit einer Haut wie cremiges Karamell, kurzem braunem Haar und braunen Schlafzimmeraugen, in die ich stundenlang starren könnte. Er hielt mich, während sein hellerer Freund mich mit sanftem Finger an der Wange berührte, auf meiner Haut verweilte, als wäre er von meinem Anblick in Bann gezogen.

Der zweite hatte blassgoldenes Haar und bernsteinfarbene Augen, seine Haut hell mit nur einem Hauch von Gold. Sein rechtes Auge hatte einen silbrigen Schimmer, und ein silbriger Fleck zog sich über die Haut um sein Auge und seine rechte

Schläfe. Die eigenartige Färbung verschwand unter seinen hellen Haarsträhnen.

Mein Herz raste, als ich den Duft der beiden einatmete. Animalisch. Scharf. So sexy, dass mein Körper darauf reagierte, als hätte er nur darauf gewartet, dass ich darauf aufmerksam wurde. Ich war ganz plötzlich geil und sehnsüchtig, bedürftig.

Ich riss meinen Blick von den Männern und schaute mich um. Das Zimmer war etwa so groß wie eine Garage für zwei Autos, und zweckmäßig eingerichtet. Ich erkannte die glänzende schwarze Oberfläche mit dem grünen Gitter, die das Transportpad darstellte, aus Bildern im Interstellaren Bräute-Abfertigungszentrum wieder. Ein Kontrollpult stand ein paar Schritt weit entfernt, unbemannt. Ich war mit zwei Aliens alleine im Raum und trug nichts als eine Decke, während sie mich anstarrten, als konnten sie es gar nicht erwarten, mich nackt vor sich zu haben und mich mit ihren Schwänzen zu füllen.

Und heilige Scheiße, das machte mich an.

„Einen Gruß an dich, Gefährtin. Ich bin

Tyran." Der Mann, der mich hielt, schmiegte seine Nase seitlich an meinen Kopf, atmete mich ein, sein dunkler Kopf in starkem Kontrast zu der hellen Haut an meiner Schulter, die unter der Decke hervorlugte.

Gefährtin? Oh wow. Mein ganzer Körper spannte sich an, während ich diese Realität verdaute. Ich hatte gewusst, dass dies passieren würde, aber mit der netten Aufseherin Egara auf der Erde in geschäftlichem Ton darüber zu sprechen, es mit zwei dominanten Kriegern von Prillon Prime als Gefährten aufzunehmen, war eine Sache. Hier zu sein, wo sich ihre massiven, kraftvollen Körper über mir auftürmten?

Ich zitterte, wurde feucht, als sie mich anstarrten.

Also langweilig würde es mir hier bestimmt nicht werden.

Verdammt, ich war nicht einmal mehr auf der Erde.

„Hallo", sagte ich, meine Stimme ein wenig rau. Ich räusperte mich und sagte es noch einmal.

Beide grinsten mich an, aber diesmal

antwortete der zweite Mann, der Goldene, und strich mit seinem Finger von meiner Wange über meine Unterlippe. „Hallo, Gefährtin. Ich bin Hunt. Dein sekundärer Gefährte."

Bei diesen Worten drückte mich der Mann, der mich hielt, fester, und meine beiden Gefährten tauschten für einen langen Moment einen Blick aus, der etwas austauschte, das ich nicht verstand. Wie durch eine stille Übereinkunft wandten sie sich wieder an mich und schenkten mir ihre ganze Aufmerksamkeit. Tyran hielt mich fest, und obwohl ich schon lange in seinen Armen war, schien er überhaupt nicht angestrengt davon zu sein. Das hieß, dass ich entweder abgenommen hatte oder er viel stärker und größer war, als ich zuerst gedacht hatte. Ich blickte zu ihm hoch, machte Anstalten, aus seinen Armen zu gelangen, aber er setzte mich nicht ab und schüttelte stattdessen den Kopf.

„Ich bin Captain Tyran, Gefährtin. Ich bin dein primärer Gefährte. Verstehst du, was das bedeutet?", fragte er.

Ich dachte an mein Gespräch mit Aufseherin Egara zurück. Oh ja. Ich wusste nur zu gut, was das bedeutete. Er war mein perfekt abgestimmtes Gegenstück. Und Hunt war der Krieger, den er dazu ausgewählt hatte, ihm zu helfen, sich um mich zu kümmern, Kinder mit mir zu haben, eine Familie zu sein. Es bedeutete, dass zwei Liebhaber ein Kristin-Sandwich machen würden. Ich zitterte und leckte mir über die Lippen. „Ja."

Da lächelte er, beobachtete meinen Mund, als ich die Lippen nervös aneinander rieb. „Ich gehöre dir, Gefährtin. Und ich gestehe, dass dein Anblick mich sehr erfreut." Er blickte mich mit dunklen, schokobraunen Augen an, in denen ich mich verlieren könnte. „Hunt ist mein Sekundär. Er gehört dir ebenfalls."

Hunt lächelte mir zu, aber der Ausdruck auf seinem Gesicht war irgendwie sanfter. Sie waren beide scharfkantig, aber Hunt fehlte die Schärfe, die ich in Tyran spürte, auch wenn er ein silbernes Auge hatte. Ich fragte mich, warum Tyran hier auf der Kolonie war. Auf den ersten Blick schien er überhaupt keine Inspektor Gadget-Teile zu haben.

„Bin ich auf der Kolonie?" fragte ich.

Ich blickte mich um und konnte außer den Körpern der Männer nichts weiter sehen als den Transportraum. Aber Tyran sah nur zu normal aus—also zumindest normal für ein Alien.

„Das bist du", antwortete Tyran.

Der Gedanke daran, was wohl unter seiner schweren schwarzen Kleidung verborgen war, war im Moment zu gefährlicher Boden für mich, also wechselte ich das Thema. „Gott, ich kann nicht glauben, dass ich gerade auf einen anderen Planeten gereist bin. Es ist ein wenig skurril."

Er lächelte zwar nicht, aber ich sah Wärme in seinen Augen. Sie hielten meinen Blick nicht fest, sondern wanderten über mein Gesicht, als würden sie mich studieren. Ich konnte es ihm nicht verübeln, denn ich machte das Gleiche mit ihnen beiden, und mein Blick schoss hin und her wie ein Ping-Pong-Ball in dem Versuch, zu begreifen, dass diese beiden Männer *mir* gehörten. Für immer. Keine Dates mehr. Keine Versuche, etwas zum Laufen zu bringen. Ich war gewissermaßen bereits verheiratet, und dabei kannte ich kaum ihre Namen.

„Es war eine unglaublich weite Distanz, und ein Transport kann schwierig sein, wenn man unvorbereitet ist. Geht es dir gut?", fragte Hunt. Ich konnte jetzt schon sehen, dass er der Fürsorgliche sein würde, derjenige, dem es auffallen würde, wenn ich hungrig war, mir kalt war oder ich einfach nur etwas Zeit für mich brauchte. Er gab mir ein sicheres Gefühl. Ein Gefühl von Geborgenheit. Von Schutz.

Aber Tyran? Er blickte mich an, als würde er hin und her überlegen, welchen Teil von mir er zuerst beißen sollte, und ich konnte meiner tiefgehenden Reaktion auf sein Höhlenmenschen-Verhalten nicht entgehen. Seine Augen waren fokussiert wie Laser, dunkel vor Lust. Roher. Animalischer. Lust.

5

ristin

MEIN KÖRPER ERWACHTE unter seinem durchdringenden Blick zum Leben, und eine Wildheit stieg in mir hoch, von der ich nicht gewusst hatte, dass sie da war. Das Geborgenheitsgefühl von Hunts Gegenwart machte es nur noch schlimmer. Irgendwie wusste ich, dass Hunt dafür sorgen würde, dass die Dinge nicht zu weit für mich gingen, und das gab mir das Gefühl, dass ich wild sein konnte.

Es war alles verrückt. Ich kannte sie gerade mal drei Minuten lang, aber meinem Herz war das egal. Meinem Körper auch. Sie beide sagten meinem Gehirn, dass es verdammt nochmal den Mund halten und sich einfach hinreißen lassen sollte.

Ich fühlte mich gar nicht, als wäre ich gerade in kleine Teilchen verwandelt und durchs Weltall geschickt, und am anderen Ende wie Milchpulver wieder zusammengesetzt worden. Aber das war ich. Ich sollte mir darüber Gedanken machen, wie furchteinflößend der Gedanke war, wie fehleranfällig dieser Prozess war. Was wäre geschehen, wenn nicht alles von mir am gleichen Ort wieder zusammengestellt worden wäre? Aber im Moment war mir das egal. Ich war hier, und zwei der schärfsten Männer, die ich je gesehen hatte, machten Anstalten, mich zu verschlingen.

Meine Brüste wurden schwer und meine Nippel hart, und ich stellte mir vor, wie ich zwischen ihnen ausgestreckt sein würde, sie beide aufnehmen, vier Hände auf meinem Körper, zwei Münder—einer an meiner Pussy und einer an meinen Nippeln saugend—zwei Liebhaber, die mir das

Gefühl gaben, feminin zu sein, wunderschön, begehrt...

Also gut. Ernsthaft? Ich hatte mich hier nicht gerade unter Kontrolle. Das musste aufhören, bevor ich mich vor meinen neuen Gefährten noch lächerlich machte.

„Würdest du mich bitte absetzen?", bat ich Tyran, der mich so eng an sich hielt. Ich brauchte Distanz, wenn ich mich wieder zusammenreißen sollte.

Ich zappelte, und er ließ meine Beine los, aber hielt mich mit seinem anderen Arm umschlungen, bis ich fest auf den Füßen stand. Erst dann erkannte ich, dass ich ja schon nackt war, und krallte mir die Decke, um mich fester einzuwickeln. Wir waren alleine im Raum. Obwohl diese beiden meine Gefährten waren, kannte ich sie nicht und war noch nicht ganz bereit dazu, ihnen meinen Körper zu zeigen.

Nachdem ich mir die Decke bis an die Schultern hochgezogen hatte, drehte ich mich herum, wandte ihnen den Rücken zu und öffnete den weichen Stoff weit genug, um mich ansehen zu können.

Ja, alle meine Körperteile waren da. Gott sei Dank. Leider war *alles* von mir noch da, inklusive meiner breiten Hüften und übermäßig üppigen Kurven. Bei all dieser tollen Transporter-Technologie sollte man doch meinen, dass sie einen Weg finden würden, unterwegs Fett abzusaugen oder Körper zu formen. Also einfach ein bisschen Speck zurückzulassen. Nicht, dass er mir fehlen würde.

Was allerdings fehlte, war der Landestreifen, den ich mir noch bei der letzten Intimrasur angelegt hatte. Irgendwo zwischen drei, zwei, eins und Weltraum war untenrum alles weggekommen. Ich war völlig kahl.

Ich keuchte erschrocken auf und hob meine Hand an mein Haar, fühlte die kurzen, weichen Strähnen meines frechen Kurzhaarschnitts und seufzte erleichtert. Eine Sekunde lang hatte ich befürchtet, dass diese seltsamen Bräute-Protokolle alles entfernt hatten. Klein gewachsen und ein wenig mollig war schon schlimm genug, aber klein, mollig und mit Glatze? Da hätte ich geweint. So richtig laut und erbärmlich.

„Ist alles in Ordnung?", rief mir einer der Männer hinter mir zu.

Ich wirbelte herum, zog die Decke fest um mich. Nun konnte ich sie mir beide klar ansehen. Sie waren ähnlich groß, eine unbegreifliche Größe. Sie mussten gut zwei Meter fünfzehn groß sein, und so breit wie Football-Spieler. Wie war das physisch möglich? Diese Männer stammten von Prillon Prime. Waren alle Männer auf ihrem Planeten so groß? Wenn ja, dann musste ich aussehen wie aus dem Zwergenland, nicht von der Erde.

„Sehe ich... sehe ich für euch normal aus?", fragte ich.

Einer runzelte die Stirn, der andere zog die Augenbrauen hoch. „Normal?", fragte Tyran.

Ich nickte. „Ja. Ich bin viel kleiner als ihr Jungs, und wir haben unterschiedliche Hautfarbe, und ihr seid riesig und besteht aus nichts als Muskeln." Und all diese Muskeln zeichneten sich unter ihrer Kleidung deutlich ab. Hunt trug etwas, das für mich wie normale Kleidung wirkte, Hosen und eine Tunika, nicht unähnlich Kleidungsstücken, die ich von der Erde kannt. Aber Tyran trug eine Art eng anliegende Rüstung, marmoriert mit schwarz und grau, die ihn verdammt einschüchternd aussehen ließ. Als wäre er drauf und dran, etwas zu ermorden. „Ihr Jungs seid riesig, und stark, und ich bin fett und—"

„Wenn ich das Wort fett höre, denke ich an Vieh, das zum Schlachten aufgefettet wurde. Beziehst du dich auf so etwas?" Hunt legte den Kopf schief, ein verwirrter Ausdruck auf seinem Gesicht.

„Wie bitte?" Wovon redete er da? „Du meinst wie Schweine oder Kühe?"

Auch Tyran verzog den Mund, und seine Augen schweiften über meinen Körper mit einer Intensität, bei der ich rot anlief und mir die Decke fester krallte. „Mir war nicht bewusst, dass es auf der Erde Kannibalismus gibt. Hast du dich deswegen freiwillig gemeldet? Um dem Schicksal zu entkommen, von Kannibalen gefressen zu werden?"

Ich starrte meine Gefährten mit blanker Verwirrung an. Waren sie beide verrückt? Es schien, als würden wir alle in Rätseln sprechen. Er dachte, wir waren auf der Erde alle Wilde? Nun, vielleicht waren wir das, aber so weit, dass wir einander fraßen, war es noch nicht gekommen. Noch nicht, zumindest. Jedenfalls nicht als normales Alltagsereignis.

„Nein. Nein, ich wäre nicht gefressen worden. Das habe ich nicht gemeint mit fett." Ich wusste, dass mein Gesicht rot wurde, konnte die Hitze in meinen Wangen aufsteigen spüren, die das Anzeichen für komplette, feuerrote Peinlichkeit war. Zwei der heißesten Männer, die ich je gesehen hatte, starrten mich an, als wäre ich ein Rätsel, das sie nicht lösen konnten. *Kein Rätsel zu sehen hier, Jungs. Nur eine erstklassige Idiotin.*

„Niemand hier wird dich auffressen. Wir sind keine Kannibalen", versicherte Hunt mir mit einer Ernsthaftigkeit, die mich fast zum Lachen brachte. Wie zur *Hölle* waren wir bei diesem völlig verrückten Thema gelandet?

„Gut."

Tyran trat einen Schritt näher an mich heran, und ich wich nicht zurück. Er gehörte mir. Ich würde hart daran arbeiten müssen, das nicht zu vergessen und jedes Mal zurückzuweichen, wenn er sich in meine Richtung bewegte. „Ich kann hinter dieser Decke nicht viel von dir sehen. Du bist klein, aber du scheinst mir perfekt zu sein."

„Du denkst, dass ich klein bin?" Das war neu.

Sie beide nickten, aber Hunt sprach. Er schien der Diplomat zu sein. „Du bist klein, aber wir sind mit den Frauen von der Erde vertraut, denn unsere Königin ist von deinem Planeten, wie auch Lady Rone, die Gefährtin des Gouverneurs."

„Es gibt hier noch andere Frauen? Auf der Kolonie? Von der Erde?" Ich ließ beinahe die Decke fallen, so erfreut war ich von der Aussicht darauf, eine Freundin von Zuhause zu haben.

Hunt nickte. „Ja, und Lady Rone ist schon gespannt darauf, dich kennenzulernen."

Darüber freute ich mich und fühlte mich ein wenig selbstsicherer, und schaute sie mir genüsslich an, und ließ sie das auch merken. „Also, sind alle Prillon-Krieger so groß?" Ich deutete auf sie mit einem nackten Arm, der aus dem Schlitz in der Decke hervorkam.

Ich hob meinen Blick von Tyrans Schenkeln dorthin, wo ich wusste, dass sein Schwanz sich befand. An der dicken Beule unter seiner Rüstung erkannte ich, dass er bereits hart für mich war, und er war riesig. Als ich meine Aufmerksamkeit schließlich wieder auf sein Gesicht richtete, waren seine Augen dort so dunkel, dass sie beinahe schwarz waren. „Ja."

Meine Gefährten waren, nebeneinander stehend, der perfekte Kontrast zueinander. Einer hell, einer dunkel. So groß. So intensiv.

„Wir haben außerdem dies hier." Hunt deutete auf sein rechtes Auge, wo das Silber mir im harten Licht des Transporterraums entgegenfunkelte. Seine goldene Haut hatte einen kälteren Ton, wo das Silber sein Auge umfasste und an der Schläfe verschwand. Ich fragte mich, wie der Hive ihm das angetan hatte. Fragte mich, ob es wehtat.

„Tut es weh?"

Er schien über die Frage überrascht zu sein, aber schüttelte langsam den Kopf. „Nein."

Ich blickte auf den glatten Boden hinunter, dann blickte ich Hunt direkt in sein Auge. Nein, seine Augen. Das Silber war seltsam, aber wenn ich genau hinsah, konnte ich sehen, wie es wanderte und sich scharf stellte, während er mich betrachtete.

„Du kannst damit sehen, nicht wahr?"

„Sehr, sehr gut. Ich kann die zwölf Sommersprossen auf deiner Nase von hier aus erkennen. Ist das eine Narbe an deinem linken Ohr?"

Ich hob meine Hand an mein Ohrläppchen, wo mir mit dreizehn ein Ohrring ausgerissen worden war. Die Haut war aufgerissen worden. Sie war wieder zusammengenäht worden, aber eine dünne weiße Linie war immer noch zu erkennen.

„Wow, du bist ja der Bionic Man", flüsterte ich.

Er deutete als Nächstes an sein rechtes Ohr. „Auch mein Ohr wurde modifiziert. Ich kann hören, wie dir das Blut durch den Körper pulsiert, wie dein Herz schlägt. Ich kann deine Atemzüge zählen und das Tappen deines nackten Fußes auf dem Boden unter der Decke hören."

Wow. Ich hörte auf, mit den nackten Zehen auf den kalten, harten Boden zu tappen. Aber den Rest konnte ich nicht aufhalten.

„Stört dich das?", fragte er.

Ich runzelte die Stirn und dachte nach. Nein. Es würde vielleicht eine Weile lang seltsam für mich sein, aber es lag auch etwas Tröstliches in dem Gedanken, dass Hunt mich immer hören würde, wenn ich in einem überfüllten Raum nach ihm rief, oder von weit weg. „Nein. Stört es dich, dass ich so klein bin? Denn wenn ja, haben wir ein Problem, weil ich mit Vierzehn zu wachsen aufgehört habe."

Tyran verneigte sich, nur ein kleines Bisschen, bevor er sich wieder erhob, als würde er einer Königin seine Ehre erweisen. „Fürchte nicht, dass ich dich nicht attraktiv finde. Ich versichere dir, das ist der Fall. So wie auch dein Verlangen nach uns mit jedem Moment größer wird. Die Zuordnung sorgt dafür. Das Bräute-Programm wird schon seit Jahrhunderten erfolgreich eingesetzt. Du bist perfekt für mich. Das garantiert der Zuordnungsprozess."

Das ergab Sinn, und daran hatte ich noch gar nicht gedacht.

„Ist es für dich auch so?", fragte ich Hunt.

„Ich bin dein designierter sekundärer

Gefährte. Wenn ich auch kein perfektes Gegenstück zu dir bin wie Tyran, versichere ich dir, dass ich mir mit ihm völlig darüber einig bin, wie begeistert wir darüber sind, dich hier bei uns zu haben."

„Du wirst dir keine eigene Gefährtin wünschen?"

Er starrte mich einen Moment lang an, als hätte ich ihm eine verpasst. „*Du* bist meine Gefährtin. Primärer Mann. Sekundärer. Das ändert gar nichts. Du gehörst mir. Zweifle nicht an meinem Verlangen nach dir."

Ich wandte mich ab, konnte ihm nicht länger in die Augen sehen, während er mit diesem Blick in meine Seele starrte. Ich biss mir nun auf die Lippe. Ich konnte spüren, wie sich unter ihren eindringlichen Blicken die Röte von meinem Gesicht auf den Hals und die Schultern ausbreitete, und verlagerte mein Gewicht von einem Bein aufs andere. „Es fühlt sich etwas seltsam für mich an, hier zu stehen", gestand ich, ein wenig verlegen und unsicher. „Können wir nicht woanders hin, und reden?" Ich zog an der Decke, stellte sicher, dass sie um die Mädels herum gut zugezogen war. „Und mir vielleicht Kleider holen?" Kleidung würde vielleicht helfen.

„Nein", sagte Tyran. Er blickte mich an, als würde er mich verschlingen wollen. „Wir werden hier nicht weg, bevor du nicht unseren Kragen trägst und wir dich zum Kommen gebracht haben."

Ich hatte das Wort Kragen zwar gehört, aber mein Gehirn hatte einen Kurzschluss gehabt und war völlig auf das Wort *Kommen* konzentriert.

Meine Pussy zog sich hitzig zusammen, und ich fuhr auf, um meine Reaktion zu verbergen. Was zum Teufel? Es war, als hätte er mir gerade einen Finger hineingeschoben, so erregt war ich, und bereit, so gut wie allem zuzustimmen. Es war verrückt. „Ähm, wie bitte? Das glaube ich nicht. Ich bin doch nicht quer durchs Universum gereist, nur um zu—" Ich brachte den Satz nicht zu Ende. Ich müsste lügen. Ich *war* quer durchs Universum gereist, um atemberaubenden Sex mit meinen heißen Aliens zu haben. Und du meine Güte, sie waren verdammt geil. Umwerfend, Höschen-schmelzend gutaussehend.

„Nur um zu was?", entgegnete Tyran.

„Ficken? Von Ficken habe ich nichts gesagt."

„Du sagtest—"

„Ich will meinen Kragen um deinen Hals. Ich will, dass der Geschmack deiner Pussy meine Zunge benetzt. Ich will die Laute kennenlernen, die du machst, wenn du dich in Lust verlierst. Ich will, dass du weißt, dass deine Gefährten sich um dich kümmern werden, und alle deine Bedürfnisse befriedigen."

Das war ein wenig verrückt. Ich war erst fünf Minuten lang wach, auf einem fremden Planeten, und er wollte mich befriedigen? Ehrlich, ich wollte wirklich nicht Nein sagen, aber es schien einfach irgendwie *falsch*. „Aber—"

„Lass die Decke fallen." Tyran verschränkte die Arme vor der Brust, aber nahm seinen Blick nicht von mir.

Mein Mund klappte auf bei seiner Unverblümtheit, dem tiefen Klang seiner Stimme, aber meine Nippel wurden hart und das Sehnen zwischen meinen Beinen wurde stärker.

„Tyran, du bist—"

Tyran schnitt Hunt das Wort ab. „Unserer Gefährtin gefällt es, wenn wir die Kontrolle übernehmen."

„Das mag sein, aber wir sollten uns Zeit nehmen, uns kennenzulernen. Gib ihr ein wenig Zeit, Tyran. Sie ist noch nicht soweit."

Es schien, dass Hunt eher ein Romantiker war als Tyran. Auch beschützerisch. Aber er hatte auch unrecht. Ich wollte in diesem Moment nicht sicher und geborgen sein. Ich stand kurz davor, vor Frust zu schreien. Ich brauchte Erlösung. Ich brauchte es, erobert zu werden, von diesen beiden Kriegern in Besitz genommen. Ich wollte wissen, dass sie wirklich mir gehörten. Das war die einzige Art, auf die ich mich wirklich sicher fühlen würde. Irgendwie, durch irgendein Wunder, schien Tyran das zu wissen.

„Ich wette, dass du gerade feucht bist, wenn du zuhörst, wie deine Gefährten über dich streiten."

Das war ich, aber zugeben würde ich es nicht.

„Verdammt, Tyran, ich wusste nicht, dass du so..."

„Wie" Tyran schüttelte langsam den

Kopf. Seine Zunge blitzte hervor und fuhr über seine volle Unterlippe. „So dominant? Sag es ihm, Gefährtin, sag ihm, dass du das so willst. Sag ihm, dass du mich genau so brauchst."

„Wie kannst du so sicher sein, dass ich das tue?", fragte ich. „Ich habe fürs FBI gearbeitet. Mir ist nichts mehr neu. Ich mag es nicht, wenn Frauen zu etwas gezwungen werden. Ich mag es nicht, wenn Frauen erniedrigt werden. Das lasse ich mir nicht gefallen."

„Ich will keine schwache Frau", entgegnete Tyran. „Wir werden dich niemals zwingen. Du hast eine Stimme. Du sagst es mir, wenn du etwas nicht möchtest." Sein Blick wanderte langsam über mich, klebte an meinem Körper, als hätte er eine Direktverbindung zu meiner Mitte. „Und du sagst es mir, wenn du etwas möchtest."

Ich hatte noch nie jemandem von meinen sexuellen Vorlieben erzählt. Ich wusste seit ich jung war, dass ich ein wenig anders war als andere. Während meine Freundinnen mit ihren Barbies und Kens Hochzeit spielten, band ich Barbie fest. Ich legte Barbie über Kens Knie, um sie zu verhauen.

Als ich älter wurde und mehr über Sex lernte, wollte ich es grob. Ich wollte einen Kerl, der mich festhielt, mir dreckige Worte sagte. Aber das funktionierte auf der alten Couch im Keller meiner Eltern nicht so gut. Steve Taylor, der mich entjungferte, war so gierig, dass er es nicht weiter schaffte als gerade mal durch mein Jungfernhäutchen durch. Er war nach etwa dreißig Sekunden gekommen. Vielleicht weniger. Das war das erste Mal, dass er seinen Schwanz nassbekam, und er hatte es nicht geschafft, sich zurückzuhalten—obwohl er sogar ein Kondom überhatte.

Als ich meinem Freund auf der Uni sagte, dass er mich fesseln sollte, dachte er, ich wäre ein Freak. Also ja, danach war er nicht mehr mein Freund. Somit lenkte ich meine perversen Neigungen darauf um, die derberen der erhältlichen Liebesromane zu lesen. Johanna Lindsay und der Held, der die Jungfrau entführte und sie auf seinem Schiff als Gefangene hielt. Die plündernden Wikinger. Die dominanten Beherrscher. Solche fiktiven Helden machten mich feucht. Sie beflügelten meine Phantasien, wenn ich meinen Vibrator zur Hand nahm und mich damit abfand, dass kein Mann mir jemals geben würde, was ich brauchte.

Ich war kaputt. So dachte ich von mir. Abnormal.

Ich konnte es niemandem sagen, nicht, wenn ich beim FBI arbeitete. Besonders nicht, nachdem ich in die Abteilung für Sexualverbrechen versetzt worden war. Gott, wenn einer der Kollegen herausfand, dass ich dominiert und beherrscht werden wollte, würden sie denken, dass ich verrückt geworden war, angesteckt von den kranken Schweinen, die wir hinter Gitter brachten.

Also wurde die Phantasie nie zur Wirklichkeit, und ich hatte nie jemandem davon erzählt.

„Woher weißt du, was ich will?", fragte ich.

Da grinste er, und es verwandelte sein Gesicht. Gott, er war so scharf, und dieser Blick war für mich alleine. Wegen mir alleine.

„Die Zuordnung. Wir sind ein Puzzle,

dem immer schon ein Stück gefehlt hat. Jetzt haben wir es gefunden. Und Hunt kann beruhigt sein."

„Wie?", fragte ich und blickte zu dem anderen Prillonen.

„Als ich dir befahl, die Decke fallenzulassen, hat dich das scharf gemacht?"

Ich biss mir auf die Lippe und starrte zwischen ihnen hin und her.

„Fürchte dich nie, uns die Wahrheit zu sagen", sagte Hunt. „Wir sind schon lange Zeit Ausgestoßene. Nichts, was du hier sagst, wird von uns verurteilt werden."

Ich holte tief Luft und atmete aus. Ich war hierfür quer durchs Universum gereist. Die Zeit, feige zu sein, lag hinter mir. „Ja, es hat mich scharf gemacht."

Tyran trat an mich heran und legte mir seine großen Hände auf die Schultern. Er war zwar sanft dabei, aber ihre Schwere beruhigte mich irgendwie. „Bist du feucht, Gefährtin? Feucht und bereit für meinen Schwanz?"

Solch sanfte Hände, und solch grobe Worte. Ich zitterte. „Ja."

„Ich bin steif. So hart war ich noch nie. Ich dominiere gerne, habe gerne die Kontrolle. Ficke hart und grob. Spiele und verhaue. Ich will dich festbinden und zum Betteln bringen, dich ausgesetzt und offen halten, genau wo ich dich brauche. Ich will ganz dreckige Dinge mit dir anstellen."

Oh. Mein. Gott. Ich würde gleich platzen, und er hatte noch nichts weiter getan als meine Schultern zu berühren. Hinter ihm trat Hunt näher heran, und ich spürte, wie sie mich mit ihrer Energie umgaben. Ich war ihnen vollkommen ausgeliefert, und es war niemand hier, um mich zu retten. Niemand würde mich schreien hören. Ich gehörte ihnen. Sie besaßen mich, und ich konnte nichts dagegen tun.

Diese Erkenntnis machte meine Knie weich, und ich musste mich bemühen, mich auf die Unterhaltung zu konzentrieren.

„Was willst du, Gefährtin?"

6

*K*ristin

W*AS WILLST DU,* **Gefährtin?**

„Alles. Einfach alles." Die Worte brachen aus mir hervor, bevor ich sie aufhalten konnte. Mein Hirn war anscheinend völlig von meinem Körper abgeschieden.

Hitze flackerte in seinen Augen auf, und ein Mundwinkel zog sich hoch.

„Das perfekte Gegenstück."

Ich runzelte die Stirn. „Die Tests haben dieses...geteilte Interesse aufgegriffen?"

„Absolut. Wirst du dich mir hingeben,

Gefährtin, sodass ich dir Lust bescheren kann, die du dir nie vorstellen konntest, auf Arten, von denen du nur träumen konntest?"

„Wir kennen noch nicht einmal ihren Namen", fügte Hunt hinzu. „Sollten wir nicht zumindest das wissen, bevor wir sie ficken?"

Da musste ich lachen, was Tyrans Grinsen nur noch breiter machte. Es stimmte. Ich erteilte ihnen gerade die Erlaubnis, mich zu ficken, und dabei hatte ich ihnen noch nicht einmal meinen Namen genannt.

Tyran trat zurück, sodass sie wieder nebeneinander standen. „Ich heiße Kristin. Kristin Webster."

„Kristin, lass die Decke fallen." Tyrans Stimme sank zu einem tiefen Timbre, und mein Körper reagierte sofort mit Gänsehaut. Ich blickte zwischen den beiden hin und her, und sah in einem von ihnen unerschütterliche Entschlossenheit und das Bedürfnis, dass ich mich ihm unterwarf. Hunt war nicht abgeneigt, nur... etwas überrascht.

Diese Männer waren meine Gefährten.

Zwei, nicht nur einer, die ich mir behalten durfte. Und im Gegenzug gehörte ich ihnen. Es gab kein Umwerben, keine Dates. Nicht einmal ein erstes Date. Es würde nicht einmal ein One-Night-Stand werden. Es war, als würde man in einer Bar einen Kerl finden, ihn zu den Toiletten zerren, die Tür verriegeln und ihn ficken, ohne überhaupt Namen auszutauschen. Aber diese beiden würden mich nicht sitzenlassen, sobald wir fertig waren. Sie gehörten mir. Die Realität dieser Tatsache war berauschend. Befreiend.

Nein, ich würde nirgendwohin gehen. Nie wieder.

Und so tat ich das, was ich all die Jahre lang immer schon gewollt hatte. Jemandem mein wahres Ich zeigen. Nicht nur meine großen Brüste, die schweren Rundungen, jedes zerfurchte Stück Haut und Unvollkommenheit, sondern auch meine düsterste Natur.

Ich gehorchte und ließ die Decke fallen.

Tyrans Augen flammten mit einem finsteren Feuer auf, und Hunt zischte.

Tyran hob die Hand und hielt drei Stück eines breiten Bandes hoch... oder so ähnlich. Es war kein Metall. Es war kein Plastik. Es war kein Stoff. Hunt nahm ihm ein blaues Band ab und legte es sich um den Hals. Es hatte keinen Verschluss, aber irgendwie versiegelte es sich und zog sich eng um seinen Hals. Ein Kragen. Tyran hatte es erwähnt, aber ich hatte es vergessen. Ich sah zu, wie Tyran sich ebenfalls einen blauen Kragen umlegte, während er sprach. Er hielt einen weiteren in der Hand, dieser schwarz.

„Prillon-Gefährtinnen tragen Krägen, um zu zeigen, dass sie in Besitz genommen wurden und unter dem Schutz eines Kriegers stehen. Wir werden dich zwar nicht offiziell in Besitz nehmen, bis du zustimmst und wir eine Gefährten-Zeremonie haben, aber bis dahin zeigen die Kragen aller Welt, dass du zu uns gehörst, so wie wir zu dir."

„Wie ein Ehering."

„Ich habe gehört, dass Lady Rone etwas Ähnliches über eure Erden-Bräuche gesagt hat, also ja."

„Ihr wollt, dass ich das hier trage?", fragte ich.

„Du musst es tragen, sonst können wir diesen Raum nicht verlassen."

„Warum?", fragte ich.

Hunt war es, der antwortete. „Es gibt nur wenige Frauen auf diesem Planeten. Du bist nicht nur wunderschön, sondern perfekt. Andere werden dich für sich haben wollen. Wenn du keinen Kragen trägst, so werden die anderen Krieger annehmen, dass du unseren Anspruch abgewiesen hast. Sie werden um deine Aufmerksamkeit kämpfen und für das Recht, dich für sich zu gewinnen."

Tyran knurrte geradezu, und dabei zogen sich meine Schenkel zusammen. Gott, er war so verdammt scharf, wenn er sich wie ein Höhlenmensch benahm. „Das wird nicht passieren. Du gehörst uns. Kein anderer wird dich anfassen."

„Also wenn ich hier ohne den Kragen rausspaziere, würde das richtige Kämpfe vom Zaun brechen?", fragte ich verblüfft.

Beide schüttelten den Kopf. „Nein, Gefährtin, deine Schönheit würde einen Krieg vom Zaun brechen", antwortete Hunt.

Da lachte ich, denn ich hielt es für eine Übertreibung. Als keiner von ihnen mit mir lachte, erkannte ich, dass sie es todernst meinten. Und sie dachten völlig ernsthaft, dass ich schön war.

„Ist es permanent?" Ich wollte wissen, ob ich das dumme Ding, sobald ich es erst anlegte, nie wieder runterbekommen würde. Ich blickte auf die dunkelblauen Kragen, die nun die Hälse meiner Gefährten einfassten. Was, wenn das hier nicht funktionieren würde? Was, wenn ich eine Alien-Scheidung brauchen würde—oder wie auch immer sie das hier im All nannten?

„Nein. Du hast deine dreißig Tage Zeit, dich zu entscheiden, ob du meinen Besitz als dein primärer Gefährte annimmst, oder nicht. Wenn du dich dafür entscheidest, bei uns zu bleiben, werden wir eine offizielle Besitznahme-Zeremonie haben. Solltest du beschließen, dir einen anderen Mann zu suchen, wird das Bräute-Programm dich einem anderen Mann dreißig Tage lang zuordnen—" Ich konnte den Frust in seiner Stimme nicht überhören, und mir wurde klar, dass Aufseherin Egara mir all das bereits gesagt hatte. Ich hatte es nur vergessen. „—und sollte all das stattfinden, wird auch er dir einen Kragen geben." Tyran blinzelte langsam, und ich fühlte mich wie ein Kaninchen, das von einem hungrigen Fuchs angestarrt wird. „Er würde ein Narr sein, dich nicht für alle sichtbar zu markieren. Ich bin kein Narr."

Ich schluckte den Klumpen in meinem Hals hinunter, zugleich eingeschüchtert und erregt von seiner Heftigkeit. „Wie läuft die Besitznahme-Zeremonie ab?"

Tyran trat näher an mich heran und beugte sich herunter, sodass sein heißer Atem über mein Ohr blies. „Ich werde deine Pussy ficken, und Hunt deinen Hintern. Wir werden alle zugleich kommen, alle drei, unser Samen tief in dir, dich als unser Eigentum markierend."

Oh. Mein. Gott. Das war scharf. Und richtig, richtig dreckig.

Tyran hob seine Hand und hielt mir den schwarzen Kragen hin. Er ließ mir die Wahl. Er zwang mich zu nichts. Ich konnte Nein sagen, und tief drin wusste ich, dass das für sie in Ordnung sein würde, zumindest bis wir noch ein wenig mehr darüber geredet hatten.

Er war vielleicht der Dominante, aber ich hatte die Macht. Sie konnten nichts dagegen tun, wenn ich den Kragen zurückwies. Sie konnten nichts tun, wenn ich *sie* zurückwies. Tyran hatte gesagt, dass er nichts mehr wollte, als mir Lust zu bereiten. Und ich zögerte?

Ich nahm den Kragen in die Hand. Er war nicht schwer, aber fühlte sich kühl an. Ich hob die Hände und legte ihn mir um den Hals. Die Enden berührten sich im Nacken, und ich spürte, wie sie sich irgendwie verbanden. Dann schrumpfte der Kragen, als wäre er nass geworden. Es hörte auf, sobald er sich eng an meinen Hals geschmiegt hatte. Ich hob die Hand und wollte den Stoff berühren, aber es schien mit meiner Haut verschmolzen zu sein. Der Übergang von Haut zu Band war nahezu nahtlos.

Ein seltsames Kribbeln begann unter dem Kragen, es lief meine Wirbelsäule hoch und runter. Ein paar Sekunden später wurde mein Körper von Emotionen durchflutet. Erregung. Hoffnung. Schmerz. Sehnsucht. Einsamkeit.

Lust. Verlangen. Begehren.

Meine Knie gaben nach, und Hunt fing mich auf, bevor ich zu Boden ging.

„Oh mein Gott!", schrie ich auf, als ich *fühlte*. „Was geschieht hier?"

Ich umarmte mich selbst, plötzlich erregter als ich es mir je vorstellen konnte. Meine Nippel waren hart, meine Haut ganz empfindsam. Meine Pussy zuckte zusammen, und mein Kitzler schwoll an. Meine Knie gaben beinahe nach unter der Intensität der Gefühle, die durch meinen Körper rauschten.

Hunt zog mich in seine Arme, und ich wimmerte. „Die Kragen schaffen eine besondere Verbindung zwischen uns dreien. Du kannst spüren, was wir spüren."

Ich zitterte, und die Wände meiner Pussy krampften sich zusammen. Ihre Lust. Meine. Ich hatte keine Ahnung, und es war mir auch egal.

„Ich werde gleich kommen", antwortete ich und wand mich geradezu in seiner Umarmung. Ich rieb meine Beine aneinander, versuchte, meinen Kitzler zu reiben. Meine Nippel pressten sich an den groben Stoff seines Hemdes.

Tyran ging vor mir auf die Knie, packte meine Hüfte mit einer großen Hand, hakte die andere hinter mein Knie und hob es sich über die Schulter. Ich hatte keine Sekunde Zeit, mich zu fragen, was er vorhatte, bevor er seinen Mund an mich legte, meinen Kitzler zwischen seine Lippen saugte und mit seiner Zunge darüberfuhr.

Ich kam beinahe augenblicklich, meine Hand in seinem Haar vergraben und daran zerrend. Mein Kopf kippte nach hinten an Hunts Schulter, und meine Augen fielen genüsslich zu. Ich spürte es in meinem Kitzler, in meiner leeren Pussy, aber ich spürte auch das Verlangen der Männer. Tyrans unbändigen Drang, mich an die Grenzen zu treiben. Hunts ruhiges Glühen, sein Wunsch, sich Zeit zu nehmen, ließ mich wieder und wieder kommen.

Als ich meine Augen wieder öffnen konnte, sah ich, dass Hunt mich mit einer Mischung aus Verlangen und Bewunderung ansah. Ich war noch nie zuvor in meinem Leben so schnell gekommen. Und ich wollte mehr. Ich war immer noch gierig, immer noch hungrig. Ich wollte gefickt werden. Ich war nicht sicher, ob es meine verzweifelte Geilheit war, die ich spürte, oder ihre.

Es war mir egal.

„Fickt mich, bitte." Ich war nun nicht mit Scham erfüllt. Jetzt wollte ich vom steinharten Schaft meines Gefährten gefüllt werden.

Tyran stand auf, und ich sah den glitzernden Nachweis meines Verlangens auf seinem Mund, seinem Kinn. Er leckte sich über die Lippen, aber wischte den Rest nicht fort.

„Du hast nicht das Sagen, Kristin."

„Tyran." Es war das erste Mal, das ich seinen Namen sprach, und es fühlte sich richtig an, wie es klang, atemlos und flehend. Ich brauchte, dass er mich fickte. Ich brauchte es, dass sie mich berührten. Ich brauchte mehr. Ich wimmerte. Hunts Griff um meine Taille wurde bei dem Laut fester, und Tyran antwortete.

„Ich weiß. *Wir* wissen es. Auch wir spüren über die Kragen deine Not. Wir wissen ganz genau, was du brauchst."

„Ich kann deine Pussy nicht ficken, Gefährtin", flüsterte mir Hunt seine eigenen dreckigen Worte ins Ohr, während er eine Hand hob und meine volle Brust umfasste. „Es ist das Recht des primären Gefährten, dich mit seinem Samen zu füllen, dir das erste Kind zu schenken. Ich werde dich in den Hintern nehmen, aber nicht heute. Wir müssen dich darauf erst vorbereiten."

„Nein, Hunt." Tyrans Verneinung war verwirrend. Hunt musste es ebenso empfinden.

„Was willst du damit sagen?", fragte Hunt.

„Wir sind nicht auf Prillon Prime. Die haben uns auf der Kolonie ausgesetzt. Wir halten uns an prillonische Bräuche und tragen die Kragen und nehmen gemeinsam eine Gefährtin, aber wir werden sie beide ficken, wie sie es will."

„Aber du hast das Recht auf das erste Kind", antwortete Hunt.

„Jedes Kind ist unser Kind. Es spielt keine Rolle, wessen Samen Wurzeln fasst. Oder, Gefährtin?"

Ich hatte keine Ahnung, wovon sie sprachen. Aber ja, ich wollte Kinder. Wenn sie beide mir gehörten, dann nein, dann spielte es keine Rolle, oder? „Nein. Mir ist egal, wer von euch der biologische Vater ist."

Hunts scharfes Einatmen ließ mich lächeln. Ich hatte ihm Freude bereitet, und sein Glück tanzte über meinen Kragen wie prickelnder Champagner der mir zu Kopf stieg. Ich war durch den Kragen eine Gedankenleserin geworden. Nein, eine Gefühle-Leserin.

Der Kragen gefiel mir. Ich brauchte meinen Gefährten nichts zu erklären. Sie würden spüren, was ich spürte.

Eine Unmenge an Scheidungen auf der Erde hätten mit dieser Technologie wohl vermieden werden können.

„Du willst gefickt werden, Gefährtin?", fragte Tyran und zog sich die Kleidung aus.

Ich nickte, sah mit großen Augen zu, wie sein prachtvoller Körper enthüllt wurde.

„Dann runter mit dir auf alle Viere. Zeig uns diesen runden Hintern und deine perfekte Pussy."

Hunt

ICH SAH ZU, wie unsere Gefährtin tat, wie Tyran ihr gebot, und mein Schwanz wurde steifer. Der Schmerz davon tat gut, als sie nackt auf alle Viere hinunter ging. Sie war so klein, aber perfekt. Kurzes blondes Haar umspielte ihren Kiefer, während ihre vollen, schweren Brüste unter ihr wippten. Ihr Hintern war nackt und rund, die glänzenden Lippen ihrer nassen Pussy ein freudiges Willkommensschild, das sie nicht leugnen konnte.

Sie war lüstern, scharf auf ihre Gefährten. Und Tyrans Befehle waren Treibstoff für ihr sexuelles Feuer.

Tyran war schon immer ein starker Krieger gewesen, ein Anführer auf seine eigene, ruhige Art. Aber er war damit zufrieden gewesen, abseits zu stehen und das Leben still zu beobachten, nachdem wir vom Hive befreit worden waren. Ich wusste, dass das hier in ihm steckte, aber gezeigt hatte er es nie. Aber jetzt? Ich hatte nicht vermutet, dass dieses Ventil, sein Bedürfnis nach Kontrolle, durch unsere Gefährtin hervortreten würde.

Ich hätte nicht überrascht sein sollen, aber ich war es. Ich war überrascht, als Kristin ihm für seine Dominanz nicht eine geknallt hatte. Stattdessen spürte ich ihr

Bedürfnis danach, ihre Erregung bei seinen Befehlen, den Frieden, den es ihr brachte, seinem Willen nachzukommen. Sie wollte, dass er die Kontrolle hatte. Ich spürte den Moment, als sie ihre hingab, sie ihm überreichte wie ein Geschenk. Uns beiden. Als ich sah, wie Kristins Atem stockte und ihre Augen vor Lust dunkler wurden, konnte ich seinen groben Befehlen nicht länger widersprechen.

„Zieh dich aus, Hunt, und leg dich neben ihr auf den Rücken."

„Wie bitte?" Ich riss meinen Blick von der cremefarbenen Haut unserer Gefährtin und starrte Tyran an. Während mein Schwanz hart dabei wurde, wie er unsere Gefährtin beherrschte, war es etwas Neues, dass er mich herumkommandierte. Es kam unerwartet, und der scharfe Ton meiner Frage bewies es.

„Du hast mich gehört, Sekundär. Auf den Rücken mit dir, und leg deinen Schwanz frei. Gib unserer gierigen kleinen Gefährtin das, was sie braucht."

Bei den Göttern, dieser Tonfall war neu. Aber ich konnte nicht leugnen, dass mir danach war, genau das zu tun, was er befahl. Ich wollte, dass sie mich ritt, mein Schwanz tief versenkt in ihrem Mund, ihrem Hintern oder ihrer Pussy. Mir war egal, was davon. Ich wollte sie schmecken, wie er es getan hatte. Der Duft ihrer Erregung machte mich beinahe wahnsinnig vor Lust. Sie so zu sehen, auf allen Vieren vor mir? Ich würde kommen, bevor ich überhaupt noch in ihr war.

Ich zog mir rasch die Hosen und die Tunika aus, dann nahm ich mir Zeit, unsere neue Gefährtin zu begutachten. Meine Finger strichen ihr über Rücken und Schulter, über die Wölbung ihrer Hüfte, während ich sie umkreiste. Ihre Haut war so blass, eine ganz andere Farbe als die einer Prillonin. Weich und warm. Ich befolgte seinen Befehl nicht, sondern bemerkte: „Unsere Gefährtin ist wunderschön, Tyran."

Sie wimmerte, schmiegte sich an meine Berührung, und ich fühlte mich wie ein Eroberer.

„Auf den Rücken mit dir, Hunt. Die Pussy unserer Gefährtin ist leer."

Ich hatte keine Ahnung, was Tyran vorhatte, und es war mir egal. Ich gab mich damit zufrieden, mitzuspielen, solange unsere Gefährtin mit Freude dabei war und ich bekam, was ich wollte. Sie.

Ich legte mich auf den harten Boden des Transporterraums und machte mir nichts daraus, dass wir an einem ausgesprochen öffentlichen Ort waren, ohne Polsterung oder Bett unter uns. Ich streckte die Hand aus, um eine ihrer vollen Brüste zu streicheln. Die weiche Wölbung war himmlisch in meiner Hand. Sie war voll und geschmeidig, schwer und die perfekte Größe für eine Handvoll.

„Kneif ihren Nippel." Tyran schritt nun um uns herum, seine Panzerung ein starker Kontrast zu unseren nackten Gestalten. „Kneif hart zu, Hunt. Sorge dafür, dass sie weiß, wem sie gehört."

Ich zögerte, bis ich Kristins Augen bei seinen Worten sah und spürte, wie sich ihr Nippel an meiner Hand zu einer harten Knospe formte. Ich *spürte* ihre Einwilligung, sah sie, als sie ihren Rücken durchstreckte und ihre Brust fester in meine Hand drückte. Ich kniff zu, und sie keuchte auf.

„Noch einmal."

Ich tat, wie befohlen, und Kristin stöhnte. Tyran beugte sich herunter, griff mit seinen Fingern in ihr kurzes Haar, drückte ihren Kopf in den Nacken und hob ihre Lippen zu seinen für einen brutalen Kuss. Er liebkoste ihren Mund nicht mit seinem, nein, er dominierte, verschlang sie vor meinen Augen, und mein Schwanz wurde schmerzhaft hart, während ich mich mit ihren Brüsten spielte.

Tyrans Lust schoss über den Kragen auf mich herein, sein Bedürfnis danach, zu beherrschen, unbändig. Und ihre traf mich als nächstes. „Jetzt, Gefährtin, dreh dich von Hunt weg und fülle deine nasse Pussy mit seinem Schwanz."

„Du willst Reverse Cowgirl?", fragte sie und guckte verwirrt.

Ich hatte keine Ahnung, was das hieß. Ihre Worte ergaben keinen Sinn. Was war ein Cowgirl?

Zur Antwort hob Tyran sie über mich, bewegte sie mit Leichtigkeit, wie er wollte, da sie so klein und wendig war. Er hob sie hoch und wartet, bis sie ihre Knie öffnete, dann ließ er sie über meinen Hüften hinunter, herumgedreht, sodass ihr Rücken mir zugewandt war. Die perfekten runden Wölbungen ihres Hinters waren für meine Bewunderung da, während sie in die andere Richtung blickte.

„Tu, was dir gesagt wird, und du bekommst genau das, was du willst. Denn wir wissen, was du brauchst."

Ihre nasse Pussy rieb über meinen Schaft, und wir beide stöhnten. Ihre nasse Essenz benetzte mich. Markierte mich.

„Wenn du dich widersetzt, werde ich dich verhauen, bis dein Hintern in Flammen steht. Hast du verstanden, Gefährtin?"

Ihre Pussy tropfte bei seiner Warnung.

„Ja." Dieses einsame Wort war nahezu ein Wimmern der Not, und ich versuchte, den Teil meines Gehirns zu ignorieren, der versuchte, herauszufinden, was zum Teufel hier eigentlich passierte. Ich hatte mir vorgestellt, unsere Gefährtin zwischen uns auszustrecken—auf einem Bett—und sie lange und langsam und innig zu lieben. Nicht, sie zu verängstigen oder zu überfordern mit unseren riesigen Gestalten und großen Schwänzen. Aber unsere kleine Menschenfrau wirkte nicht verängstigt.

Nicht im Geringsten. Nein, sie war hungrig und verzweifelt, ihre Erregung und ihr begieriges Interesse wie eine Droge, als sie mich über den Kragen erreichten. Süchtig machend. Sie machte süchtig, und ich hatte sie noch nicht einmal geküsst.

„Fick ihn, Gefährtin. Nimm ihn tief in dir auf."

7

Hunt

Das hier war verrückt. Sie war erst vor wenigen Minuten angekommen. Wir waren völlig Fremde, bis auf die subtile Vertrautheit aus den Tests und dem Fühlen über die Kragen. Ich hatte mir vorgestellt, dass wir sie locken, umwerben, necken, um sie in unser Bett zu bekommen. Wir hatten noch nicht einmal den Transporterraum verlassen, und schon schob sie ihre tropfnasse Pussy über meinen Schwanz.

Tyran schritt auf und ab, lief um uns

herum wie ein Perfektionist, der sein Werk begutachtet. Ich schloss die Augen, als Kristins kleine Hand sich um den Kopf meiner Latte legte und mich an ihrem heißen, nassen Kern positionierte. Ich biss die Zähne zusammen, als sie an meinem harten Schaft hinab glitt, meinen Körper in ihrer nassen Hitze umhüllte. Sie war so eng, passte so perfekt.

Ich wusste, dass meine Lust sich über die Kragen zu Tyran übertragen haben musste, als er stöhnte und sich die Rüstung von Brust und Schultern riss, die vergessen auf den Boden plumpste. Seine Augen loderten, während er zusah, sich zwischen meine Beine kniete, sein Blick gebannt auf das schlüpfrige Gleiten ihrer Pussy gerichtet, hoch und nieder, und meinen Schwanz, der von ihren Säften glänzte.

„Braves Mädchen. Fick ihn. Reite ihn. Nimm seinen Samen. Bring ihn dazu, ihn dir zu schenken. Es gehört alles dir."

Meine Eier zogen sich zusammen, eng und schwer, und kurz davor, bei dieser glatten Reibung zu explodieren, diesen Zuckungen in ihren Innenwänden. Aber ich hielt mich zurück, wollte nicht, dass es vorüber war. Götter, ich wollte, dass es nie vorüber war. Kristin ritt mich, ihre üppigen Kurven ein Anblick, von dem ich meinen Blick nicht reißen konnte. Ich wusste es, als Tyran aufstand und sich den Rest der Rüstung und die Stiefel auszog. Wusste, dass unsere Gefährtin ihm zusah, dass der Anblick seines nackten Körpers ihr Lust bereitete und ihre Pussy sich um meinen Schwanz herum zusammenzog wie eine Faust, die an mir pumpte, die mich fest im Griff hatte.

Tyran trat vor, voll konzentriert auf das Gesicht unserer Gefährtin, und hielt ihr seinen Schwanz vor den Mund. Einen Sekundenbruchteil lang machte ich mir Sorgen, dass ihr der Gedanke daran nicht gefallen würde, seinen Schwanz zu lutschen. Aber ich sah, dass ich falsch lag, als sie den Mund öffnete.

„Arbeite ihr vorsichtig deinen Daumen in den Hintern, Hunt. Dehne sie weit, während ich ihren Hals mit meinem Schwanz ausfülle." Er betrachtete Kristin eingehend. „Willst du alle deine Löcher gefüllt haben, Gefährtin?"

Ich blinzelte, schockiert von seinen

groben Worten, seiner mangelnden Finesse bei der Verführung unserer Gefährtin. Aber rohe Lust schoss über den Kragen auf mich ein. Nicht seine, sondern ihre. Sie nickte.

Sie wollte das hier, wollte ihn auf diese Art. Wollte, dass ich sie berührte, öffnete, mit ihrem Hintern spielte. Sie fickte. Ich durfte alles an ihr haben, und Tyran hatte noch gar nicht mit ihr gespielt, abgesehen von dem einen groben Kuss. Er war ihr primärer Gefährte. Sein Samen sollte es sein, der sie füllte, ihr erstes Kind zeugte, wie es auf Prillon Brauch war. Es war sein Recht. Es war kein Gesetz, aber die Tradition reichte Jahrhunderte zurück. „Tyran, du bist ihr primärer Gefährte. Ich denke nicht—"

„Wenn wir mit unserer Gefährtin zusammen sind, habe ich das Sagen. Tu es, Hunt." Tyran kam näher, und der Mund unserer Gefährtin öffnete sich begierig. Sie lehnte sich vor und saugte ihn in ihren Mund, als wäre er ihre liebste Näscherei und sie hungerte schon seit Monaten. Er fuhr ihr mit den Fingern ins Haar und bewegte sich, zog zurück, stieß vorwärts, bis ich wusste, dass er so tief in ihrem Hals war, dass sie nicht atmen konnte.

Ich spürte seine Lust über den Kragen, wusste, dass Kristin sich machtvoll fühlte mit ihrer Fähigkeit, ihm das zu schenken.

Seine Dominanz schien unsere Gefährtin zu erregen, denn sie hob die Hüften und fuhr kräftig auf meinen Schwanz hinunter, öffnete ihre Beine weiter, nahm mich so tief in sich auf, dass die Spitze meines Schwanzes mit jedem festen Stoß an die harte Öffnung ihres Uterus stieß. Die Schockwelle war wie ein Blitzschlag durch meinen Körper und ich zitterte unter ihr, nicht in der Lage, zu denken oder ihr etwas zu verwehren. Das hier war umwerfend, wie ich es mir nie hätte vorstellen können.

Meine Hände legten sich an ihren Hintern, und ich spreizte sie weit auf, erfreut, als sie stöhnte, ihre Not nicht verbarg. Ich drang langsam in sie ein, verteilte die heiße Nässe ihrer Erregung um meinen Daumen, bis ich sicher sein konnte, dass ich sie füllen konnte, ohne ihr wehzutun.

Ich arbeitete meinen Daumen vorsichtig in sie ein, massierte den Kreis ihrer engen Muskeln, während sie sich um mich drückte, Pussy und Hintern sich wie ein Schraubstock um mich krampften, und Tyran ihren Mund mit seinem Schwanz weit aufdehnte.

Kristin drückte mich zusammen, tief in ihrem Inneren, mit Muskeln, die nur eine Frau so einsetzen konnte, dass sie mich um den Verstand brachten. Ich konnte nichts zurückhalten, nichts tun als mich hinzugeben. Meine Eier zogen sich zu einer engen Explosion zusammen und ich kam, füllte sie mit meinem Samen, während mein Schrei die kleine Kammer erfüllte.

Tyrans Zufriedenheit war spürbar, und so sehr ich sein Bedürfnis, über uns alle drei das Kommando zu haben, nicht verstand, hatte ich auch nicht den Wunsch, zu widersprechen. Nicht, wenn die Pussy unserer Gefährtin in ihrer eigenen Erlösung um mich herum zuckte. Ich spürte um meinen Daumen herum, wie sie kam, während ihr ganzer Körper pulsierte und explodierte. Ihr Schrei wurde durch Tyrans Schwanz erstickt, und er stöhnte auf.

Er zog sich aus ihrem Mund hervor und ließ sie nicht einmal Luft schnappen. Er hob sie von mir runter, und ich ließ sie los, gespannt darauf, wohin seine wilde Besitznahme als nächstes führen würde.

„Setz dich auf, Hunt."

Ich ließ es sein, zu widersprechen oder zu versuchen, ihn zu durchschauen. Ich setzte mich auf, und Tyran drehte Kristin zu mir herum, dann setzte er sie vor mir auf ihren Knien ab. Ihre Augen waren vor Lust glasig, ihre rosa Lippen geschwollen und rund von der Anstrengung, um seinen Schwanz gepresst zu sein.

Er fiel hinter ihr auf die Knie, und mit einem raschen Ruck seiner Hüften fuhr er ihr mit seinem Schwanz in die Pussy. Sie keuchte auf, warf den Kopf nach hinten gegen seine Brust, während sie mit den Armen nach mir griff, um sich festzuhalten.

„Oh ja. Oh Gott. Tu es. Fick mich." Ihre Forderung kam seidenweich und heiser, ihre Haut war rosenfarben angelaufen, und er füllte sie, stieß wieder und wieder zu, hart genug, um ihre Brüste zum Hüpfen zu bringen und ihren Atem in ihrer Kehle zum Stocken. Sie blickte mich an, ihre blassen Augen verschwommen und doch intensiv. Sie *sah* mich, *spürte* mich. Spürte uns beide.

„Saug an ihren Nippeln. Spiel mit ihrem Kitzler. Aber wenn sie noch einmal spricht, auch nur irgendwelche Forderungen äußert, dann hör wieder auf."

Meine Lippen schlossen sich um ihren Nippel, saugten sie tief ein, noch bevor er fertig gesprochen hatte. Ich spürte, wie die kleine Knospe auf meiner Zunge hart wurde. Und Götter, sie schmeckte noch besser, als ich es erhofft hatte, ganz weich und feminin und meins.

Ich konnte das Knurren nicht unterdrücken, das aus meiner Kehle drang, als ich dieses Wort dachte. Sie war vielleicht Tyran zugeordnet worden, aber sie gehörte trotzdem mir. Mein Samen benetzte ihre Pussy, erleichterte ihm seinen Weg. Meine Hände waren an ihrem Körper. Sie war zwischen mir und Tyran gefangen, und mir wurde klar, dass es keine Rolle spielte, wer der Erste und wer der Zweite war. Sie gehörte uns.

Ich ließ eine Hand an ihre nassen Furchen sinken und fand die sensible Knospe, streichelte sie, kniff und zupfte. Vorsichtig, damit ich nachlassen konnte, aufhören, bevor sie Erlösung fand. Bis sie sich gegen

Tyrans Arm um ihre Taille aufbäumte, verzweifelt nach etwas, das Tyran noch nicht beschlossen hatte, ihr zu gewähren. Ja, ich konnte sehen, was Tyran tat: sie bis an die Spitze der Lust treiben, um sie stärker zu machen, intensiver, *umwerfend.*

Sie wimmerte, ihre Hände krallten sich in meine Brust und hinterließen Spuren, die ich wie Ehrenabzeichen tragen würde. Kein ReGen-Stab würde sie heilen dürfen. Sollte ein Arzt es versuchen, würde er meine Faust ins Gesicht bekommen. Die gehörten mir, ebenso wie sie.

„Willst du kommen, Gefährtin?"

„Ja, bitte!" Sie versuchte, mit ihren Beinen zu steuern, aber Tyran war zu stark. Sein Arm war um ihre Taille geschlungen, hielt sie an sich, aufrecht. Genau an der Stelle, wo er sie wollte. Ein Atlan-Biest würde ihn an schierer Kraft nicht überbieten können. Unsere kleine, zerbrechliche Frau hatte keine Chance, seinen Griff zu brechen, oder seinen Willen.

Er beugte sich vor, während ich mit ihrem Kitzler spielte, ihn langsam zwischen zwei Fingern rollte, und seine Zunge zeichnete die Wölbung ihres Ohres nach.

„Willst du, dass ich dich fülle? Dich ficke? Dass Hunt dir deinen empfindlichen kleinen Kitzler reibt, bis du auf meinem harten Schwanz kommst?"

Sie bebte, die Augen fielen ihr zu. Das wollte ich nicht. Ich wollte zusehen, wie sie zerfiel, so wie Tyran das vor wenigen Augenblicken konnte. Ich wollte das Feuer in ihren Augen sehen.

„Öffne die Augen, Gefährtin." Meine Stimme war tief wie Tyrans und hatte den scharfen Biss eines Befehls.

Ihre Augenlider öffneten sich, und ich hielt ihren Blick, während Tyran sich unter ihr bewegte, sie hochhob, sie wieder und wieder mit dem langsamen, harten Gleiten seines Schwanzes von hinten füllte. „Sieh ihn an, Gefährtin. Versuche nicht, dich vor uns zu verstecken. Wir wissen alles. Wir spüren alles das, was du spürst. Wir wissen, was du brauchst, und wir werden es dir geben. Wir werden dir alles geben."

„Ja." Sie leckte sich die Lippen, und mein Schwanz schwoll an. Ich wollte sie schon wieder.

„Dann komm, Gefährtin. Komm für uns." Tyran hielt sich nicht länger zurück, pumpte in sie wie ein ungezähmtes Biest, während ich ihren Kitzler bearbeitete. Sie explodierte in Sekunden, schrie ihre Erlösung heraus, aber das reichte Tyran nicht. Sein gebellter Befehl, dass sie noch einmal kommen sollte, war umso schockierender, da sie es tat. Ich spürte, wie es sie durchfuhr, unaufhaltsam.

Tyran gab endlich nach. Seine Erlösung traf mich über den Kragen wie ein Ionen-Blaster, als er die Pussy unserer Gefährtin mit seinem Samen füllte. Sie hatte uns beide genommen, und ein Kind, das wir gezeugt hätten, würde wahrlich uns gehören, da wir keine Möglichkeit hatten, zu wissen, wer es erschaffen hatte. Aber das störte mich nicht. Es war mir egal. Kristin gehörte uns. Sie war wunderschön. Sinnlich. Wie Feuer in unseren Armen.

Tyran zog seinen Schwanz heraus, und sie fiel nach vorne in meine Arme. Ich fing sie auf und hielt sie fest, während Tyran die längst vergessene Decke herbeibrachte. Wir wickelten sie ein, und sobald er sich sicher war, dass sie sich beruhigt hatte, geschützt und geborgen in meinen Armen, wandte er sich ohne ein Wort ab und legte seine Rüstung wieder an.

Kristin gehörte uns, aber ich machte mir mehr Sorgen als je zuvor, dass Tyran nie wirklich ihr gehören würde. Dass er zu geschädigt war, zu dunkel, als dass selbst ihre Sanftheit und ihr Licht ihn erreichen könnten.

8

Kristin

ICH KEUCHTE und setzte mich aufrecht hin. Der Raum war dunkel, und ich hatte keine Ahnung, wo ich war. Ein Traum hing mir noch nach, aber ich hatte ihn vergessen, er war verschwommen und glitt mir aus den Fingern, selbst, als ich versuchte, ihn mir in Erinnerung zu rufen. Mein Schlafzimmer hatte ein Fenster rechts vom Bett. Ich rollte mich hinüber, suchte nach dem Schein der Terrassenbeleuchtung des Nachbarn, von einer dunklen Silhouette umgeben, aber das Fenster war nicht da. Auch die Bettwäsche fühlte sich anders an. Weicher. Und der Blumenduft meines Weichspülers war merklich abwesend. Stattdessen konnte ich Moschus riechen, Männer und Sex.

Obwohl ich mich nicht gerade im Dunkeln fürchtete, hatte ich doch im Badezimmer ein Nachtlicht an. Ich hatte mir einmal die Zehen gestoßen, als ich mitten in der Nacht aufs Klo musste, und das wollte ich nie wieder erleben. Aber es gab kein Licht an diesem Ort. Ich konnte die Wände des Zimmers spüren, die Decke über mir, aber sehen konnte ich sie nicht. Ich konnte gar nichts sehen. Nicht ein Möbelstück. Keine Tür. Und ich war nackt, meine Brüste und Schultern ein wenig kühl, denn das Laken war mir über den Bauch gelegt. Für gewöhnlich schief ich in T-Shirt und Höschen. Aber gewöhnlich war hier gar nichts.

Ich bewegte die Beine, und mein System bekam von unten die Meldung, dass meine Mitte weh tat. Ich war wundgescheuert. Der Schmerz rief Erinnerungen hervor, und mit einem Schwall fiel mir alles wieder ein, als hätte mein Hirn noch ein paar Sekunden länger gebraucht, um aufzuwachen. Warum hatte ich die Schmerzen in meinem Körper nicht gleich gespürt? Meine Muskeln waren angespannt und schmerzten, und meine Pussy war empfindlich. Mein Hintern auch. Als ich mich bewegte, rieben meine Schenkel aneinander, und die zurückgebliebene Klebrigkeit von Hunts Höhepunkt machte das ansonsten mühelose Gleiten von Haut an Haut etwas reibungsvoller. Meine Nippel wurden hart und von einem unbekannten Sehnen erfüllt, als ich das lustvolle sexuelle Spiel plötzlich nicht mehr aus dem Kopf bekam. Ich fühlte mich gut rangenommen. Gebraucht. Besessen.

Meine Gefährten hatten keinen Zweifel daran gelassen, wie sehr sie mich wollten, und ich hatte mich noch nie in meinem Leben so wertgeschätzt gefühlt, oder so begehrt. Das Gefühl war berauschend, und ich hatte Mühe, ein Kichern darüber zu unterdrücken, wie völlig verrückt mein neues Leben war.

Ich war auf einem anderen Planeten, mit nicht nur einem Gefährten, sondern zwei. Und ich ließ sie alles mit mir anstellen, was sie wollten. Und verdammt, ich wollte sogar jetzt noch mehr.

Ich hob die Hand an meinen Kragen und atmete erleichtert auf, als ich das glatte Material unter meinen Fingerspitzen spürte. Diese Markierung als Prillon-Gefährtin war eine weitere Erinnerung daran, wo ich gerade war. Ich schloss die Augen, fühlte mich plötzlich beraubt. Ich konnte Tyran nicht mehr spüren. Seine Intensität vorhin war wie ein langsam glühender Lavastrom gewesen, der sich durch mein System brannte. Mein sekundärer Gefährte, Hunt, war ruhig, der Balsam, um Tyrans Feuer abzukühlen. Ohne ihn war ich mir nicht sicher, ob ich mit seiner dominanten Natur zurechtkommen würde, seinem absoluten Kontrollbedürfnis. Logisch gesehen verstand ich, dass er mein Vertrauen brauchte, meine Hingabe. Aber wenn ich ganz ehrlich mit mir selbst war, war ich mir nicht sicher, ob ich das ohne die Zusicherungen von Hunts ruhiger Beherrschung geben könnte. Bei Tyran fühlte ich mich wie eine verdorbene, wilde, kühne, verrückte Liebhaberin. Ich war in meinem Leben noch nicht so angetörnt gewesen. Aber ich hatte mich auch gefürchtet. Vor ihm. Und mehr noch vor mir selber.

Hunts ruhige Zurückhaltung war mein Anker gewesen, und ich grübelte über die Weisheit des Alien-Computersystems nach. Irgendwie hatten die Abfertigungs-Protokolle des Interstellaren Bräute-Programms es geschafft, mich zwei Kriegern zuzuordnen, die einander perfekt ausglichen. Licht und Dunkel. Feuer und Eis. Ungezügelt und zurückhaltend. Wie durch ein Wunder hatte ein Computer gewusst, dass ich beides brauchen würde.

Aber zum Thema Gefährten, wo waren meine überhaupt? Ich hatte keine Ahnung, welche Tageszeit es war. Ob es Nacht war oder Tag. Ich wusste nur, dass ich hellwach war und am Verhungern.

Ich zog mir das Laken bis an die Brust hoch, setzte mich auf und rückte auf die vermeintliche Kante des riesigen Bettes zu. Es war das größte Bett, das ich je gesehen hatte. Mehr als groß genug, um eine Menschenfrau und zwei Zweieinhalb-Meter-Krieger von Prillon zu beherbergen. Ich fand die Kante und schwang meine Beine über die Seite hinunter, und meine Zehen reichten nicht bis zum Boden. Also nein. Ich war bestimmt nicht mehr in meinem Schlafzimmer. Zum Teufel, ich war noch nicht mal auf der Erde!

Ich wollte gerade hinunterspringen und das Risiko eingehen, als ein Teil der Wand leise zur Seite glitt wie bei Raumschiff Enterprise. Es gab keine *Tür*, keinen Türknauf oder quietschende Scharniere. Ein ganzer Abschnitt an der Wand glitt zur Seite und verschwand. Und da, mit einem Lichtschein in seinem Rücken, als wäre er eine Art Gott, stand die Silhouette eines ausgesprochen großen, ausgesprochen breiten Prillon-Kriegers. Seine Emotionen prallten sofort auf mich ein. Zufriedenheit. Neugierde. Besorgnis.

„Hunt."

Er hörte seinen Namen, und seine Emotionen wurden besitzergreifend. Beschützerisch. Animalisch. Vielleicht war er ja doch nicht so ruhig und beherrscht.

„Ich habe gespürt, dass du aufgewacht bist, Kristin. Ich spüre deinen Hunger."

Vielleicht hätte ich mich bei dieser Ansage ungemütlich fühlen sollen, aber die wilde Fickerei hatte die meisten meiner Unsicherheiten beseitigt. Der Kragen stellte uns drei besonders empfindlich aufeinander ein. Er schraubte jedenfalls den Lustfaktor gehörig hoch. Wenn ich mit einem neuen Mann zusammen war, konnte ich oft nicht aus meinem eigenen Hirn raus. Ich machte mir Sorgen, dass er mich für pervers oder nuttig dafür hielt, dass ich Sex so gern mochte. Ich stand drauf, wenn ein Kerl die Kontrolle übernahm. Mich verhaute. Spielzeuge einsetzte. Ein wenig am Hintereingang rummachte. Ich mochte es grob. Ich hatte herausgefunden, dass eine Menge Kerle zwar über Frauen wie mich phantasierten, aber sobald wir nackt beieinander lagen und die Sache ernst wurde, war ich oft zu viel für sie.

Aber für Hunt und Tyran war ich nicht zu viel. Auf keinen Fall. Tyran trieb mich an meine Grenzen; Grenzen, von denen ich gar nicht wusste, dass ich sie hatte. Hunt war ein wenig erstaunt gewesen, das spürte ich, als Tyran mich antrieb. Es schien, dass er die persönlichen Vorlieben seines eigenen Kumpels nicht so genau gekannt hatte. Aber Hunt war schon ganz schön vergnügt dabei gewesen, und ich wusste, dass sie beide drauf abgefahren waren. Darauf, dass wir alle so wildes Zeug getrieben hatten.

Ein Knurren bildete sich in Hunts Brust, als ich schon wieder erregt wurde, allein bei dem Gedanken daran, seinen Schwanz zu reiten. Daran, wie Tyran uns herumkommandierte, mich am Haar zog. Hunt trat in den Raum hinein, und ich zitterte. „Licht, zehn Prozent."

Das Zimmer wurde gerade hell genug, dass ich ihn sehen konnte und feststellen, dass er dunkle Kleidung trug, und dass sein Blick jeden Zentimeter von mir begutachtete, aber sonst nicht viel mehr.

„Weißt du, wie schön du bist?", fragte er, und ein Anflug von Begehren schoss mir durch den Kragen, als Begleitung zu seinen Worten.

Ich sollte bei dieser Frage nicht verlegen werden. Besonders, da ich die Wahrheit dahinter *spürte*. Aber das war ich und zerrte mir das Laken bis an den Hals hoch.

„Nicht", sagte er, kam herüber und setzte sich an den Rand des Bettes. Die Matratze sank unter seinem Gewicht zusammen. „Ich weiß, dass ich nicht so gebieterisch bin wie Tyran, und das auch nie sein werde, aber ich hoffe, dass du dennoch auch Zuneigung für mich findest."

Für eine so beeindruckende Gestalt war die Unsicherheit in seiner Stimme deutlich zu hören.

„Das habe ich bereits." Ich lehnte mich an ihn und legte den Kopf an seine Schulter. Ich wusste, dass er die Wahrheit in meinen Worten hören würde, so wie ich die Wahrheit in seinen spürte. „Ich brauche auch dich, Hunt."

Er blickte auf mich hinunter, und ich fasste meinen Mut zusammen, hob meine Lippen und schenkte ihm einen langsamen, zarten Kuss. Ich ließ das Laken los, und es fiel mir bis an die Hüften hinunter. Er küsste mich langsam, voller Zärtlichkeit und Zuneigung. Als er sich zurückzog, starrte er auf meine Brüste, dann schenkte er mir ein Lächeln. „Du kannst es einem Krieger nicht verübeln, dass er da hinguckt. Du bist wirklich hübsch, und ich bin immer noch ganz verblüfft, dass du mir gehörst."

„Und du gehörst mir." Ich musste es

laut aussprechen. Die ganze Sache fühlte sich immer noch an wie ein Traum. Ich befürchtete halb, dass ich in dem dämlichen Untersuchungsstuhl auf der Erde aufwachen würde, wo Aufseherin Egara wie eine weise kleine Eule auf mich hinunterblinzeln würde und bereit stand, mich dafür zu rügen, dass ich mich wehrte—dass ich nicht zurückkehren wollte.

„Ich spürte deine Bedrückung, Gefährtin." Hunt hob die Hand und streichelte mir über die Wange. „Erzähl mir, was dich betrübt."

„Ich bin im Dunkeln aufgewacht und hatte keine Ahnung, wo ich war. Ich war verwirrt, aber es beruhigte mich, dich zu sehen. Ich fühle mich...sicher", gestand ich ihm.

„Dir wird niemals Leid widerfahren, Kristin von der Erde. Wir werden dich mit unserem Leben beschützen."

Das wusste ich. Ich brauchte die Worte nicht zu hören, oder die volle Bedeutung dessen über den Kragen spüren.

Er hob die andere Hand hoch, in der er einen seltsamen Stab hielt, der an der Spitze eine eigenartige blaue Spule hatte, die im dunklen Zimmer leuchtete. „Das hier ist ein ReGen-Stab. Er wird dich heilen."

Das Ding gab ein seltsames, ganz leises Summen von sich, und ich wich davor zurück. „Es geht mir gut."

„Nein. Wir waren grob mit dir." Er verzog bei diesen Worten das Gesicht, und ich spürte, wie sich in seinem Kopf Zweifel zusammenbrauten. Sorge. Worüber, da war ich mir nicht sicher, aber ich wollte ihn beruhigen. Ich nickte, und er hielt den Stab näher an mich heran, nur ein paar Zentimeter über meiner Haut, und arbeitete sich vom Kopf weg an meinem Körper entlang. Meine geschundenen Nippel hörten zu brennen auf, und die Schmerzen zwischen meinen Beinen lösten sich in Nichts auf, als er darüber hinwegfuhr.

„Wow." So etwas hätte ich auf der Erde liebend gern ein oder zwei Mal gehabt. Zum Beispiel, als ich in der dritten Klasse von der Schaukel gefallen war und mir den Arm gebrochen hatte. Oder das erste Mal, als ich im Nahkampf-Training in Quantico ausgeknockt worden war. „Danke."

„Jederzeit, Gefährtin. Was immer du brauchst, du musst nur darum bitten."

„Ich brauche eine Dusche. Und etwas zu essen. In der Reihenfolge." Die Schmerzen waren weg, aber der Geruch von Sex und Sünde haftete an meiner Haut wie das Parfüm der Hölle selbst. „Und warum kann ich Tyran nicht mehr spüren?"

Hunt schluckte. Schwer. „Er ist gerade zu weit von uns entfernt. Er ist draußen und sieht sich unsere neuen Krieger an."

„Oh." Das fand ich schade. Ich vermisse ihn, aber das würde ich nicht sagen. Hunt schien es aber zu *spüren*. Schmerz und Enttäuschung durchfluteten meinen Kragen.

„Ich bringe dich zu ihm." Er stand auf, sah mich nicht an, und ich konnte ihn nicht so gehen lassen. Nicht mit solchen Gefühlen. Ich packte eilig seine riesige Hand und zog ihn zurück, um ihn aufzuhalten.

„Hunt, die Tests haben mich zwar Tyran zugewiesen, aber es gibt einen Grund dafür, dass Tyran dich als Sekundär gewählt hat. Ich brauche auch dich."

Sein Blick traf meinen. Die Farbe seiner

Augen war umwerfend. Ich hatte noch nie zuvor karamellfarbene Augen gesehen, aber ich war wie verzaubert. Von ihm.

Er schüttelte den Kopf. „Nein, Gefährtin. Tyran hätte unter Dutzenden anderen wählen können. Jeder von ihnen wäre geehrt gewesen, sich um dich kümmern zu dürfen, dich anbeten."

Ich drückte seine Hand. Sie war so groß, Beweis dafür, wie unterschiedlich wir waren.

„Nein. Nach dem, was wir letzte Nacht getan haben, was Tyran einfach so... über mich wusste, darüber, was ich wollte—nein, was ich *brauchte*—ist es offensichtlich, dass die Zuordnungsprotokolle funktionieren. Er weiß Dinge über mich, die andere nie verstanden haben. Er weiß sie, und er braucht mich auch. Er braucht, dass ich so bin, wie ich bin. Ich muss nichts verbergen. Ich will nichts verbergen. Diese Tests machen die ganze Kennenlern-Phase wirklich um einiges einfacher."

Er runzelte die Stirn, aber er hörte mir zu, also sprach ich weiter.

„Tyran machte dich zu seinem Sekundär, weil du bist, wer du bist. Er braucht dich. Ihr beiden gleicht einander aus, und das bedeutet, dass ich genau diese Eigenschaften auch brauche. Ich will keine zwei Gefährten, die beides gebieterische Mistkerle sind und die ganze Zeit auf Messers Schneide tanzen. Ich werde im Bett gerne dominiert, ja, aber das hier brauche ich auch. Dich. Mich. Ich fühle mich gern geborgen. Ich brauche Stabilität genauso sehr, wie ich Tyrans Leidenschaft brauche. Ich brauche, dass du mir dieses Gefühl gibst. Dass ich behütet und beschützt werde." Mein Lächeln war schüchtern, und ich flatterte mit den Augenlidern. Ich hatte noch nie zuvor eine solche Unterhaltung mit einem Mann gehabt. Aber er war kein Mann. Er war ein Alien, und mein Gefährte. Er gehörte mir. „Du bist irgendwie lieb, Hunt, und ich gebe dich nicht auf. Wenn Tyran mich zerbricht, dann brauche ich, dass du hier bist und mich wieder zusammenfügst."

Da lächelte er. „Immer, Gefährtin." Er ließ die Hand an meinen Hals sinken und zog mich für einen glühenden Kuss an sich, bevor er mich losließ. Ich schwankte, und er lachte und packte meine Hand mit einer leichtherzigen Vertrautheit, für die man sich auf der Erde schon monatelang kennen müsste. Ich wusste, dass meine Erregung, meine vollkommene Hingabe ihm gehören würde, wenn er es wollte. Und ich wusste, dass er mein Verlangen nach ihm über die Kragen spüren konnte. „Wenn du irgendjemandem sagst, dass ich lieb bin, versohle ich dir den Hintern, und zwar ganz ohne Befehl von Tyran."

Ich wurde beim Gedanken daran rot, dass mein sanfter Riese meine Haut zum Brennen bringen würde. „Ich behalte es für mich." Einen Moment lang war ich still, starrte einfach nur auf unsere verbundenen Hände, aber ein Bild kreiste mir im Kopf herum und quälte mich. Tyran. Der verschlossene Tyran. Sein Herz schwer von einer Dunkelheit, die ich nicht verstand. Der uns verlassen hatte. Mich verlassen hatte. „Tyran", begann ich.

Hunt seufzte. „Tyran hat, wie ich, für die Koalition gekämpft und geriet in die Gefangenschaft des Hive. Jeder einzelne Krieger auf der Kolonie war dort irgendwann einmal ein Gefangener. Wir alle entkamen, aber wir haben unsere eigenen

Grauen durchlebt. Jeder von uns hat eine andere Folter hinter sich."

Ich strich mit meiner freien Hand sanft über die silbrige Haut an Hunts Schläfe, starrte in Hunts silbernes Auge. Er schauderte und schloss die Augen, lehnte sich in meine Berührung, als hätte ich ihm Ambrosia direkt von den Göttern geschenkt. Ich streichelte die Haut mit meinem Daumen. Sie war etwas kühl, aber der Temperaturunterschied war kaum merklich. Ich beruhigte meinen Gefährten und erkannte, dass ich absolut keine Ahnung hatte, was der Hive mit Tyran angestellt hatte. „Was haben sie ihm angetan?"

Seine Augen öffneten sich nur zögerlich, als würde er sich einer solch makabren Frage nicht stellen wollen. „Tyran ist anders als alle Krieger, die ich kenne. Sie haben ihn nicht äußerlich modifiziert. Ich glaube, dass sie immer vorhatten, ihn zu uns zurückzuschicken und unseren Kommandanten vorzugaukeln, dass er unberührt war."

„Aber das ist er nicht?"

„Nein." Hunt gab mir einen Kuss auf die

Handfläche. „Tyrans Muskeln und Knochen sind infiltriert worden."

Ich versuchte, mir vorzustellen, was das bedeutete, und konnte es nicht. „Und? Was heißt das?"

Hund seufzte und entzog sich, und ich spürte, wie Schuldgefühle durch ihn flossen wie ein Strom. Schuldgefühle darüber, dass er hier war, bei mir, und Freude empfand, während Tyran leiden musste. Daran war mein sturer Gefährte aber selbst schuld. Wenn Tyran nicht weggegangen wäre, dann würde ich ihn jetzt gerade genauso streicheln. Aber das hatte er mir nicht erlaubt.

„Sein Körper ist stark, abnormal stark und schnell. Er ist stärker als ein Atlane im Biest-Modus. Ich sah zu, wie er die Kabine eines Kampffluggerätes mit bloßen Händen auseinanderriss, das Metall zerschredderte, als wäre es Papier." Hunt ließ mir Zeit, das erst zu verarbeiten, aber nicht genug. „Die meisten von uns haben ein oder zwei vom Hive gezeichnete Stellen am Körper, so wie ich mit meinem Auge und meinem Arm. Wir haben kleine Narben. Aber Tyrans gesamter Körper ist Hive. Er hat mikroskopische Implantate in jedem Muskel und jedem Knochen. Er muss jeden Augenblick, jeden Tag aufmerksam sein. Und er muss mit dir äußerst vorsichtig umgehen."

„Warum mit mir?"

Da lachte Hunt, aufrichtig amüsiert.

„Weil du, Gefährtin, klein bist und zerbrechlich und perfekt. Du bist ein Blütenblatt unter unseren Stiefeln, und so sehr wir uns auch danach sehnen, dich zu berühren, müssen wir stets beachten, wie leicht wir dich zerbrechen könnten."

Also hatte ich Sex mit einer Art Superman gehabt, der mit bloßen Händen Metallplatten zerreißen konnte?

Mein Magen knurrte zur Erinnerung daran, dass ich über einen Tag lang nichts gegessen hatte, und ich schüttelte den Kopf. Was soll's. Ich wollte ihn. Ich brauchte ihn. Ich hatte Hunger, war sauer, und mir war egal, was für beschissene Gedankenspielchen diese Krieger auf diesem Planeten mit sich selbst spielten. Er gehörte mir, mikroskopische Teile hin oder her.

„Er gehört mir. Mir ist egal, was er ist. Ich bin ihm so zugeordnet worden, wie er *jetzt* ist. Ihr gehört beide mir, und ich werde keinen von euch aufgeben."

„Ich erinnere mich zwar daran, was mit mir geschehen ist, aber ich lasse mich nicht davon beherrschen. Ich habe die Veränderungen akzeptiert. Manchen gelingt das nicht, und sie nehmen sich das Leben. Andere werden aggressiv. Wieder andere gewöhnen sich mit der Zeit daran, und ihre Wut wird immer geringer, je mehr Monate verstreichen. Tyran aber, nun, sein Versagen quält ihn mehr als die meisten anderen."

„Warum?" War dies das einzige Wort, das ich heute hervorbrachte?

„Er ist ein Zakar."

Ich öffnete den Mund, um ihm die Lieblingsfrage eines Zweijährigen noch einmal zu stellen, aber er schnitt mir das Wort ab.

„Die Familie Zakar ist eine sehr bedeutende Familie auf Prillon Prime. Sie haben schon seit über sechshundert Jahren das Kommando über die Flotte in Sektor 17. Sein Cousin Grigg wurde vor ein paar Jahren zum Kommandanten der Kampfgruppe ernannt, der jüngste Kommandant seit über hundert Jahren."

Langsam gingen bei mir die Lichter an. „Was hat das mit Tyran zu tun?"

Hunt seufzte. „Meine Familie kommt nicht aus der Elite-Klasse, also stehe ich nicht unter dem gleichen Druck wie Tyran. Seine Familie ist—schwierig. Voller Krieger, die gedient haben, die viele lange Jahre gekämpft haben. Selbst ihre Frauen sind skrupellos und kalt. Seine Familie hat allen Kontakt abgebrochen, als er vom Hive gefangengenommen wurde. Seine Ländereien und sein Vermögen gingen an seine Schwester. Er ist in ihren Augen tot."

In ihren Augen tot? Mein ganzer Körper zog sich vor Schmerz zusammen. „Was für Arschlöcher."

Hunt blickte mir in die Augen. „Jetzt verstehst du langsam. Koalitionskrieger werden gefangen und verseucht. Wenn wir die Hive-Folter überleben, dann werden wir hierher geschickt, um unseren Lebensabend zu verbringen. Uns wurde es versagt, Gefährtinnen zu haben, eine Familie, und unser Besitz war weg. Unser Zuhause war weg."

„Aber ich bin hier."

Er streichelte meine Wange. „Ja. Den Göttern sei Dank, unser neuer Primus ist einer von uns. Er versteht, und er versucht, zu helfen. Aber Hoffnung ist zerbrechlich, Kristin. Du bist erst die zweite Gefährtin, die auf die Kolonie gekommen ist, obwohl unsere Krieger schon vor fast sechs Monaten begonnen haben, sich testen zu lassen. Deine Ankunft hier ist ein Wunder. Und die Tatsache, dass du eine Zakar-Braut sein wirst—aber hier—" Er brach ab, als wüsste er nicht, wie er den Satz zu Ende bringen sollte.

„Also will Tyran gar keine Gefährtin?"

„Er will dich so sehr, dass es ihn zerstört. Wenn ihm etwas wehtut, dann wird er einfach... still."

Still? So nannte man das heutzutage also?

„Meinst du nicht eher, höchst sexuell und extrem dominant?"

Hunt zuckte die Schultern. „Es ist eine Art für ihn, damit fertigzuwerden. Er hatte die Kontrolle verloren, als er dem Hive ausgeliefert war, also ist es verständlich, dass jemand wie er sogar noch temperamentvoller wird. Er hatte schon vor seiner Gefangenschaft gerne das Kommando, aber jetzt braucht er es umso mehr. Du hilfst ihm dabei, schaffst ihm ein Umfeld, in dem er Macht ausüben kann."

„Sex, meinst du wohl."

„Ganz genau. Indem du dich ihm hingibst, gibst du ihm seine Kraft zurück. Es ist wunderschön anzusehen."

„Wenn es so wunderschön und hilfreich ist, warum ist er dann nicht da? Warum kann ich ihn nicht spüren? Warum ist er weggegangen?" Ich hob meine freie Hand an den Kragen. „Seine Familie ist mir egal. Wie schon gesagt, sie klingen nach Arschlöchern."

„Wenn er in seinem Kopf gerade etwas verarbeitet, dann arbeitet er. Er ist noch nicht in unserem Quartier gewesen. Vielleicht bereut er, was er mit dir angestellt hat, wie er sich benommen hat. Vielleicht braucht er nur Zeit zum Nachdenken. Es spielt keine Rolle, Kristin. Er wird es schon mit sich selbst klären. Ich weiß, dass du gut für ihn bist. Für uns."

Ich schlang die Arme um ihn und schmolz in seine Umarmung hinein, das

Laken ganz vergessen. Ich blickte zu ihm hoch, mein Kinn auf seine Brust gestützt. „Ich bin froh, dass ich hier bin."

Dann küsste er mich, langsam und süß. Als er sich zurückzog, grinste ich. Ich spürte über den Kragen, wie amüsiert wir beide waren. „Ich bin nicht lieb, Gefährtin. Vergiss diese äußerst wichtige Tatsache bloß nicht."

Ich grinste. „Es bleibt unser kleines Geheimnis."

„Ich will dich", gestand er, und seine Händen strichen langsam, verführerisch über meinen nackten Rücken. „Es gibt keine Regeln dagegen, dass ein Sekundär seine Gefährtin nimmt und ihr Lust bereitet, aber du brauchst ein Bad und Nahrung. Und ich will, dass Tyran hier bei uns ist, wenn ich dich wieder nehme."

Ich verstand. Wir waren noch zu frisch, zu roh. Wir mussten zu dritt beieinander sein. „Ja. Sollen wir ihn suchen gehen?"

„Besorgen wir dir erst mal Kleidung aus dem S-Gen, und dann führe ich dich herum. Ich bezweifle nicht, dass Tyran zu Ohren kommen wird, *wo* du bist." Er blickte mich von oben bis unten an, und sein Blick verweilte an Stellen, bei denen mir kribbelig wurde. „Du gehst dich erst mal duschen, und dann werden wir uns mit den anderen treffen."

„Den anderen?"

Er beugte sich vor, bis wir uns an der Stirn berührten. „Ja. Weißt du noch, dass ich sagte, dass du erst die zweite Braut für die Kolonie bist? Dich kennenzulernen, wird vielen anderen Kriegern Hoffnung geben. Sie werden sehen, wie du vor Glück strahlst, weil wir so wahnsinnig tolle Fick-Künste haben."

Ich verdrehte die Augen, knuffte ihn spielerisch in die Brust, aber die war so hart wie die Wand hinter uns. Ich öffnete den Mund, um ihm zu widersprechen, stellte aber fest, dass ich das nicht konnte. Ja. Ich war glücklich, und es war ihretwegen. Zum ersten Mal seit langer, langer Zeit war ich glücklich, ohne eine Sorge auf der Welt. Ich musste mir keine Sorgen um ein dreizehnjähriges Mädchen machen, das vermisst wurde, mich mit verängstigten Eltern herumschlagen, dem Club der gruseligen, alten, reichen Männer, oder bösen Verbrechern. Es gab nur mich und meine

Gefährten. Und ich wusste, dass Tyran mir gehörte. Dass Hunt mir gehörte. Sie würden nirgendwohin gehen, und ich auch nicht. „Ja. Ich bin glücklich."

Er lehnte sich zurück und betrachtete mich noch einmal von oben bis unten, ein schelmisches Grinsen auf dem Gesicht. „Ich schätze, wir sehen besser zu, dass du Blau trägst."

Ich blinzelte langsam und versuchte, A und B zu verknüpfen. „Warum?"

Hunt zog mich hinter sich her zum Badezimmer. „Weil Blau die Familienfarbe von Tyran ist. Er würde ausflippen, wenn er dich in einer anderen Farbe sehen würde in einem Raum voller Krieger ohne Gefährtinnen."

9

„In einer anderen Farbe? Was denn zum Beispiel?"

Hunt lachte. „Wie etwa das Kupfer von Gouverneur Rone. Oder das dunkle Rot von Primus Nial."

Ich lächelte zurück. „Vielleicht sollten wir seine Welt ein wenig durcheinander bringen." Ich war sehr wütend auf Tyran, dass er mich so gründlich rangenommen hatte und dann davongegangen war. Wütend, dass er mich ohne Erklärung und ohne Abschiedskuss zurückgelassen hatte. Ich wollte ihn provozieren. Er brauchte jemanden, der ihn provozierte, und die Aufgabe übernahm ich liebend gerne. Ich war bisher noch vor keiner Herausforderung zurückgewichen. Damit würde ich jetzt auch nicht anfangen. „Ich habe in Rot immer schon umwerfend ausgesehen."

Mein sekundärer Gefährte schlug mir auf den nackten Hintern, als ich unter die Dusche eilte. „Das einzig Rote an dir wir dein Hintern sein, wenn wir beide mit dir fertig sind."

Mein Körper flammte auf bei dem Gedanken, wieder unter der Kontrolle der beiden zu sein, und Hunt knurrte.

„Nicht heute, Gefährtin. Kein Tyran-Ärgern. Er würde mir den Kopf abreißen. Sobald dein Kragen blau ist, kannst du dir so viel Spaß erlauben, wie dir beliebt, und deinen armen, hilflosen Gefährten quälen." Sein Blick wurde dunkler, als ich das Wasser aufdrehte, heiß und dampfend und himmlisch duftend. Mit Reinigungsstoffen versetzt, wie mir erklärt worden war. „Aber dann machst du dich auch besser auf die

Konsequenzen gefasst." Er gab mir einen weiteren spielerischen Klaps.

Ich stieg unter das Wasser, ein Grinsen auf den Lippen. Konsequenzen? Wie etwa ordentlich Haue? Oder ein Alpha-Männchen, das mich rumkommandierte, vornüberbeugte und mich füllte? Oder mich gegen die Wand drückte, mir die Kleider vom Leib riss und mich fickte, bis ich um Erlösung bettelte? Oder vielleicht meinem zweiten Mann befahl, mich in seinen Armen gefangen zu halten, während Tyran mich von hinten füllte? Oh ja. Mit solchen *Konsequenzen* konnte ich gut leben.

Ich beeilte mich, zu duschen und abzutrocknen, und stellte mich dann auf die seltsame S-Gen-Plattform, eine glatte schwarze Konstruktion in der Ecke des Wohnquartiers. Ein grelles grünes Licht scannte meinen Körper, und ich stieg herunter, als Hunt mir das sagte. Zu meiner Freude und Faszination konnte ich zusehen, wie ein Outfit mit Hosen, Tunika und Stiefeln mit weichen Sohlen in der Mitte der Plattform erschien, als wären sie von einem Geschäft hertransportiert worden. Sie passten perfekt, der Stoff enganliegend aber nicht zu eng, als wäre es für mich gemacht worden. Die Tunika hatte Ärmel, die mir bis knapp über die Ellbogen reichten. Der Ausschnitt betonte meinen Kragen, umspielte das schwarze Band, und die Tunika fiel bis zur Mitte meiner Schenkel hinunter und bedeckte meinen Hintern. Dadurch hatte ich nicht das Gefühl, dass mein Hintern auf dem Präsentierteller lag.

Die Kleidung war, auf Hunts Beharren, vom gleichen Mitternachtsblau wie sein und Tyrans Kragen, aber es war mir auch egal. Mir gefiel es, dass sie der Welt lautstark zeigen wollten, dass ich ihnen gehörte.

Ich zog mir gerade den zweiten Stiefel an, als ein Lautsprecher neben der Tür lautstark ertönte.

„Captain Hunt! Wir brauchen Sie sofort! Es gab einen Angriff!"

Ich stieß den Fuß in den Stiefel und stand auf, als jemand hektisch an der Tür klopfte. Hunt wischte mit der Hand über die Steuerung, und die Tür glitt zur Seite. Davor standen vier bewaffnete Krieger in voller Rüstung, wie sie Tyran am Vortag getragen hatte. „Captain, der Gouverneur befiehlt, dass Sie und Lady Zakar ihn sofort in der Kommandozentrale aufsuchen. Jetzt gleich."

„Ist Lady Rone dort?", platzte ich heraus, bevor Hunt mich aufhalten konnte. Ich nahm an, dass ich Lady Zakar war. Noch eine Veränderung, an die ich mich erst gewöhnen musste.

Der Krieger blickte mich an, und seine Augen saugten mich auf, nun, da er die Erlaubnis dazu hatte. Er starrte mich an, aber nicht auf unangenehme Art. Eher fasziniert und ehrfurchtsvoll. Als wäre ich ein Geist oder ein Engel, der gleich verschwinden würde. „Ja, meine Dame."

Hunt wandte sich mir zu, und ich konnte sehen, wie sich auf seinem Gesicht ein Befehl zusammenbraute. Er verwandelte sich vor meinen Augen vom zärtlichen Gefährten zum abgehärteten Anführer. Ich schüttelte den Kopf, wusste schon, was er dachte. „Nein. Auf gar keinen Fall, Hunt. Ich gehe mit. Ich habe auf der Erde Verbrecher gejagt. Ich komme mit, und ich will eine dieser Kanonen." Ich deutete auf die vier Wachen, von denen jeder eine ausgewachsene Flinte trug. Die

Krieger waren alle wie meine Gefährten, von Prillon, mit Hautfarben von Dunkelgold bis Dunkelbraun. Sie waren riesig und höllisch einschüchternd. Ich wollte ganz dringend eine Waffe.

Er hielt mir die Hand hin und gab nach. „Ich habe keine Zeit, mit dir zu streiten, und der Gouverneur will dich dabeihaben. Bleib nah bei mir." Er verzog das Gesicht. „Aber *keine Kanone*."

Fürs Erste zufrieden, nahm ich seine Hand. Aber ich beäugte die Halfter an den Oberschenkeln der zwei Krieger, hinter denen wir den Flur entlang marschierten. Dort waren kleinere, silberne Weltraum-Pistolen an ihr Bein geschnallt. Sie konnten nicht allzu anders sein als die Beretta, die beim FBI Dienstwaffe war. Vor dem Ende des Tages würde eine davon mir gehören.

Tyran, Basis 3, Kommandozentrale

Zu sehen, wie glücklich meine Gefährtin darüber war, Lady Rone kennenzulernen, war das Einzige, was mich davon abhielt, jedem Mann im Raum den Kopf abzureißen wie ein Atlan-Biest. Ich spürte Kristins Erleichterung darüber, noch jemandem von der Erde zu begegnen und nicht die einzige Frau zu sein. Ich würde mich an diesen Moment erinnern, falls wir jemals zu viel für sie werden sollten. Zwei Prillon-Krieger als Gefährten wäre selbst für eine prillonische Frau eine schwierige Umstellung. Aber für eine von der Erde, wo die Männer, wie ich wusste, viel kleiner waren? Ich hatte an der Seite von menschlichen Kriegern gekämpft. Sie waren tapfer und unerschütterlich, und mindestens einen Kopf kleiner als Hunt oder ich.

Hunt und ich waren wahrscheinlich mehr, als Kristin sich vorgestellt hatte.

Aber sie hatte sich gut mit uns geschlagen, zwischen uns, hatte unsere Schwänze aufgenommen und ihren eigenen Besitzanspruch gestellt. Den Göttern sei Dank für die Kragen. Sie ermöglichten uns allen, an Fragen vorbeizukommen, die wegen der Streifen um unseren Hals keine Antwort brauchten. Ich musste mich in keinem Moment fragen, ob ich meine Gefährtin glücklich machte. Wo andere gezwungen waren, zu vermuten, waren es für uns Gegebenheiten. Wenn man die Test-Zuordnung dazunahm, fühlte ich mich, was Kristin anbelangte, sehr zuversichtlich. Ich beobachtete jede Bewegung von ihr, die kleinste Veränderung in ihrer Haltung oder ihrem Ausdruck. Meine Besessenheit, zusammen mit dem Wissen über ihre Emotionen und Bedürfnisse, das ich über den Kragen bekam, stärkte mein Vertrauen in sie, in unsere Verbindung.

Worüber ich nicht so ruhig war, war ich selbst.

Ich war eine Bedrohung für jeden, der in meine Nähe kam. Ich würde mich eher umbringen, als meiner Gefährtin etwas zu tun, und ich würde jeden Funken meiner Selbstbeherrschung einsetzen, um meine Kraft unter Kontrolle zu halten, wenn wir zusammen waren. Ich war zwar grob und herrisch gewesen, aber doch sanft. Ich war von meiner Zeit beim Hive weniger als Prillone, und mehr als Biest hervorgegangen. Ich kannte meine eigene Kraft nicht, und meine Selbstbeherrschung stand auf Messers Schneide. Ich hatte sorgsam meine

Emotionen für mich behalten, war stets am Rande des Geschehens geblieben, beobachtend, Hunts Kommando folgend, in diesen letzten drei Jahren.

Hunt führte an. Ich hielt mich zurück. Das hatte als System bisher perfekt funktioniert.

Bis jetzt zumindest. Nun hing ich am seidenen Faden. Ein unverschämter Blick oder ein freundliches Lächeln von einem der Krieger konnte mich schon in einen Berserker verwandeln. Sie sah so wunderschön aus in meinen Farben. Ich war stolz, sie in Dunkelblau zu sehen, selbst wenn meine Familie—die diese Farbe ja ehren sollte—sich nicht mehr um mich kümmerte. Hunt, Kristin und ich würden unsere eigene Familie gründen, sobald ihr Kragen sich unseren angepasst hatte.

Kristin Webster von der Erde brachte meine besten Seiten hervor. Und meine schlimmsten. Sie war Licht, selbst ihr Haar und ihre Haut waren wie die Sonnen am Himmel. Sie trug ihr Haar kürzer als Rachel, aber mir gefiel das sogar besser, da ich so die empfindliche Haut in ihrem Nacken ungehindert erreichen konnte. Selbst jetzt konnte ich nicht aufhören, auf die lange Linie ihres Halses zu starren, die sanfte Kurve um ihr Kinn. Ich wollte sie dort küssen, wieder und wieder, stundenlang. Ihr Lächeln alleine brachte mein Herz dazu, sich zusammenzukrampfen. Aber zu wissen, was sich unter ihrer Tunika verbarg? Nun, das sorgte dafür, dass ich hart blieb, machte mich aber auch eifersüchtig, besitzergreifend und wahnsinnig. Was nichts Gutes verhieß für die Lebenserwartung der anderen im Raum, sollten sie ihr etwas antun.

Was sie niemals würden. Das hieß nicht, dass es mir gefallen musste, wenn die Männer sie angafften, sie begehrten.

Sie gehörte mir.

Als könnte sie mein inneres Chaos spüren—was sie wahrscheinlich tat—blickte sie in meine Richtung, hielt meinen Blick fest und lächelte mit einem femininen Lippenschwung, der von einem gemeinsamen Geheimnis sprach. Begehren. Versprechungen. Ja, sie gehörte mir.

Und so ballte ich meine Hände zu Fäusten, lehnte mich an die Wand und hörte zu. Ich musste mehrere Meter von ihr entfernt bleiben, von den anderen. Wenn ich schon ein paar Krieger ermorden würde, dann wollte ich das nicht im gleichen Zimmer tun, in dem sich der Gouverneur und seine Gefährtin aufhielten.

Aber wenn Hunts zweiter Befehlshaber nicht bald aufhörte, Kristin zu beäugen—

„Wie viele werden vermisst?", fragte Maxim.

Das lenkte mich von der nervenaufreibenden Faszination des anderen Kriegers mit meiner Gefährtin ab.

„Heute noch einer. Das sind nun fünf innerhalb von zwei Monaten."

„Und es sind nur meine Männer? Allesamt neue Krieger auf der Kolonie?", fragte Hunt. Er war in seinem Element. Hier hatte er die Kontrolle, das Kommando. Maxim war zwar der Gouverneur von Basis 3, aber Hunt hatte die Verantwortung über alle Neuankömmlinge. Er sorgte für ihre Eingewöhnung, ihre Zukunft. Wenn einige von ihnen einfach verschwanden, als wären sie davontransportiert worden, dann war das sein Problem. Seine Männer.

Er war vielleicht im Schlafzimmer mein Sekundär, wenn wir Kristin nahmen, aber hier war er der primäre Mann. Wenn er Befehle gab, dann befolgte die sogar ich. Und so hörte ich mir die neuesten Meldungen zu den seltsamen Vorgängen an, und behielt Kristin im Auge. Auch wenn die persönliche Garde des Gouverneurs anwesend war, war immer noch ich für ihren Schutz zuständig.

„Ja, und wir wissen nicht, warum, oder was mit ihnen geschieht", sagte der Sekundär des Gouverneurs, Ryston.

„Das kann kein Zufall sein", sagte Hunt und verschränkte die Arme vor der Brust. Wir waren zwar in der Kommandozentrale, aber niemand saß. Alle hier waren zu angespannt, nachdem ein Muster aufgetreten war, das nun offensichtlich war. Irgendetwas stimmte hier auf der Kolonie nicht, und wir mussten die verdammten Puzzleteile zusammenfügen. „Leutnant Perro war noch nicht einmal eine Woche hier."

Lady Rone hatte bislang schweigend zugehört. „Findet Krael, und ihr findet eure Vermissten."

Der Gouverneur blickte zu seiner Gefährtin. „Das wissen wir noch nicht sicher."

„Ich schon", raunte sie, und ich spürte

einen Anflug von Belustigung von Kristin. Irgendetwas an Lady Rones Bemerkung fand sie amüsant. Ich wusste nicht, warum das so sein sollte.

„Perro war mit den anderen Neuankömmlingen Abschnitt 9 zugewiesen worden. In diesem Abschnitt gab es drei Vermisste in ebenso vielen Wochen." Hunt schien unberührt, wie immer, aber ich kannte die Wahrheit, nun da wir über die Kragen miteinander und mit unserer Gefährtin verbunden waren. Er war ebenso aufgewühlt wie ich, sein Verstand von Lust getrübt. Ich hatte keine Ahnung, wie er es noch schaffte, zusammenhängende Sätze zu bilden, aber das tat er. „Wir könnten dort mit der Suchaktion beginnen."

„Ich möchte mitkommen", sagte Kristin. In ihrer Stimme lag nichts von der Unsicherheit eines Neuankömmlings auf diesem Planeten. Sie hielt sich gut, und ich konnte ihre Selbstsicherheit über den Kragen spüren.

„Nein", sagten Hunt und ich gleichzeitig, aber während seine Stimme fest und kontrolliert war, war meine ein bellender Befehl. Mehrere Köpfe drehten sich zu mir herum. Es war das Erste, was ich seit Betreten des Raumes gesagt hatte.

„Ich war auf der Erde Ermittlerin beim FBI. Ich habe im Bereich Menschenhandel gearbeitet." Sie wandte sich an den Gouverneur, um ihren Punkt vorzubringen, aber ihre Bemühungen waren vergeblich. Ich würde sie nicht auf die Hive-Jagd hinausschicken, und Hunt ebensowenig. „Ich habe Leute aufgespürt, die gekidnappt und in die Sklaverei verkauft worden sind. Ich bezweifle zwar, dass es das ist, was mit euren Kriegern geschehen ist, aber ich weiß, wie man nach ihnen suchen kann."

Hunt schüttelte neben ihr den Kopf, die Arme vor der Brust verschränkt. „Auf gar keinen Fall. Du kennst den Planeten nicht, oder wie diese Krieger denken. Noch bist du mit unserem Feind vertraut. Wenn es auf diesem Planeten Verräter gibt, die für den Hive arbeiten, dann sind die extrem gefährlich. Und sie werden nicht so denken oder handeln wie jene auf der Erde."

„Du warst beim FBI?", fragte Lady Rone Kristin.

Unsere Gefährtin nickte. „Ich habe die Ausbildung in Quantico gemacht, aber ich habe an allen möglichen Orten gearbeitet, wo immer ein Fall mich hinführte. Ich bin mit kolumbianischen Drogendealern fertiggeworden, Bankern aus Hong Kong, mexikanischen Kartellbossen, sogar der russischen Mafia. Ich finde Leute. Leute, die in Schwierigkeiten stecken, gegen ihren Willen weggebracht wurden. Das ist meine Arbeit. Ich kann hier helfen."

Lady Rone schenkte ihr ein Lächeln, dann blickte sie zu Hunt. „Ich kann für ihren Erfahrungsschatz auf der Erde bürgen. Euch ist die Tiefe ihrer Fähigkeiten wohl nicht bewusst, aber mir schon. Sie hat Unschuldige vor dem Abschaum der Gesellschaft gerettet. Das kann sie hier auch tun."

Maxim legte seiner Gefährtin eine Hand auf die Schulter. Sie blickte zu ihm hoch. „Sie kann helfen", sagte sie zu ihm.

„Die Entscheidung liegt nicht bei mir, Rachel. Sie ist nicht meine Gefährtin." Er blickte zu Hunt. „Sie nehmen vier Wachen und sehen sich Abschnitt 9 an. Arbeiten Sie sich um die gesamte äußere Umgrenzung herum. Geben Sie stündlich Meldung."

Hunt nickte, deutete auf vier seiner Krieger. Sie gingen vor ihm aus dem Raum, und Kristin hielt Hunt am Arm fest. „Ich kann helfen. Im Ernst."

„Die Antwort ist Nein, Gefährtin." Er strich ihr über die Wange, dann blickte er zu mir. „Tyran."

Er beugte sich vor, gab Kristin einen Kuss auf die Stirn, dann ging er aus dem Raum und die Tür schob sich hinter seinem Trupp zu.

Ich spürte Kristins Wut in mir pulsieren. Sie war außer sich darüber, so missachtet zu werden, aber keiner von uns konnte sie in die Gefahr ziehen lassen. Wir hatten sie gerade erst gefunden. Sie hatte keine Ahnung, wie wahrlich kostbar sie war.

Sie stapfte zu einem der anderen Wachen und hielt ihre Hand auf. „Geben Sie mir Ihre Waffe."

Ihr Blick fiel auf den Schenkel-Halfter und die Ionen-Pistole, die dort befestigt war.

Der Atlane blickte mit großen Augen auf sie hinunter. Er war sogar noch größer als ich, und ich kam näher, bereit, meine

Gefährtin vor dem Biest zu beschützen, das in ihm steckte.

„Können Sie denn damit umgehen?", fragte er, und ein Lächeln umspielte seine Lippen.

„Behandeln Sie mich nicht so herablassend. Ich bin vielleicht klein, aber schießen kann ich. Töten kann ich."

Kristin hatte schon einmal getötet. Ich fühlte es, spürte den kalten Schauer dieser Wahrheit, und ihre Stärke ließ meinen Schwanz hart werden. All dieses Feuer, diese Macht, und sie gab sie mir hin.

„Du wirst die Waffe des Atlanen nicht an dich nehmen", sagte ich und kam näher. Ich legte ihr eine gebieterische Hand auf die Schulter. Wenn der Atlane auch nur den geringsten Zweifel daran hatte, dass sie mir gehörte, wenn der Kragen und die blaue Tunika nicht ausreichten, dann würde das hier helfen. Ich hoffte nur, dass sie noch unseren Geruch auf der Haut hatte. Hatte sie Hunts Samen abgewaschen? Ich hoffte nicht. Ich wollte, dass das Biest unseren Besitz an ihr riechen konnte, die Wahrheit merken.

Sie gehörte uns.

„Lady Zakar, ich wünsche nicht, zu beleidigen. Wie der Gouverneur sagte: wenn Ihr Gefährte wünscht, dass Sie eine Waffe haben, so ist dies seine Entscheidung, nicht meine." Er verneigte sich und trat zurück. Scheiße, war ich froh, dass ich ihn nicht herausfordern musste.

Kristin blickte mich mit zusammengekniffenen Augen an. „*Deine Entscheidung?* Du wirst mir verweigern, dass ich helfen darf? Was soll ich tun, die ganze Zeit barfuß und schwanger rumsitzen und dir das Abendessen machen und nach einem langen Tag harter Arbeit den Rücken massieren?" Sie schmollte wie ein kleines Mädchen und streckte mir die Lippen entgegen. Ich hätte mich vielleicht sogar täuschen lassen, hätte ich nicht ihren Zorn über den Kragen auf mich einblitzen gefühlt. „Also, was wird meine Aufgabe hier sein? Ist meine einzige Aufgabe, dich und Hunt zu ficken? Denn dafür könnt ihr euch auch eine Gummipuppe zum Aufblasen nehmen."

Ich hörte, wie die Krieger um uns herum raunten, aber ich wandte den Blick nicht von ihr ab. Ich wollte sie nicht verärgern, ich konnte ihr einfach nur nicht geben, was sie wollte. Ich konnte sie nicht ihr Leben riskieren lassen, nicht hierfür.

„Du bist neu hier, Kristin. Wir sind zwar voll und ganz aufeinander abgestimmt, aber es gibt noch viel zu lernen. Ich hatte bisher keine Ahnung über deine Funktion auf der Erde. Ich bin über deine Bemühungen beeindruckt, aber es ist meine Aufgabe—und Hunts—dich vor Schaden zu bewahren. Wir sind alle hier auf der Kolonie wegen des Hive, wegen dem, was sie uns angetan haben. Ich werde nicht zulassen, dass das mit dir passiert. Ich kann dir keine Waffe in die Hand drücken und dich ermutigen, dich in Gefahr zu begeben, dein Leben zu riskieren."

„Gefahr gibt es überall. Verdammt, diese Decke könnte einstürzen und mich verletzen. Ich bin eine erwachsene Frau, du kannst mich nicht vor allem beschützen."

„Es ist mir die höchste Ehre und Würde, es zu versuchen."

Sie verstand die Tiefe eines prillonischen Besitzanspruches nicht. Sie verstand es als Unterdrückung, nicht als Hingabe.

Aber ich würde sie überzeugen. Ich würde sie dazu bringen, zu verstehen.

Sie spitzte die Lippen und kniff die Augen zusammen. Sie war schnell. Dass musste ich ihr lassen. Sie hatte meine Waffe aus dem Halfter gezogen und die Finger darum gelegt, bevor ich blinzeln konnte. Sie drehte sich herum und ging zur Tür. Sie öffnete sich, aber Kristin hatte noch nicht einmal einen Fuß davor gesetzt, da hatte ich sie schon in meine Arme gehoben und mir über die Schulter geworfen.

10

„Tyran", schrie sie und schlug mit ihren Fäusten auf meinen Rücken ein. Ich spürte das harte Metall der Ionen-Pistole. Ich konnte nur beten, dass sie nicht versehentlich jemanden anschoss, bevor sie lernte, damit umzugehen.

„Gouverneur", sagte ich und blickte über die Schulter. Zum Glück wusste er, was ich wollte, und kam näher.

„Lady Zakar, Sie gestatten." Seine

Worte passten zu seinen Handlungen. Ich konnte zwar nicht sehen, was er machte, aber ich wusste, dass er ihr die Waffe aus den Händen nahm. Ich würde es nur Maxim oder Ryston gestatten, meine Gefährtin anzufassen, denn sie hatten selbst eine, und ich wusste, dass ihr Bund stark war. Ich hatte keinen Grund, auf den Gouverneur eifersüchtig zu sein. Die anderen Krieger allerdings...

„Lass mich runter! Du benimmst dich ja wie ein dummer Höhlenmensch."

Ich hatte keine Ahnung, was das heißen sollte, aber ich benahm mich tatsächlich ein klein wenig irrational. Hunt hatte seine Arbeit zu tun, also war es meine Aufgabe, sie zu beschützen, während er fort war. Ihre Aufmüpfigkeit, ihr Eifer, sich in die Schlacht zu schmeißen und zu helfen, die verlorenen Mitglieder unserer Gemeinschaft zu finden, waren herzerwärmend. Sie wollte helfen.

Aber nicht auf Kosten ihrer Sicherheit. Die Tatsache, dass sie nicht zögerte, sich einem Atlan-Krieger entgegenzustellen, und dann noch die Eier hatte, mir meine eigene Waffe aus dem Halfter zu nehmen und auf mich zu richten, hätte mich verärgern müssen. Stattdessen erregte es mich. Ich war so verdammt hart, dass es nur eins zu tun gab.

Ich marschierte den Flur entlang mit der Absicht, sie in unser Quartier zurückzubringen, aber das war zu weit weg. Ich brauchte sie jetzt gleich. Links von mir war eine Tür, und ich strich mit der Hand darüber, um sie zu öffnen.

Es war eine Art Wartungsraum, vollgestopft mit Elektronik und Kabeln, die die Klimaeinstellungen des Gebäudes kalibrierten. Es war nicht viel Platz, aber da war eine kahle Wand, eine glatte, graue, die der zarten Haut meiner Gefährtin nicht schaden würde, wenn ich ihr in Erinnerung rief, wem sie gehörte.

Perfekt.

Ich betrat den Raum und drückte auf den Schalter, der die Tür hinter uns verschließen würde, sodass wir nicht gestört werden konnten. Dann setzte ich Kristin auf die Füße.

„Was zum Teufel tust du?", fragte sie,

schwer atmend. Ich hatte sie nicht weit fortgebracht, also konnte sie nicht erschöpft sein. Besonders, da ich sie getragen hatte.

„Dich ficken." Ich presste sie gegen die Wand, aber sie war so viel kleiner, dass sie mir kaum bis an die Schulter reichte. Ich hob sie mit Leichtigkeit hoch, dann lehnte ich mich gegen sie und fixierte sie mit meinem Körper. Es bestand kein Zweifel, dass ihre Augen aufflackerten, weil sie meinen Schwanz spüren konnte, lang und dick an ihren Bauch gepresst, meine Not nach ihr über den Kragen fühlte, durch den Nebel von Ärger und Frust hindurch.

So, wie ihre Brüste sich unter ihrer blauen Tunika hoben und senkten, war sie von unserem Streit erregt, von meiner Berührung, von meinem Begehren, das über den Kragen in ihren Kopf floss.

Ich war so erregt, dass ich gleich auf ihrer Kleidung kommen wollte, und dann eine zweite Runde einlegen und sie mit meinem Samen füllen, bis sie nicht länger streiten wollte. Der Strom, der zwischen uns zischte, war magnetisch und mächtig, zerrte uns in einen tiefen, dunklen Tunnel, aus dem es kein Entrinnen gab.

Ich spürte es und wusste, dass sie das auch tat.

Verdammt, ich konnte mich nicht erinnern, je so hart gewesen zu sein. Vielleicht war es, weil ich über den Kragen ihren Zorn spürte, ihren Frust und ihre Lust, so wie sie meine. Der Kreislauf der Emotionen wirbelte höher und höher, bis wir beide nicht länger debattieren konnten. Wir brauchten eine Freisetzung all dieser Spannung zwischen uns, und ich wusste genau, wie.

„Tyran—"

Ich schnitt ihr Argument mit einem Kuss ab. War es nicht offensichtlich, warum ich sie von den anderen fortgezerrt hatte? Hunt war bei ihr gewesen, als sie aufgewacht war. Als ich mich wieder zu ihnen gesellte, spürte ich eine Ruhe zwischen ihnen, die gut war, denn sie war ein starker Kontrast zu meinem dunklen Begehren nach ihr.

Es war so dunkel, dass ich fort musste, nachdem wir sie im Transporterraum rangenommen hatten. Aber jetzt konnte ich nicht fort.

Ich hatte mich beherrscht, meine wahre Natur verborgen. Aber das konnte nicht länger so sein. Zwischen Gefährten gab es keine Geheimnisse, besonders nicht, wenn man einen Kragen teilte. Ihrer war noch schwarz, aber spüren konnte ich sie trotzdem, so wie sie mich.

Ich nahm ihren Mund wieder und wieder ein, bis ihre Hände an meinen Kopf wanderten, ihre Finger sich in meinem Haar vergruben, mich festhielten, mich mit ihren Nägeln kratzten. Sie riss ihren Mund von meinem, also küsste ich ihr Kinn, ihre Wange, alles, was ich erreichen konnte.

„Tyran. Wir können das jetzt nicht tun. Wir haben Männer aufzufinden", hauchte sie.

Ich schüttelte langsam den Kopf und drückte mich enger an sie, rieb meinen Schwanz an ihrem weichen Körper und knabberte an ihrem Ohr. „*Wir* haben gar nichts zu tun. Sondern Hunt. Er macht seine Arbeit."

„Was ist deine Arbeit?", fragte sie.

„Dafür zu sorgen, dass du in Sicherheit

bist, um jeden Preis." Meine Worte ließen sie aufstöhnen, und ich wusste, dass es ihr gefiel, wie ich für sie empfand, beschützerisch, besitzgierig und ein wenig außer Kontrolle. Ich suchte mir ihren Puls an ihrem Hals und biss sanft zu, und wurde belohnt, indem sie mit den Hüften zuckte und laut stöhnte.

„Ich brauche eine Aufgabe. Ich brauche etwas, das ich tun kann, sonst werde ich verrückt."

„Nicht heute. Keine Hive-Jagd."

„Heute könnte ich eure Männer retten!"

„Heute könntest du verletzt werden oder sterben. Keine Chance, Gefährtin."

„Also wirst du mich einfach ficken, bis ich nachgebe. Läuft das so?"

Ich zuckte leicht mit den Schultern, hob meine Hand und umfasste ihre Brust. Sie war so weich und voll in meiner großen Hand. Ich spürte, wie der Nippel hart wurde und wünschte, dass ihre Tunika nicht im Weg wäre. „Wenn das zum Ziel führt."

„Warum? Warum willst du mich ficken? Du redest nicht mit mir. Es ist, als würden wir einander hassen", sagte sie. In ihren

Augen loderte Zorn, aber nun war er von Lust umspielt. Ihre Hände wanderten an mein Hemd, und ich war dankbar, dass ich auf Hunts Vorschlag gehört hatte. Für gewöhnlich trug ich jeden Tag die Koalitions-Rüstung, egal, ob ich Dienst hatte oder nicht. Aber Hunt meinte, dass unsere Gefährtin es vielleicht ausnützen würde, wenn sie leichter an unsere Körper herankäme. Und den Göttern sei Dank, er hatte recht gehabt.

Nichts fühlte sich besser an als Kristins gierige kleine Hände, die mein Hemd hochschoben, bis es lose zwischen uns zusammengeknüllt war.

Falls sie mich hasste, war ihre Libido davon jedenfalls nicht betroffen. Sie wollte mich nackt machen, selbst während sie mit mir stritt.

„Nein, wir sind beides Hitzköpfe." Ich beugte mich vor und packte ihr Hemd am Kragen, zog es zur Seite und befreite damit ihre Schultern. Ich küsste die warme Haut, knabberte daran. Sie keuchte auf, und ihr Kopf krachte gegen die Wand. Ja, ich liebte ihren Geschmack, ihren Duft.

„Es scheint, dass du auf der Erde eine

wichtige Rolle hattest, die wir irgendwie hierher auf die Kolonie übertragen müssen."

Ihre groben Hände gelangten unter mein Hemd, zumindest vorne, und sie schob den Stoff bis unter meine Achseln hoch. Ich lehnte mich weit genug zurück, um es mir über den Kopf zu ziehen. Meine Hüften hielten sie währenddessen an Ort und Stelle fest. Wenn sie meine Kleidung loswerden wollte, dann machte ich nur zu gerne mit. Aber ich hatte die Kontrolle, und das wusste sie.

„Ja, aber ich werde keinen eifersüchtigen Gefährten tolerieren, der mich nicht in die Nähe von anderen Männern lässt." Sie beugte sich vor und nahm meinen Nippel in ihren Mund. Dann biss sie zu.

Ich schnaubte auf, gleich entfacht und erregt von ihrem gewagten Schritt. Das tat verdammt weh, aber es machte auch meinen Schwanz hart wie Prillon-Erz.

Ich trat zurück, ließ sie an der Wand heruntergleiten, bis ihre Füße den Boden berührten. Ich fiel vor ihr auf die Knie und zog ihr unsanft die Hosen runter.

„Du gehörst mir", sagte ich, meine

Worte ein grobes Bellen. „Und auch Hunt. Kein anderer Mann wird dich anfassen."

Das waren nicht nur Worte. Es war ein Schwur, und ich wusste, dass sie ihn über ihren Kragen pulsieren fühlte.

Ihre Hosen umschlungen ihre Knöchel, und ich befreite einen Fuß daraus, aber nichts weiter. Ich brauchte nicht mehr Arbeit zu investieren, denn so konnte ich bereits alles tun, was ich vorhatte. Ich drückte ihre Beine auseinander, weit, dann noch weiter, damit ihre Pussy für mich zugänglich war. Ich umfasste das heiße, nasse Fleisch mit meiner Hand. Sie schrie bei der Berührung auf. „Das hier gehört mir."

„Ja", zischte sie und rückte die Hüften vor, damit sie sich an mir reiben konnte.

„Du bist nicht offiziell in Besitz genommen worden, noch nicht. Bis es soweit ist, werde ich besitzergreifend sein." Sie war feucht für mich, meine Finger waren gleich nass von ihrer heißen Begierde. Ich strich mit ihnen vor und zurück, streichelte sie, machte ihr Lust auf mehr. Auf mich. Niemanden sonst. *Mich*. „Beschützerisch und irrational. Nichts als die Kraft deiner Gefährten hält einen anderen Mann hier davon ab, dich für sich zu beanspruchen. Die meisten unterstellen sich einem strikten Ehrenkodex und würden dir den Kragen nicht vom Hals reißen. Dieser Kragen zeigt an, dass du mir und Hunt gehörst, aber er ist nur ein äußerliches Zeichen und immer noch schwarz, ein vorübergehender Anspruch, nicht das Blau meiner Familie. Es reicht, wenn du oder ein übereifriger Kämpfer einmal kräftig daran zerrt, und schon werde ich töten müssen, um für deine Sicherheit zu sorgen."

Sie wurde ruhig, während ich noch weiter mit ihrer Pussy spielte. Der Duft ihrer Erregung war wie eine Droge, die meine Befürchtungen um ihre Sicherheit beruhigte, aber ein anderes Feuer in mir schürte. Eines, das noch heißer brannte.

„Du sagtest doch, dass die Kragen mich beschützen."

Ich blickte zu ihr hoch. Meine Haltung war eine, die ich nur dann einnehmen würde, wenn ich sie so nahm wie jetzt. Sie mit meinem Körper anbetete, ihr Lust bereitete. „Sie sind ein Warnsignal dafür, dass du mir gehörst, dass du einen Gefährten hast, geschützt bist. Aber das Schwarz signalisiert, dass du noch nicht in Besitz genommen worden bist. Ich werde dich beschützen. Aber ich werde nicht zulassen, dass ein anderer dich von uns wegnimmt, um dich selbst in Besitz zu nehmen. Die Tests haben uns einander zugeordnet." Ich klopfte mir mit der freien Hand auf die Brust. „Du gehörst mir, Kristin, ob du es zugeben willst oder nicht."

Das brachte sie zum Grinsen. „Du *bist* vielleicht eifersüchtig."

Ich schob zwei Finger in sie, tief. Ihre nasse Pussy dehnte sich um sie herum, dann krampfte sie sich zusammen. Sie stöhnte.

„Verdammte Scheiße, natürlich bin ich das. Jeder Krieger auf diesem Planeten will *das hier*." Ich bearbeitete sie, fickte sie mit den Fingern, wie ich sie bald mit meinem Schwanz füllen würde.

„Sag mir, was du mit mir anstellen wirst. Wie...wie du mich in Besitz nehmen willst", sagte sie, die Worte kaum hervorbringend. Sie räkelte sich auf meiner Hand, dem Höhepunkt nahe. Ihre Wangen waren rot, ihre Schenkel zitterten, und sie wollte, dass ich mit ihr redete. Ihren Verstand mit sinnlichen Bildern füllte. Ihr erzählte, was Hunt und ich mit ihr anstellen würden.

Der Gedanke daran jagte mir einen lustvollen Schauer über den Rücken, der sich wie ein Eisengewicht in meinen Eiern bemerkbar machte. Bei den Göttern, meine Gefährtin war personifizierter Sex, so voller femininer Macht. So scharf, dass ich befürchtete, ihr hilflos ausgeliefert zu sein, sollte sie jemals ihre wahre Macht erkennen.

„Mein Schwanz wird hier sein." Ich schob meine Finger tief in sie, krümmte sie und drückte gegen die kleine Hautstelle, von der ich wusste, dass sie sie zum Explodieren bringen würde. Sie stöhnte, als ich sie wieder herauszog und an ihren Hintereingang führte. Da ihre Säfte meine Finger benetzten, war es mir möglich, mit nur wenig Druck einen Finger in sie einzuführen. Der Muskelring wehrte sich gegen mein Vordringen, aber nur kurz. Dann gab ihr Körper nach und öffnete sich mir wie eine Blüte, ließ mich bis zum ersten Fingerknöchel ein.

Sie keuchte auf, streckte den Rücken durch.

„Und Hunt wird hier sein."

Ich zog den einen Finger heraus, arbeitete dann zwei in sie hinein und fickte langsam, vorsichtig mit meinen Fingern ihren Hintern. Ihr war dies hier nicht neu. Sie wusste, wie sie sich entspannen musste, hinausdrücken, um mich hineinzulassen. Sie hatte keine Angst vor den intensiven Empfindungen, der Intimität dieses Aktes. Ich beobachtete ihr Gesicht. Wie sie sich in die Lippe biss, wie ihre Wangen sich hübsch rosa färbten, wie ihr Atem in kleinen Stößen hervorkam. Ich spürte sogar, wie ihre Pussy auf meine Handfläche tropfte. Ich brauchte diese äußeren Anzeichen gar nicht, um zu wissen, dass ihr gefiel, was ich tat. Ich spürte es über den verdammten Kragen. Und so trieb ich sie weiter. Ich wollte wissen, wie weit sie gehen würde, denn ich wusste, wie weit ich sie bringen wollte. Als meine zugeordnete Gefährtin würde sie es wollen.

Nein, sie würde es lieben.

„Wir werden dich gemeinsam ficken, dich mit unserem Samen füllen. Verstehst du? Du wirst uns zu einer Einheit vereinen, so wie wir es immer schon sein sollten."

Sie wand sich auf meinen Fingern. Ich hatte nicht genug Gleitmittel, um sie aggressiver ranzunehmen, aber ich würde ihr geben, was wir beide brauchen. Ich würde nicht nachgeben. Nicht, wenn sie kurz davor war, zu kommen.

Ich konnte keinen Augenblick länger widerstehen, beugte mich vor und schmeckte sie, ließ meine Zunge wieder und wieder über die empfindliche Seite ihres Kitzlers streichen, bis ihre Beine zitterten. Ich trieb sie bis an den Rand der Erlösung, dann hörte ich auf, wieder und wieder, bis sie einmal aufschluchzte und die Beherrschung verlor. Bereit war, zu betteln.

„Das macht dich scharf, nicht wahr? Der Gedanke, von beiden deiner Männer gefickt zu werden? Deine Löcher gedehnt, gefüllt, erobert, markiert?"

Sie hechelte geradezu, ihre Hände auf meinen Schultern. Ihre Finger gruben sich in meine nackte Haut. „Ja."

„Du willst kommen, nicht wahr?"

„Ja", wiederholte sie.

Ich hielt meine Finger still, dann zog ich sie nur lange genug heraus, um aufzustehen und sie herumzuwirbeln, sodass ihre Hände neben ihrem Kopf an die Wand gelehnt waren. Ich hob ihr die Tunika über die Hüften hoch, packte sie mit dem Arm und zog sie mir entgegen, bis sie vornübergebeugt vor mir wahr, ihr Hintern und ihre Pussy perfekt zur Schau gestellt.

„Nicht bewegen", sagte ich und öffnete meine Hosen. Als ich frei war, stöhnte ich auf. Das Ziehen in meinem Schwanz ließ ein wenig nach, als er nicht mehr eingeengt war. Aber als ich sie so vor mir sah, pink und nass, geschwollen und offen für mich, da wusste ich, dass ich nicht lange durchhalten würde.

Ich schob meinen Daumen ihn ihre Pussy, benetzte ihn mit ihren Säften und legte ihn ihr dann an den Hintern, drückte gegen das vorbearbeitete Loch, krümmte ihn, sodass er eindringen konnte und meine Handfläche auf ihrem wundervollen Hintern ruhte.

Sie winselte bei diesem Eindringen auf, aber sie wand sich auch. Ich zögerte nicht länger. Ich konnte gar nicht.

„Du willst die vermissten Männer suchen? Du willst mir aus den Augen geraten?"

Ich legte an und stieß mich in ihre Pussy. Sie schrie auf, beugte die Arme, sodass ihre Unterarme an der Wand abgestützt waren, ihre Wange an die harte Fläche gelehnt.

Ich musste meine Knie beugen, um in sie zu gelangen, aber sobald ich bis zu den Eiern in ihr war, legte ich meinen freien Arm um ihre Taille und legte meine Hand über ihren Kitzler. Ich hob sie hoch und schob sie auf meinen Schwanz zurück, während meine Finger weiter mit ihrer sensiblen Knospe spielten. „Spreiz die Beine, Gefährtin. Ich will dich weit offen haben, wenn ich dich ficke."

„Oh mein Gott." Ihre Pussy zitterte um meinen harten Schaft herum, und ich erstarrte, wartete, bis der Moment vorüberging. Ihre Hände ballten sich an der Wand zu Fäusten, und sie stöhnte meinen Namen.

Diesen süßen Lauten konnte ich stundenlang zuhören.

Ich bewegte mich langsam und sagte ihr, wie ich mich fühlte, während ich sie fickte. „Du gehörst mir. Mir. Verstanden?

Deine Pussy gehört mir. Dein Herz gehört mir. Du wirst keinen neuen Gefährten wollen. Du wirst die anderen Krieger nicht ansehen. Du wirst mich lieben, hast du verstanden?"

Ich fühlte mich wie ein brabbelnder, primitiver Idiot, während ich so in sie stieß, aber ihre heiße, nasse Hitze brachte mich um den Verstand. Die Worte waren grob und ungefiltert, aus den tiefsten, dunkelsten Stellen in meinem Inneren hervorgezerrt, aber ich konnte sie nicht zurückhalten. Nicht bei ihr.

Sie brachte mich um die Beherrschung. Sie brachte die Dunkelheit hervor. Ich hoffte nur, dass sie es akzeptieren konnte. Denn das Monster, das meine dunkle Seite war, meine tief vergrabenen Bedürfnisse und Begierden, war aus seinem Gefängnis in meiner Seele ausgebrochen. Und so sehr ich mich auch bemühte, wieder so zu werden wie früher, gelang es mir nicht. Sie hatte mich geknackt und meine Seele in die Welt hinaus verschüttet, in sie hinein. Ich konnte es nicht wieder einsammeln.

Meine Hüften rammten ans Ziel, stießen gegen meinen Handrücken, trieben meinen Daumen mit jedem Stoß in sie. Sie würde einen kleinen Vorgeschmack darauf bekommen, wie es sich anfühlen würde, wenn wir beide sie nahmen, sie fickten, sie füllten.

„Ich bin nicht nett. Ich bin eifersüchtig, besitzergreifend." Sie kam mit einem jaulenden Schrei, und ich hörte nicht auf, fickte sie nur noch härter. Schweiß tropfte mir von der Stirn, meine Eier zogen sich zusammen, mein Orgasmus baute sich am Ansatz meiner Wirbelsäule auf. „Besessen."

„Tyran", schrie sie, und ihre Wände molken meinen Schwanz.

Ich ließ nicht nach, gab ihr genau das, was sie brauchte. Sie kam noch einmal, noch heftiger, und ihre Pussy zuckte um meinen Schaft herum. Ich biss die Zähne zusammen. Das Gefühl ihrer engen Hitze um meinen Schwanz war mein eigenes persönliches Stück Himmel. Aber auch die Hölle. Ich würde ihr nicht mehr entkommen. Ich würde ihr nichts versagen können. Sie würde mich fest in ihrem Besitz haben.

Scheiße. Das tat sie bereits.

Ihre Lust löste meine Erlösung aus. Ihre

Schreie waren zweifellos quer durch diesen Abschnitt der Basis zu hören, aber das war mir egal. Ich wollte, dass jeder wusste, dass ich ihr Gefährte war. Das ich ihr gab, was sie brauchte, und dass ich mich gut um sie kümmerte.

Ich wollte nicht, dass einer dieser Mistkerle auf den Gedanken kam, er könnte das besser.

Sie würde hier leben, hier arbeiten, Freundschaften schließen und mit anderen reden, aber ich würde es sein, zu dem sie nach Hause kam. Hunt würde mit mir warten. Wir würden es sein, die sie nackt auszogen und sie nahmen, fickten. Füllten. Liebten.

Sie zum Schreien brachten.

Ich bekam meinen Orgasmus, und ich taumelte vorwärts, einen kurzen Moment lang verletzlich. Ich konnte sie nicht beschützen, wenn mich die Lust überkam. Ich konnte nichts tun als meine Augen zu schließen und die Kontrolle abzugeben. Ich kam, verloren in der Glückseligkeit, die ich nur in meiner Gefährtin finden würde. Mein Schwanz zog sich in ihr zusammen, stieß tief zu, bis zum Anschlag. Pulsierte mit der Not, meinen Samen auszustoßen, sie zu füllen. Und das tat ich auch, benetzte ihre Wände, füllte ihre Mitte. Ich stöhnte, beugte mich vor und klatschte die Hand gegen die Wand. Das Geräusch von sich biegendem Metall erfüllte den kleinen Raum.

Erst, als ich wieder zu Atem gekommen war, ließ ich sie auf den Boden hinunter und fiel hinter ihr auf die Knie. Bei der Bewegung glitt mein Schwanz aus ihr heraus. Vorsichtig zog ich meinen Daumen aus ihr, sah zu, wie sie Atem schöpfte. Sie hatte sich noch nicht bewegt, aber ihre Augen waren zu, und ich bekam ein Gefühl von Lethargie, Euphorie und Befriedigung von ihr.

Ich grunzte, als ich meinen Samen aus ihr tropfen sah, ihre Schenkel benetzen. Ein gewagter Tropfen fiel zwischen meinen Knien zu Boden. Ich wurde wieder hart beim Anblick meines Besitzanspruches, zu wissen, dass ich sie gefüllt hatte.

„Du gehörst mir, Kristin. Vergiss niemals, wem du gehörst."

Da drehte sie sich herum, fiel mir in den Schoß und nahm mein Gesicht in ihre Hände.

„Ich werde es nicht vergessen."

„Mir und Hunt. Niemand sonst fasst dich an."

„Du bist so ein Höhlenmensch."

Ihre unverblümte Antwort ließ mich grinsen. „Du gehörst mir. Sag es."

Sie schüttelte den Kopf und biss sich in die Unterlippe, gerade fest genug, dass ich sie unbedingt schmecken wollte, und ich stöhnte.

Ihre Augen wurden dunkel, und sie betrachtete mein Gesicht. Ich fragte mich, was sie dort sah. Meine Gesichtszüge waren nicht menschlich, meine Nase und Wangen zu scharfkantig, meine Färbung anders, meine Zähne länger und schärfer als die der Männer auf ihrer Welt. Sie betrachtete mich, als wäre ich ein komplexes Puzzle, und gab mir dann einen sanften, zarten Kuss auf die Lippen. So war ich noch nie geküsst worden. Die Zärtlichkeit ließ mich zittern, und ein unbekanntes Sehnen setzte sich tief in meiner Brust fest. „Ich glaube, Captain, dass Sie das verkehrtherum auffassen."

„Inwiefern?"

„Ich bin mir ziemlich sicher, dass du mir gehörst."

Sie hatte recht. So verdammt recht. Diese Frau besaß mich, aber das würde ich nicht zugeben. Nicht jetzt. Vielleicht niemals.

11

Kristin

Ich lief wie ein Tier im Käfig in unserem Quartier auf und ab und brodelte. Ich hatte keine Ahnung, ob meine Verärgerung über den Kragen meine Gefährten erreichte, aber ich konnte nichts daran ändern, wie egal mir das war. Ich war keine achtjährige kleine Prinzessin, die in Glitzerschuhen rumlief und meine großen, starken Daddys brauchte, die mich beschützten.

Drei Tage lang hielten meine Gefährten

mich schon hier fest. Ich war zu meinem eigenen Schutz weggesperrt, während sie da draußen nach den Vermissten suchten und mit leeren Händen zurückkamen. Drei Tage! Ich hatte einen der Ionen-Blaster in die Finger bekommen, aber sie hatten ihn gefunden—diese verdammten Kragen, die meine Zufriedenheit darüber weitergeleitet hatten, dass ich mir das verdammte Ding krallen konnte—und ihn mir sofort weggenommen, als wäre ich ein hilfloses Kind, keine ausgebildete Polizistin beim Staatsdienst.

Ich hatte ihnen über meine Arbeit erzählt, von meinen Kenntnissen, meiner Erfahrung, aber das war ihnen egal. Die Erde war für sie ein geringerer Planet, und damit waren auch meine Fähigkeiten *geringer*. Ich wusste, dass sie mich selbst als ihnen gleichwertig ansahen. Nein, sie setzten mein Leben noch über ihr eigenes. Ich wusste, dass ich für sie Wert hatte, also besser gesagt, ich spürte es. Aber hier ging es nicht um meinen Wert oder meine Gleichwertigkeit, sondern um meine Kenntnisse. Meine Fähigkeiten.

Sie würden mir alles geben, was ich wollte...außer, wenn es um meinen Schutz ging. Es wäre ihnen egal, wenn ich Wonder Woman-Armbänder hätte, die Kugeln ablenken konnten. Sie würden mich keiner Gefahr aussetzen. Ich wollte mich auch nicht in Gefahr begeben, aber ich war hier völlig nutzlos, eingesperrt. Ich fühlte mich hilflos. Und keinen dieser Zustände ertrug ich mit Leichtigkeit.

Ich sagte mir immerzu, dass sie mich nicht kannten, nicht wirklich wussten oder verstanden, was ich fertigbrachte. Aber das reichte nicht, um die Unzufriedenheit zu beschwichtigen, die in mir wuchs wie ein Geschwür. Die vermissten Krieger waren immer noch verschollen, selbst meine mächtigen Prillon-Gefährten und die anderen zwanzig Kolonie-Krieger, die jeden Tag nach ihnen suchten, konnten sie nicht finden. Jeden Abend kamen meine Gefährten von ihrer vergeblichen Suche zurück und fickten mich, bis ich nicht mehr atmen konnte, bevor wir alle erschöpft einschliefen.

Sie hatten mir Zugriff auf die Berichte-

Datenbank von Basis 3 gewährt, dank meiner Wut und dem Drängen von sowohl Gouverneur Rone als auch Rachel. Meine Gefährten hatten kein Problem damit, dass ich Daten las und analysierte, die ihnen bei ihrer Suche behilflich sein konnte. Aus der Ferne. Aber sie würden mich nicht hinaus lassen und jemanden tatsächlich befragen, ihm in die Augen blicken, nach Lügen suchen, Ticks, Nervosität. Berichte waren eine tolle Sache, aber es gab nichts Besseres, als jemanden niederzustarren, bis er die Nerven verlor. Die Wahrheit zu sehen, selbst wenn er Lügen erzählte.

Ich war lange genug die Prinzessin im Turmverlies gewesen. Und ich hatte das Warten satt.

Ich ging zur Kommunikations-Einheit neben der Tür zu unserem Quartier, winkte mit der Hand davor herum, drückte daran herum, starrte sie an, versuchte, sie zum Laufen zu bringen. Etwas musste ausgelöst worden sein, denn ich bekam eine Antwort von einem der Kommunikations-Offiziere irgendwo auf Basis 3. Sein Gesicht erschien auf dem kleinen Bildschirm, und ich kniff die Augen zusammen, um besser sehen zu können. Er war kein Prillone, dafür sah er viel zu menschlich aus. Tiefgrüne Augen, karamellfarbene Haut und krauses Haar in der Farbe von geschmolzenem braunen Zucker.

Er war umwerfend. Atemberaubend. Und zu meinem absoluten Grauen fand ich ihn völlig und wahrhaftig unattraktiv. Er könnte auf der Erde Schönheitswettbewerbe gewinnen, aber so interessiert, wie ich an ihm war, hätte er genauso gut ein Stück Schweizer Käse sein können.

Ein öder, öder Mann. Keine Hitze. Kein Feuer. Nicht genug draufgängerisches Alien an sich für meinen neu erworbenen Geschmack. Tyran und Hunt hatten mir alle anderen verdorben. Ich wollte, was ich wollte, und das waren meine Gefährten. Und die gehörten mir. Die überfürsorglichen Wichser. Also gut, wenn mir meine Pussy schon sagte, dass sie nun meine einzige Wahl waren, dann würden sie wohl lernen müssen, sich zu benehmen.

„Lady Zakar, wie kann ich behilflich sein?"

„Von welchem Planeten stammen Sie?" Die Frage platzte ohne Nachdenken aus mir heraus. Andererseits, so arbeitete ich eben. Ich stellte Fragen. Es war gewissermaßen mein Spezialgebiet.

„Trion, meine Dame. Benötigen Sie Hilfe?"

„Ja. Schaffen Sie mir diese beiden Monster von Wachen vom Hals." Ich konnte sie zwar durch die geschlossene Tür hindurch nicht sehen, aber ich wusste, dass sie da waren. Die beiden Prillon-Krieger, die Wache standen, waren zu meinem Schutz da. Was ein Witz war. Gib mir eine verdammte Kanone, und ich passe schon selbst auf mich auf.

Nach seinem verwirrten Blick ließ ich die Redewendungen bleiben und sagte etwas, das sogar ein dickköpfiges Alien-Alphamännchen kapieren würde.

„Ich muss sofort Lady Rone sprechen. Bitte lassen Sie sie umgehend bitten, in mein Quartier zu kommen."

„Ja, meine Dame." Er nickte und verschwand vom Schirm. Ich wusste, dass er meiner Bitte nachkommen würde. Rachel würde gewiss mit ihrem eigenen Wachkommando ankommen, was ein Problem darstellen könnte. Aber ich würde mich um diese Probleme der Reihe nach kümmern.

Der Zorn, der sich in mir aufbauschte, erschreckte mich, aber das sollte er eigentlich nicht. Ich hatte auf der Erde mein Leben dem Schutz anderer Leute verschrieben, um Kriminelle aufzuspüren und für Gerechtigkeit zu sorgen. Dass diese verwundeten Kolonie-Krieger mich nicht helfen ließen, gab mir ein Gefühl, als würden Kakerlaken in meiner Brust herumkrabbeln. Dieses Gefühl brachte mich um den Verstand. Ich wollte zischen und schreien und mit Dingen um mich werfen, die Mutter aller Tobsuchtsanfälle bekommen.

Aber das war nicht mein Stil. Ich hatte gelernt, meine Rage und Hilflosigkeit einzusperren, sie tief in meinem Kopf anzuketten und selbst dann noch zu funktionieren, wenn mir alle Emotionen die Kehle zuschnürten. Das Grauen, das ich gesehen hatte, in all meinen Jahren beim FBI ans Licht gebracht, hätte mich ansonsten in die Klapsmühle gebracht.

Aber zum ersten Mal seit Jahren hatte ich Mühe, mich zu beherrschen. Und warum?

Ich wusste, warum. Weil meine Gefährten, die Männer, in die ich mich langsam verliebte, denen ich mich hingegeben und unterworfen hatte, mich nun zurückhielten.

So sehr ich Tyrans grobe Dominanz im Bett brauchte, war ich nicht gewillt, die Kontrolle im gleichen Ausmaß in anderen Lebensbereichen aufzugeben. Hunt, da war ich mir sicher, würde sich mit der Zeit umstimmen lassen. Ich würde ihn dazu bringen müssen, mich zu verstehen, und ihn dann um Hilfe bitten, mit Tyran fertig zu werden.

Soweit man mit diesem Höhlenmenschen überhaupt *fertigwerden* konnte.

In ihren Armen, in ihrem Bett konnte ich loslassen, meine eiserne Kontrolle aufgeben und auf eine Art und Weise frei sein, wie ich es zuvor nie konnte. Ich sehnte mich nach diesen Momenten, dieser Erleichterung.

Aber dies war etwas völlig anderes. Hier ging es darum, dass etwas Übles die Bewohner meiner neuen Heimat belauerte, und die Kolonie—und jeder Krieger hier—gehörten nun zu mir. Hier war meine neue Familie, und das bedeutete, dass diese Leute zu mir gehörten. So wie die Mädchen, denen ich auf der Erde geholfen hatte, zu mir gehörten. Es war nicht logisch, aber sich in den Dienst der Gemeinschaft zu stellen, hatte mit Logik nichts zu tun. So wie es nichts mit Logik zu tun hatte, mit zwei dickköpfigen Kriegern zusammen zu sein, selbst wenn sie mir den letzten Nerv raubten.

Ich hatte einmal einen Film gesehen, in dem ein Vater seinem kleinen Sohn die Welt erklärte, indem er alle Menschen in drei Typen unterteilte: Schafe, Wölfe und Hirtenhunde.

Die Leute—die Schafe—vor den Wölfen zu beschützen, war genau das, was ich tat. Und so schockiert ich davon war, dass ich auf einer Alien-Welt war, mit Aliens als Ehemännern, so hatte sich diese eine fundamentale Wahrheit über mich doch nicht geändert. Nicht. Im. Geringsten. Ich war kein Beutetier.

Und doch schien es, dass meine Gefährten in mir ein Schaf sahen. Solange sie mich nicht für das sahen, was ich war—ein verbissener, hartnäckiger Hirtenhund—würden wir Probleme haben, und ich würde sauer sein.

Eine Art Läuten ertönte, und ich schreckte aus meinen Gedanken. Das war wohl die Türklingel. Wer hätte gedacht, dass es im Weltraum Türklingeln gab?

Ich ging zur Tür und winkte mit der Hand über die Steuerung. Der Eingang glitt nahezu lautlos zur Seite, und dahinter kam Rachel zum Vorschein. Sie war in Grün gekleidet. Wie ich inzwischen gelernt hatte, hieß das, dass sie zum medizinischen Personal gehörte. Ihr dunkelbraunes Haar war zu einem Zopf geflochten, und ihr Gesicht war ungeschminkt. Aber ihre Haut leuchtete geradezu, und ich schob einen Anflug von Neid beiseite. Mit ihrer olivfarbenen Haut sah sie aus wie eine griechische Göttin. Ich hätte sie dafür hassen sollen, dass sie mindestens zehn Zentimeter größer war als ich. Ich hatte mich immer schon wie eine weiße Orchidee gefühlt, die in der Sonne einfach dahinschmolz oder verbrannte. Mit meinem blonden Kurzhaarschnitt, meiner geradezu durchscheinenden Haut und dem beträchtlichen Hintergestell fühlte ich mich wie ein hässliches Entlein, das einem dunklen Schwan gegenüberstand. Ich wollte sie für all das hassen, aber sie war einfach zu nett. Sie zwang mich dazu, sie so richtig gern zu haben, was irgendwie unfair war.

Andererseits war ich an Frauen gewöhnt, die hübscher waren als ich. Aber noch während mir die üblichen selbst-abwertenden Gedanken durch den Kopf liefen, stieg in mir ein eindrucksvoller, primitiver Teil auf und erfüllte mich mit Selbstvertrauen und femininer Macht. Rachel war wunderschön und genial. Eine Wissenschaftlerin, die dahintergekommen war, was der Hive vor ein paar Monaten hier abgezogen hatte, als ihr Gefährte Maxim krank geworden und ein Mensch namens Brooks gestorben war. Sie hatte das Rätsel gelöst und das Leben aller hier auf diesem Planeten gerettet. Nicht die mächtigen Prillonen, nicht die Atlan-Biester. *Sie.*

Aber Tyran und Hunt wollten sie nicht, sie wollten mich. Ich war keine Wissenschaftlerin, ich war nicht groß und dunkel, aber ich gehörte ihnen. Ich war stark und hartnäckig. Ich wusste ohne den Hauch eines Zweifels, wie gewaltig ihre Gefühle für mich waren, denn ich konnte alles über die Kragen spüren. Spürte es in jeder Berührung. Schwelgte darin bei jedem Orgasmus.

Sie *taten* nicht nur so, als wären sie von mir besessen, würden mich begehren. Ihre Besessenheit, diese intensive Anziehung war echt. Und das verlieh mir mehr Selbstsicherheit als je zuvor. Ich hatte mich noch nie stärker gefühlt, kompetenter.

Zu ihrem Unglück machte es das aber auch wahrscheinlicher, dass ich nicht in diesem Zimmer hocken blieb wie eine brave kleine Gefährtin, während sie in die Welt hinauszogen und ohne mich Verbrecher jagten. Auf. Keinen. Fall.

Rachel zog die Augenbraue hoch, als ich über ihre Schulter hinweg in den cremefarbenen Korridor blickte. Hinter ihr standen nicht nur zwei, sondern gleich vier zusätzliche Wachen. Zwei Prillonen, die ich nicht kannte, ein Atlane namens Rezz und ein dunkler, geheimnisvoller Everis-Jäger, die ich gestern beim Abendessen kennengelernt hatte. Sie waren alle Neuankömmlinge auf der Kolonie. Hunt hatte mir erzählt, dass er zuversichtlich war, dass der Dienst als Wache für die Gouverneurs-Gefährtin ihnen gut das Gefühl geben konnte, eingegliedert und Teil der Gemeinschaft zu sein, ohne ihnen zu viel Gelegenheit zu geben, Schwierigkeiten zu machen. Einer der Vermissten, Leutnant Perro, war ihr Freund gewesen.

Hunt wollte sie besonders gut im Auge behalten. Ich schätzte, das war ihm gelungen. Besonders, da sie mit anderen, länger eingesessenen Kolonie-Einwohnern zusammenarbeiteten.

Die Aufgabe, mich oder Rachel zu beschützen, musste sich meiner Ansicht nach anfühlen wie Streifendienst für einen Polizisten in der Großstadt. Höllisch langweilig. Wenn ich mich sicher und geborgen im Quartier aufhielt, dann lauerte an der Tür wohl nicht allzu viel Gefahr. Mir taten die beiden Prillonen, die mich bewachten, richtig leid. Captain Marz war neu auf der Kolonie und einer meiner persönlichen Schatten jedes Mal, wenn Hunt und Tyran zur Arbeit mussten.

Wenn ich überhaupt mal aus dem Zimmer durfte.

Wenn meine Gefährten schon beschützerisch waren, dann waren Gouverneur Rone und Captain Ryston offensichtlich doppelt so schlimm. Vier Wachen? Bitte einmal Augen verdrehen. Im Ernst.

„Hallo Kristin. Geht es dir gut?" Rachel sprach Englisch mit mir, und ich grinste. Die NPU wirkte Wunder, übersetzte beinahe nahtlos die unterschiedlichen Sprachen, die auf der Kolonie gesprochen wurden. Aber es war nett, jemanden von zu Hause mit meiner Muttersprache zu hören.

„Hi. Es geht mir gut. Ich bin nur sauer. Können wir reden?"

Sie nickte über ihre Schulter und kam dann in mein Quartier herein. Die Tür glitt hinter ihr zu, sodass wir in Ruhe sprechen konnten. Ich seufzte.

„Und jetzt stehen sechs scheißgroße Krieger vor meiner Tür und vergeuden ihre Zeit."

Rachel lachte, und ihre braunen Augen funkelten, was mir etwas dabei half, mein Temperament zu kühlen. Wenn jemand wusste, was ich im Moment durchmachte, dann war sie das. „Sie neigen hier dazu, etwas überfürsorglich zu sein."

Ich redete nicht gerne um den heißen Brei herum, besonders dann nicht, wenn es um die Arbeit ging. „Ich brauche Rüstung und eine Schusswaffe."

Der Humor in ihrem Blick verflog augenblicklich, und sie blickte mich ernsthaft an. „Bist du sicher, dass das eine gute Idee ist?"

„Ist so etwas—die vermissten Krieger—auf der Kolonie schon je zuvor einmal vorgekommen? Wie viele von diesen Kerlen sind ausgebildete Ermittler? Ich weiß, dass sie alle im Krieg gekämpft haben, aber die bösen Jungs zu töten und mit ihnen zu reden sind zwei ausgesprochen unterschiedliche Tätigkeitsbereiche."

Sie lief zwischen der Tür und dem winzigen Esstisch im provisorischen Essbereich hin und her. Die Wohnung war für Erden-Verhältnisse auf Mindeststandard eingerichtet. Eine kaum vorhandene Küche—da die Krieger zumeist gemeinsam in den Speisesälen aßen—zwei Sofas und das S-Gen-Gerät in der Ecke. Es gab einen Sessel, in dem ich mir vorstellen konnte, mich mal zum Lesen zusammenzurollen, und ein ausgesprochen großes Bett, das ich im Moment gar nicht ansehen wollte. Die Erinnerung daran, was meine Gefährten mit mir angestellt hatten, würde mich von meinem Plan ablenken.

„Ich weiß, du hast recht, aber hier handelt es sich nicht um Drogenhändler oder Zuhälter, Kristin. Und wir sind hier nicht auf der Erde. Das sind Hive."

Ich schüttelte den Kopf. Ich wusste genug. „Ich habe über die gelesen. Die Berichte durchgesehen. Ich habe die letzten Tage über hundert, wenn nicht tausende Dokumenten aus der Datenbank gesichtet. Ich weiß, worauf ich mich einlasse. Die versuchen, alle auf diesem Planeten zu re-assimilieren, die Kontrolle zu übernehmen. Und ich werde ihnen meine Gefährten nicht überlassen, oder sonst jemanden."

„Wie bitte?" Rachels dunkle Brauen formten Bögen über ihren Augen, und sie erstarrte an Ort und Stelle. „Was sagst du da?"

Ich verschränkte die Arme vor der Brust. Meine dunkelblaue Tunika und die

Hosen nervten mich gerade, da ich Rüstung tragen wollte wie meine Gefährten.

Ich seufzte. „Komm schon, Rachel. Willst du mir sagen, dass du nicht denkst, dass genau das hier vorgeht?"

Sie schüttelte den Kopf und trat ein paar Schritte näher an mich heran, ihre Worte langsam, jedes Wort in die Länge gezogen, als würde sie über sie nachdenken, noch während sie ihren Mund verließen. „Nein...aber wie willst du das überhaupt wissen? Wir haben dem Rest der Bewohner auf der Kolonie noch nichts gesagt, aus Sorge darüber, dass eine Panik ausbrechen könnte. Wie hast du das herausbekommen?"

Ich legte den Kopf schief, zog eine Augenbraue hoch und wusste, dass die Skepsis auf meinem Gesicht deutlich war. „Ernsthaft? Es ist alles da, in den Berichten. Man muss nur zwischen den Zeilen lesen."

„Scheiße." Rachel lachte. „Du bist gut."

Ich grinste. Es fühlte sich fabelhaft an, dass meine Annahme bestätigt worden war. „Ich mache das beruflich."

„Ja, du hast recht. In Ordnung." Sie seufzte. „Ich werde dafür in Schwierigkeiten geraten, aber sei es drum. Ich bin dabei. Wenn wir schon Busenfreundinnen werden sollen, dann können wir genauso gut gleich damit anfangen, sie aufzurütteln und sie an uns zu gewöhnen. Bisher musste ich das ganz alleine machen. Mit einer Mitstreiterin wird das nur besser. Was soll ich tun?"

Ich umarmte sie. Fest. Ich konnte mich nicht zurückhalten. „Busenfreundinnen", stimmte ich zu.

Sie grinste, erwiderte meine Umarmung, ihr Gesicht ganz schelmisch. „Also gut, Miss FBI. In welche Art Schwierigkeiten begeben wir uns heute?"

Ich ließ sie los und schritt vor ihr auf und ab, sammelte meine Gedanken. „Ich habe deine medizinischen Berichte gelesen. Ich habe über den Tod von Captain Brooks gelesen und über den Mann, den du dafür verantwortlich machst. Den prillonischen medizinischen Offizier, der verschwunden ist. Krael?"

Rachels Ausdruck sagte mehr als alle Worte. Hass war ein seltsamer Ausdruck auf ihrem ansonsten so freundlichen Gesicht. „Ja. So heißt er. Er hat Brooks ermordet und um ein Haar Maxim getötet, dann ist er verschwunden. Zurück in sein Loch gekrochen wie die Ratte, die er ist. Es wären noch andere gestorben, wenn wir nicht dahintergekommen wären, was er so trieb."

„Ich glaube nicht, dass es ein Zufall ist, dass Krael nie geschnappt wurde und jetzt drei Monate später Krieger spurlos verschwinden. Hatte er Freunde? Familie? Mit wem hat er trainiert? Gegessen? Geschlafen? Gearbeitet?"

„Er hat in der Krankenstation mit Doktor Surnen gearbeitet. Ich kann für den Doktor bürgen. Er ist arrogant, aber er ist kein Verräter. Er hat sich beinahe zu Tode gerackert, um dahinterzukommen, was Maxim fehlte. Anfangs war er ein frauenfeindlicher Arsch, aber ich habe ihn inzwischen ganz gern und ich glaube, ich habe seine Einstellung zu so manchen Dingen ändern können. Was den Rest deiner Fragen angeht: ich weiß es nicht, aber wir können es herausfinden."

„Ja, das können wir." Unsere Blicke trafen sich, und ich wusste, sie war voll und ganz dabei. „Aber zuerst brauche ich Rüstung, und eine Waffe."

Rachel sagte mir, dass ich mich ausziehen sollte, und führte mich dann zur S-Gen-Plattform, wo sie Rüstung bestellte und mir half, sie anzuziehen. Ich sah gut darin aus, und die Rüstung war überraschend leicht und flexibel. Körpernah und wendig. Rachel blickte mich prüfend an und nickte. „Gut. Die Rüstung wird einfache Ionen-Blasts abwehren, aber mehr weiß ich nicht darüber."

Ich zog den kleinen, silbernen Ionen-Blaster aus dem Halfter an meinem Schenkel. Mein Grinsen war so breit, dass ich mein Gesicht praktisch in zwei Teile brechen spürte. Es fühlte sich gut an, wieder eine Waffe in der Hand zu haben und zu wissen, dass sie dabei helfen würde, einen Übeltäter aufzuspüren und zu Fall zu bringen. „Weißt du, wie man dieses Ding abfeuert?"

Sie schüttelte den Kopf. „Ich bin eine Laborratte. Tut mir leid."

Ich zuckte die Schultern, zielte auf den Lesesessel und feuerte. Eine lautstarke Explosion ertönte, während der Sessel in

Flammen aufging und die fluffigen Innereien, auf denen ich einmal gesessen hatte, durch die Luft schwebten wie glühende Kohlefunken von einem Lagerfeuer im Wind.

„Ausgezeichnet."

12

ristin

Er war sogar noch besser als meine Glock 23. Leichter, weniger Widerstand im Auslöser, weniger Rückstoß. Wesentlich kraftvoller. Ich könnte mich daran gewöhnen, eine zu haben.

„Mädel, du bist ja völlig durchgeknallt", sagte Rachel, während die Tür aufging und alle sechs Wachen ins Zimmer gestürmt kamen, ihre eigenen Waffen gezogen und auf den nun qualmenden Sessel gerichtet.

Ich ignorierte die Wachen und blickte

in Rachels lachende Augen hinauf. „Können wir deswegen jetzt keine besten Freundinnen mehr sein?"

„Natürlich. Ich mag dich jetzt umso mehr, nachdem du es deinem Sessel so richtig gezeigt hast."

Ich lachte, zum ersten Mal seit Tagen komplett glücklich. Freiheit rauschte mir durch die Adern wie süßes Gift. Ich wusste, ich würde meinen Gefährten wegen dieser Sache Rede und Antwort stehen müssen, aber ich war es leid, herumzusitzen und Däumchen zu drehen. Ich hatte mit ihnen wieder und wieder darüber geredet. Sie hörten mich zwar, hörten mir aber nicht zu. Wenn ich unserer Zuordnung eine Chance geben sollte, dann musste ich ich selbst sein dürfen. Wenn ich ihnen erlaubte, mich eingesperrt und abgeschirmt zu halten, dann würde ich den Rest meines Lebens in diesem verdammten Zimmer verbringen. Und wenn Tyran mich dafür später verhauen wollte...nun, es würde es wert sein. Und ich war dem Gedanken gar nicht abgeneigt, denn bisher hatte es mir immer gut gefallen. „Gut. Na dann los."

Wir gingen auf die Tür zu, aber Captain

Marz stellte sich mir in den Weg. Ich wusste von meinen Gefährten, dass er neu auf der Kolonie war. Er und der dunkeläugige Everis-Jäger neben ihm. Sie standen Schulter an Schulter und hätten sich nicht unähnlicher sein können—Marz war ein Prillone, und der andere sah aus wie ein Mensch, nur größer...viel größer. Sie beide blickten grimmig auf mich hinunter, aber es war der Captain, der sprach. „Was meinen Sie, dass sie da tun, Lady Zakar?"

Ich zog eine Augenbraue hoch. „Ich werde ein paar Leute ausquetschen gehen, um herauszufinden, was hier vor sich geht. Unsere vermissten Krieger finden." Ich steckte den Blaster demonstrativ in seinen Halfter an meinem Oberschenkel zurück, bevor ich den Kopf hob und sie beide wieder direkt anblickte. Ich musste weit nach oben blicken. Der Jäger, Kjel war sein Name, versuchte, ein Grinsen zu unterdrücken—vergeblich. Der Captain aber war alles andere als belustigt. Ich blickte nicht auf die anderen Männer hinter ihnen. Verdammt, ich konnte gar nicht an ihnen vorbei blicken, sie waren zu verdammt groß. Der Atlane weiter hinten war mehr als nur riesig, aber an der Art, wie die anderen Marz das Wort überließen, wurde deutlich, dass er das Sagen hatte. Er war es, den ich überzeugen musste. Also sah ich ihn an.

„Ich glaube nicht, dass Ihre Gefährten dem zustimmen würden", sagte er.

„Ich brauche ihre Erlaubnis nicht." Ich verschränkte die Arme, und Rachel stellte sich hinter mich. „Was ich brauche, ist eure Hilfe." Das war die Wahrheit. Ich brauchte jede Einsatzkraft, die ich auftreiben konnte, und ich ging davon aus, dass Alien-Kraft noch besser war. „Ihr könnt hierbleiben und euch zu Tode dabei langweilen, meine Tür zu bewachen, oder ihr könnt mitkommen, mich und Lady Rone beschützen und vielleicht selbst ein wenig auf die Jagd gehen. Einer von euren Männern wird doch auch vermisst. Leutnant Perro?"

Ich hatte ihn. Ich wusste es, als seine Augen sich verengten und er tief, tief Luft holte, wie wenn man gleich etwas sagt, das man nicht sagen sollte. „Nach Ihnen."

Rachel blickte mich an. „Wo möchtest du anfangen?"

„Kraels Privatquartier."

Sie nickte. „Ich weiß, wo er gewohnt hat."

Rachel nickte Captain Marz im Vorbeigehen zu, die anderen Krieger hinter ihr her. Die drei, die nicht Teil von Marz' Gruppe waren, sahen aus, als wollten sie widersprechen, aber Kampflord Rezz verschränkte die Arme und sagte nur ein Wort.

„Bewegung."

Der mir unbekannte Prillone, der dem Atlanen am nächsten stand, öffnete den Mund, schloss ihn wieder, blickte zu Captain Marz, der sie bereits fortwinkte.

„Zwei von euch bleiben hier und sorgen dafür, dass niemand in Lady Zakars Zimmer kommt. Du", deutete er auf den Dritten, „geh zurück in die Kommandozentrale und berichte dem Gouverneur, wohin wir unterwegs sind."

„Ja, Sir."

Danach reihten sich alle ein, und ich folgte Rachel etwa eine Viertelmeile lang durch Korridore und überdachte Gehwege. Die gesamte Basis war unterdacht, da es hier schwere Gewitterstürme gab, die manchmal ohne Vorwarnung hereinbrachen. Ich hatte noch nicht viel gesehen außer den Innenwänden meines Zimmers, und ich war begierig darauf, auf Erkundungstour zu gehen.

Hinter den Korridoren, außerhalb der Basis, sah ich endlose felsige Landschaften und Schluchten, in denen hier und da verteilt kreisförmig angeordnete Gebäude standen. Ich wusste aus meinem Informationsmaterial, dass es hier vertikale Wohnanlagen gab, Trainingseinrichtungen, aber hauptsächlich Minen. Auf diesem Planeten gab es ein chemisches Element, von dem ich noch nie gehört hatte. Anscheinend war es selten und so instabil, dass sie ihre S-Gen-Technologie nicht dafür einsetzen konnten, es herzustellen. Und es war absolut notwendig für den Betrieb ihrer Transport-Stationen.

Was mich wütend machte. Sie nahmen ihre verwundeten Veteranen, die mit Hive-Technologie Verseuchten, die Überlebenden, und schickten sie auf diesen Kolonie-Planeten, um Minenarbeiter zu werden?

Ernsthaft? Etwas Besseres ist ihnen nicht eingefallen? Hunt hatte mir erklärt, dass es sieben Basen auf dem Planeten gab, und drei davon waren unterirdisch.

Als ob jemals eine Braut von der Erde *dort* enden wollen würde. Nicht, dass ich den Gedanken laut aussprach. Das brauchte ich gar nicht. Meine Gefährten hatten meine Abneigung gegen diesen Gedanken über die Kragen gespürt. Andererseits, vielleicht war auch nur ich so. Es gab vielleicht irgendeine Höhlenforscherin zu Hause, der es nichts ausmachen würde, wie eine Fledermaus zu leben. Aber *ich* war das nicht.

Rachel kannte sich hier gut aus, und wir standen schon ein paar Minuten später vor einer geschlossenen Tür. Kraels Quartier. Der Jäger Kjel kam nach vorne und stellte sich davor. Er holte mehrmals tief Luft, bewegte seinen Kopf am Türrahmen entlang und am Kontrollfeld vorbei, als wäre er eine Art Bluthund.

Der Vorgang war zugleich faszinierend und befremdlich, und es führte mir die Tatsache vor Augen, dass ich nicht mehr auf der Erde war. Dass diese Kerle *alle* Aliens waren.

„Ihre Gefährten sind hier gewesen."

Kjel öffnete die Augen und starrte mich an, als hätte ich eine Erklärung dafür.

Ich zuckte mit den Schultern. „Das überrascht mich nicht, da sie ja nach den Vermissten suchen."

Kjel schüttelte den Kopf und tauschte über meine Schulter hinweg mit Captain Marz einen Blick aus, der hinter mir in die Höhe ragte wie eine Eiche. „Was ist los?", fragte Marz.

„Sie waren nicht alleine."

Es fühlte sich an, als würden sich Finger aus kaltem Gelee von innen um mein Herz legen. Ich hatte Mühe, ruhig zu bleiben. „Sagen Sie mir alles. Ich sehe in Ihren Augen, dass etwas nicht stimmt." Ich funkelte den Jäger mit einem Blick an, der sagte, er solle mich bloß nicht anlügen. „Sagen Sie es mir."

Kjel blickte nicht wieder zu Marz, was ihm Gutpunkte bei mir einbrachte. Kampflord Rezz knurrte und trat einen Schritt näher an Rachel heran. Abgelenkt drehte ich mich zu dem Atlanen herum und sah, wie die Knochen in seinem Gesicht sich unter seiner Haut zu bewegen schienen. Seine Schultern wurden breiter, aber gerade, als ich dachte, dass ich zum ersten Mal ein Atlanen-Biest zu sehen bekommen würde, stoppte seine Verwandlung und er steckte in einer Art Zwischenstadium fest. Das eine Wort, das er sprach, tötete allerdings jeden Anflug von Neugierde in mir.

„Hive."

Kjel nickte, als ich mich wieder zu ihm drehte.

„Hive? Hier?"

Das Halb-Biest knurrte noch einmal, der Laut beinahe laut genug, um das Pochen meines Herzens in meinen Ohren zu übertönen.

Kjel drückte sich an die Tür und holte noch einmal langsam, gezielt Luft. „Ja. Wahre Hive. Eine Integrationseinheit und zumindest zwei Soldaten." Seine Augen wurden finster, resigniert. „Und Perro. Er war auch bei ihnen."

Ich hatte absolut keine Ahnung, wie er das wissen konnte, obwohl er nur auf die Tür und die Steuerung gestarrt hatte, aber ich war beeindruckt. Nicht erfreut über seine Erkenntnisse, aber definitiv beeindruckt.

„Bei den Göttern." Marz zog seine Kanone hervor, und ich tat es ihm nach. Adrenalin schoss durch meine Adern. Diese Jagd lief nun auf Vollgas. „Waren Hunt und Tyran bei ihnen?"

Kjel nickte, aktivierte sein Kommunikationsgerät und sprach mit jemandem in der Kommandozentrale von Basis 3. „Was ist der derzeitige Aufenthaltsort von Captains Treval und Zakar?"

Am anderen Ende herrschte eine lange Pause, aber schließlich antwortete der Prillon-Krieger, den Marz dorthin zurückgeschickt hatte. Ich hatte ein Talent für Stimmen, und seine erkannte ich wieder. „Sie sind schon mehrere Stunden lang überfällig. Derzeit sind zwei Suchmannschaften ausgerückt, um sie zu finden."

Wie bitte?

Ein Schrei formte sich in meiner Kehle, aber ich ließ ihn nicht hinaus. Ich wollte diese großen, starken Aliens nicht mit einem Kreischen erschrecken, das ihnen bestimmt die Ohren bluten lassen würde. „Meine Gefährten werden *vermisst*, und niemand kommt auf die Idee, es mir zu *sagen*?"

Rachel trat neben mich und legte mir

die Hand auf den Arm. Ich wollte nicht angefasst werden, aber ich hielt still und zwang mich zu gutem Benehmen. „Wir werden sie finden."

Kjel bedankte sich bei dem Offizier und ging von der Tür weg in eine Richtung, die scheinbar...also, absolut nirgendwohin führte.

„Wohin gehen Sie?", fragte ich.

„Ihre Gefährten wurden hier entlang gebracht. Wollen Sie jetzt gleich mit mir kommen, oder hierbleiben und warten, bis Unterstützung herbeigerufen wurde?"

Ich pfeifte aufs Warten. Meine Gefährten waren vermisst, und Kjel wusste, wohin sie gegangen sind? Tja, da brauchte ich mich nicht lange überlegen. „Na dann los." Ich eilte ihm hinterher. Kampflord Rezz und Captain Marz schlossen hinter mir auf. Rachel blieb aber zurück. Ich blickte über meine Schulter. „Was ist?"

Sie legte den Kopf schief und stemmte sich die Hände in die Hüften. „Ich werde zurückgehen und Hilfe holen. Wir sind dicht hinter euch."

Ich nickte und blickte hinunter zu meinem ersten Schritt von den künstlich geschaffenen Gehwegen der Basis hinunter auf hartes, rotes Gestein. Ein paar zerzauste Sträucher kämpften in der felsigen Landschaft ums Überleben, und plötzlich fühlte ich mich so gar nicht zu Hause. Es fühlte sich an, als wäre ich auf dem Mars, und die beiden wichtigsten Leute auf dem Planeten irrten da draußen herum, in einem Gewirr von Felsen und Höhlen. Nein, nicht verirrt. Entführt. Sie brauchten mich.

Ich war erst wenige Tage lang von meinen Gefährten geliebt worden, so richtig geliebt, aber das war lange genug gewesen, um zu wissen, dass ich es nicht aufgeben wollte. Ich war süchtig, und ich würde sie zurückbekommen.

TYRAN, *Hive-Gefängniszelle, Die Kolonie*

ICH ERWACHTE vom Geräusch näherkommender Stiefel. Der Klang hallte über den Steinboden unter mir und dröhnte mir in den Ohren. Wer auch immer da kam, war groß, schwer, und feindselig. Neben mir, auf dem kalten Steinboden unserer Zelle, blinzelte Hunt langsam, bis ihn die Realität unserer Situation wachrüttelte.

Wir hörten Schreie, einen Kampf, dann Füße über den harten Boden schleifen. Einen Ionen-Blaster. Sie hatten jemanden aus der Nachbarzelle geholt—wer immer er war. Sie würden ihn foltern, integrieren. Ihn gänzlich zu Hive machen.

Zorn brodelte in mir, aber ich hatte kein Ventil. Wir konnten den Unbekannten nicht retten. Es gab nichts, das wir tun konnten, außer zu hoffen, dass sie ihn rasch zerstören würden.

„Sie holen sich uns auch noch. Nicht jetzt, aber bald."

Ja, sie würden eine Weile lang beschäftigt sein.

„Scheiße", hauchte ich. „Ich weiß." Ich verdrehte meine Finger, richtete die gebrochenen Knochen wieder gerade, damit ich sie verwenden konnte. Schmerz würde mich nicht aufhalten. Doktor Surnen würde zweifellos mit mir schimpfen, aber wenn wir hier lebend rauskamen, war ich mehr als bereit dazu, die Verbalattacke auf mich zu nehmen.

„Wir müssen hier raus, bevor noch mehr davongeschleppt werden. Müssen die anderen warnen." Hunt drehte den Kopf zu beiden Seiten, streckte den Nacken, dehnte sich, wachte auf, machte sich kampfbereit. „Zumindest einer von uns", sagte er durch zusammengebissene Zähne hindurch.

Auch das war mir bewusst. Den Kriegern, die auf die Kolonie kamen, wurde ein Versprechen gegeben—das Versprechen, dass sie nie wieder eine Hive-Integration fürchten mussten. Dass für sie der Krieg vorüber war. Dass sie in Sicherheit waren.

Und das war eine Lüge. Die Hive-Soldaten, die uns in den Hinterhalt gelockt hatten, waren auf Basis 3 gewesen, hatten den die äußere Umzäunung von Abschnitt 9 patrouilliert, als würden sie hierher gehören. Kein Alarm wurde ausgelöst, keine Wachen schrien eine Warnung. Wir hatten uns ihnen sogar gelassen genähert, so wie man eben neue Bekanntschaften schließt. Als Mitglieder der gleichen Gemeinschaft, nicht als Feinde. Sie hatten uns umzingelt, und wir waren unvorbereitet gewesen, die Waffen immer noch in den Halftern. In die Falle getappt. Entführt.

Kein Wunder also, dass es so viele Vermisste gab. Es gab keine Warnung. Kein Feuergefecht. Keinen Kampf. Nichts als Überrumpelung. Und wir waren ebenfalls hineingetappt.

Scheiße. Der Hive sollte nicht die Fähigkeit haben, uns zu zerstören. Wir dachten, dass wir außer Reichweite waren. Die Kolonie war ein weit abgelegener Planet, der einer Horde von Eroberern nicht viel zu bieten hatte. Wir hatten keinen Grund, Türen abzusperren oder Angriffe zu fürchten. Wir waren tief im von der Koalition kontrollierten Raum. Wir hätten sicher sein sollen.

Das waren wir nicht.

Hier unten in diesem Pseudo-Gefängnis erfuhren wir die Wahrheit über unsere vermissten Krieger. Sie waren verloren, entweder tot oder vollständig in das Hive-Kontrollsystem integriert. In diesem Augenblick schritt Leutnant Perro vor unserer Gefängniszelle auf und ab, ohne Ausdruck in seinen Augen. Der Mann, der er einmal gewesen war, war fort. Je nachdem, wie man es betrachtete, hatten es die anderen, die Toten entlang des Korridors, besser erwischt. Zumindest waren sie frei. Ihr Leid war vorüber. Sie waren nicht in den Feind verwandelt worden, in all das, wogegen wir kämpften.

Wir waren ehrenhaft, und in Hive verwandelt zu werden, war das grausamste Schicksal. Der Tod war besser.

Wir waren bisher nicht integriert worden wie die anderen Vermissten, aber unsere Zeit würde kommen. Die Platzwunde auf Hunts Stirn nässte, und er schwankte ein wenig, als er sich aufsetzen wollte. Bestimmt hatte er eine Gehirnerschütterung. So, wie er seinen Arm bewegte, ihn herumdrehte, prüfte, nahm ich an, dass er sich das Gelenk ausgerenkt hatte. Das war ihm schon einmal passiert, in einer Schlacht in Sektor 17. Sie hatten ihn danach in die Regenerationskapsel gesteckt, damit er verheilen konnte, aber er rieb sich das Gelenk immer noch von Zeit zu Zeit, als hätte er Phantomschmerzen.

Mir war es heute besser ergangen. Ich hatte nur drei gebrochene Finger und ein paar gebrochene Rippen. Ich hatte schon Schlimmeres gehabt. Viel Schlimmeres.

Ich konnte noch kämpfen. Schon bald würde das alles sein, worauf es ankam.

Unsere Verletzungen wären mit einem ReGen-Stab leicht heilbar gewesen, aber wir hatten keinen.

Sie hatten uns alles abgenommen. Ionen-Pistolen, Kommunikationsgeräte, Heilstäbe. Wir trugen noch unsere Rüstung, aber nur, weil wir sonst nackt wären. Ich war nicht scheu. Mir war es scheißegal, ob der Hive und die Verräter meinen nackten Hintern sehen konnten. Aber ich war dankbar dafür, dass wir noch unsere Rüstung hatten. Ich wusste aus Erfahrung, dass die wahren Schmerzen erst dann anfingen, wenn die Rüstung runter war.

„Das hier darf doch gar nicht wahr sein." Hunt lehnte sich seufzend and die Wand zurück, stütze sich an dem kalten Stein ab und schloss die Augen. „Ich will einfach nicht glauben, dass das Schicksal so grausam sein kann."

Ich wusste, ohne zu fragen, dass er von unserer Gefährtin sprach. Wir hatten sie gerade erst gefunden, gekostet, sie uns zu eigen gemacht. Wir hatten gerade erst angefangen, zu verheilen und wieder ganz zu werden.

Ich seufzte und lehnte mich neben ihm an die Wand, Schulter an Schulter, so wie wir allem in den letzten Jahren begegnet waren. „Vielleicht war sie ein Abschiedsgeschenk." Ich hatte viel an unsere Gefährtin gedacht, mehr als dankbar darüber, dass sie mir gehört hatte, wenn auch nur für kurze Zeit. Mir war alles egal außer Kristins Sicherheit, dass sie umsorgt war. Wenn ich sterben würde, würde ein anderer sich um sie kümmern. Sie war wunderschön und perfekt, und es war unmöglich, sie nicht zu lieben. Und zu ihrem verdammt großen Glück war sie nicht hier.

Sie war in Sicherheit, auf Basis 3, beim Gouverneur und seiner Brigade von Wachen. Bei den anderen.

Die Wahrheit würde irgendwann ans Licht kommen. Ich hatte großes Vertrauen in unsere Kämpfer-Kollegen. Sie würden diesen Ort finden und zerstören, auch wenn ich nicht wusste, ob das stattfinden würde, bevor oder nachdem sie versucht hatten, uns in den Hive zu integrieren.

Hin und her schritt unsere einsame

Wache. Leutnant Perro war vollständig zu einem Hive-Soldaten geworden. Er sah zwar immer noch mehr oder weniger aus wie er selbst—Körperbau, Haarfarbe, Aussehen, aber das war's. Er war eine Maschine, ein Krieger, aber mit einem Kopf voller Hive-Frequenzen, bis es sonst nichts anderes mehr gab. Sein Gehirn war weg. Er war nicht länger Perro.

Er hatte die gnadenlose Tortur des Hive einmal überlebt, aber es noch einmal durchleiden zu müssen, diesmal im Wissen, dass er nicht entkommen würde? Das war nicht nur Tortur, das war Wahnsinn. „Ich werde nicht zulassen, dass sie mich wieder zum Feind machen. Sie werden mich töten müssen."

13

Hunt fauchte bei meinen Worten auf. „Sei still. Wir werden die Sache clever angehen. Sie wissen nicht, wie stark du bist, was mit dir gemacht wurde. Wir kommen hier raus, und dann töten wir den Verräter."

„Wie konnten wir nicht über Krael und seinen Verrat Bescheid wissen?" Das wollte ich genauer wissen. Er hatte unter uns gelebt, mit uns gearbeitet. Er hatte Freunde. Warum hatte er die Seiten gewechselt? Und das hatte er gründlich. Er agierte aus freiem Willen, nicht von innen gesteuert und automatisiert von der Hive-Bedrohung. Ich hatte mitangesehen, wie der Bastard rumlief und Befehle erteilte.

Ich wollte ihn umbringen. Aber erst mal mussten wir aus dieser Zelle raus. Und dazu mussten wir entweder lernen, durch massive Felswände zu wandern, oder einen Weg an dem Kraftfeld vorbei finden, das uns hier gefangen hielt. Ich hatte aufgehört, einen Weg um das schimmernde Energiefeld herum zu finden, das die Vorderseite unserer Fels-Zelle blockierte. Diese Energie war das Einzige, was uns hier die letzten Stunden gehalten hatte. Waren es Stunden gewesen? Tage? Wie lange hatten wir geschlafen?

Tief in dieser Höhle gab es kein Zeitgefühl. Nicht, woran wir abschätzen konnten, wie lange wir schon gefangen waren, wie lange es noch dauern würde, bis sie uns holten. Wie lange, bevor unsere Transformation abgeschlossen sein würde. Sie hatten schon einmal mit uns begonnen, aber wir waren entkommen. Schon bald würden sie uns zum Abschluss bringen.

Ich hatte versucht, zu entkommen. Ja, es

gab keinen verdammten Weg nach draußen. Dicker Felsen auf drei Seiten, und die vierte täuschend offen. Es war wie die Atlan-Zellen, mit einem undurchdringlichen Energiefeld, durch das nicht einmal ein Atlan-Biest ausbrechen konnte. Es ging nicht um Kraft, sondern Wissenschaft. Ich wusste, was passierte, wenn ich es berührte; ich hatte Glück gehabt, dass nur meine Finger gebrochen waren. Ich hätte eine Hand verlieren können, wenn ich zu fest gegen das unsichtbare Feld gestoßen hätte.

„Es war unsere Aufgabe, es zu wissen", antwortete Hunt.

Ich drehte meinen Kopf herum und blickte meinen Freund an, meinen Kriegskameraden, meinen zweiten Gefährten. „Wir hätten es nicht wissen können. Wir haben einander viel zu sehr vertraut. Ohne Lady Rone wären wir der Täuschung vielleicht nie auf die Spur gekommen. Maxim hatte nichts davon gewusst. Er ist der Gouverneur, und nicht einmal er hat es gewusst. Außer, du willst ihm unterstellen, dass er Mittäter ist?"

Warum war ich hier der praktisch Denkende? Uns war die Tiefe von Kraels Verrat nicht bekannt gewesen, erst jetzt. Nein, das stimmte nicht. Wir wussten, dass *irgendjemand* die Kolonie zerstörte, einen Krieger nach dem anderen. Ihnen auflauerte, sie kidnappte, umwandelte und sie zu Spionen machte, Kriegern *für* den Hive.

„Scheiße, nein. Ich vertraue Maxim mein Leben an."

„Was geschehen ist, ist geschehen. Brooks ist tot. Und die Kolonie wird zerstört werden, wenn wir Krael nicht aufhalten. Ja, er ist schon einmal entwischt, aber wir wussten, nach wem wir suchen mussten. Und jetzt ist er hier. Bei uns. Wir müssen ihn töten." Ich sprach nicht leiser, denn ich wollte, dass Perro uns hörte. Ich hoffte, dass er dumm genug sein würde, sich herumzudrehen und das Kraftfeld abzuschalten, das uns gefangen hielt. Er zuckte, als würde er zuhören, schritt aber weiter auf und ab und ignorierte uns völlig. Er war verloren.

„Krael ist eine Sache. Niemand ist auf das hier vorbereitet." Hunt winkte mit der Hand durch die Luft, um unsere aktuelle Situation anzudeuten, die geheime Basis.

Alles. „Ich weiß nicht, ob es reichen wird, Krael umzubringen." Dieser Komplex, die Anzahl von rumlaufenden Hive, war viel mehr, als wir zu finden erwartet hatten, und viel gefährlicher für jeden auf der Kolonie.

„Ich weiß."

Wir saßen und schwiegen, und ich begrüßte die Ruhe, um mich auf das vorbereiten zu können, was uns bevorstand. Ich würde mich keiner Hive-Bearbeitung unterziehen. Ich würde bis zum Tod kämpfen, so viele wie möglich von denen mit mir mitreißen. Hunt musste entkommen, die anderen warnen, für Kristin sorgen.

„Ich reiße sie in Stücke, Hunt. Wenn es losgeht, dann hau verdammt noch mal von hier ab. Kümmere dich um Kristin. Warne die anderen. Das hier muss aufgehalten werden."

„Wir können nicht aufgehalten werden." Krael erschien vor unserer Fels-Zelle, stand auf der anderen Seite des Kraftfeldes, gerade außer Reichweite. Wir saßen auf dem Boden, die Rücken an den kalten, unnachgiebigen Fels gelehnt. Nach unserer Ankunft hatten wir lange herumgestanden oder auf und ab gelaufen, aber wir wussten, dass wir unsere Energie sparen mussten, um uns wehren zu können, wenn es soweit war. Wir hätten uns erhoben, wenn die Person vor uns Respekt verdient hätte, aber Krael war unwürdig.

Mehr noch: wir hofften, dass unser scheinbarer Kooperationswille ihn dazu verlocken würde, das Kraftfeld abzuschalten.

Krael tat nichts dergleichen, starrte nur über seine pompöse Nase hinweg auf uns hinunter. „Die Kolonie wird langsam aber sicher vom Hive infiltriert werden. Wir werden diese Welt erobern, und sie wird die Heimat einer ganzen Hive-Schlachtgruppe werden. Wir werden von dieser Position aus mit Leichtigkeit die naheliegenden Mitgliedsplaneten angreifen können. Und danach werdet all ihr *Veteranen*"—er spuckte den Ehrentitel, den Königin Deston den auf der Kolonie Lebenden verliehen hatte, aus, als würde er schlecht schmecken—„als gefährliche Killer angesehen und auf Sicht zerstört werden."

Er hatte recht. Wenn die Kolonie vom

Hive erobert würde, dann würde die allgemeine Bevölkerung auf allen Koalitionsplaneten denken, dass alle heimkehrenden Krieger verdorben waren, egal, ob sie integriert wurden und entkommen konnten, oder nicht. Jede Hoffnung auf Heilung von Hive-Implantaten und -Integration würde vernichtet sein. Hass und Abscheu auf uns würde sich verbreiten, dabei waren wir jetzt bereits die gefürchtetsten Mitglieder der interplanetarischen Gemeinschaft. Wir würden uns selbst vernichten, von unserem eigenen Volk ausgerottet werden, und der Hive würde dafür sorgen, dass diese Arbeit gründlich erledigt wurde.

„Dazu wird es nicht kommen", knurrte Hunt und weigerte sich, den Verräter anzusehen.

Krael besaß die Frechheit, zu grinsen. „Oh, das wird es. Und zwar durch euch. Ihr beiden werdet hirnlos für den Hive arbeiten, indem ihr gleich als Erstes diesen Planeten zerstört und die Gemeinschaft, die ihr mit so viel Mühe aufgebaut habt." Das Grauen, das folgen würde, blieb unausgesprochen. Wir alle wussten, was passieren würde, wenn die Kolonie dem Hive in die

Hände fiel. Die Erde war der nächstgelegene, und am schwächsten geschützte, Planet. Die Menschheit würde als Erstes fallen. Kristins Heimatwelt. Ihr Volk.

Er war eine wertlose Schande von einem Prillonen. Er war zwar so groß und beeindruckend wie Hunt und ich, aber ihm fehlte es an Ehre. Ich hatte keine Ahnung, wann er die Seiten gewechselt hatte, aber er hatte jetzt schon genug zerstört. Zumindest, soweit wir wussten.

Er hatte keine sichtbaren Hive-Integrationen. Kein neues Auge, wie Hunt. Keine Bots in den Muskeln, wie ich. Was hatte der Hive mit ihm angestellt? Hatte er Integrationen in seinen Armen, am Torso? Oder hatten sie sein Gehirn modifiziert? Er klang wie er selbst, wirkte sich seiner Entscheidungen bewusst, und dafür hasste ich ihn. Er wurde nicht kontrolliert oder manipuliert, er hatte uns alle für seine eigenen egoistischen Zwecke verraten. Was diese waren, das wusste ich nicht, und es war mir auch egal. Seine Motivationen waren irrelevant. Er war der Feind. Bei nächster Gelegenheit würde ich ihn in Stücke reißen.

Die Vermissten, die in der letzten Zeit

entführt worden waren, waren inzwischen hirnlose Hive-Drohnen. Wir hatten sie gesehen, als wir hereingebracht wurden. Sie sahen zwar noch aus wie ihr altes Ich, aber sie waren eine Hülle, eine funktionale Einheit, die der Hive kontrollierte. Der Teil ihres Gehirns, der sie zu Individuen machte, war fort, abgetrennt.

Aber Krael? Er war nicht hirnlos. Nein, er war zu gerissen, zu skrupellos. Er *arbeitete* zwar für den Hive, aber ich fragte mich ernsthaft, wie sie ihn *kontrollierten*.

Er arbeitete alleine, soweit wir sehen konnten. Es war ungewöhnlich für einen Prillonen. Die meisten hatten einen Sekundär, selbst wenn sie keine Gefährtin hatten. Einen vertrauten Bruder, um die Einsamkeit in Schach zu halten. Aber Krael war ein Mysterium, das wir nur aufklären konnten, wenn wir aus der verdammten Zelle rauskamen. Er hatte keinen Kragen, keine Verbindung zu jemandem außer dem Hive.

Er grinste, aber der Ausdruck war kalt.

„Eure Zeit wird kommen. Schon bald. Aber ich lasse euch hier in der Ungewissheit darüber schmoren, wann." Er deutete mit dem Kopf zu Leutnant Perro. „Er hat sich so schön umwandeln lassen. Er war auf eurer Seite, hat euch den Rücken gedeckt. Jetzt würde er euch in eben jenen schießen. Auf mein Kommando, oder wie es dem Hive beliebt." Er klopfte dem nun vom Hive kontrollierten Krieger auf die Schulter, aber Leutnant Perro reagierte nicht einmal mit einem Blinzeln. „Ihn haben wir unter Narkose gesetzt, bevor wir den Hive-Prozessor in seine Großhirnrinde eingepflanzt haben. Er kann nicht einmal ohne Erlaubnis beschließen, zu pissen. Aber bei euch?" Er zuckte mit den Schultern. „Wir werden sehen. Hier haben sie Spaß daran, nach unterschiedlichen Wegen zur Re-Integration zu forschen. Was zuvor mit euch passiert ist, war im Vergleich dazu ein einfaches Experiment."

Er studierte Hunts Auge, kniff die Augen zusammen. „Sie werden zu Ende führen, was sie an dir begonnen haben, Hunt. Die frontalen Augenfelder werden voll integriert sein. Du wirst die wandelnden Augen für den Hive sein."

Hunt blinzelte langsam, ließ sich aber nicht auf das Spielchen ein.

Meine unverletzte Hand ballte sich zur

Faust. Ich war so wild darauf, Krael zu töten, wie noch nie zuvor. Aber ich beherrschte mich, hielt es unter Kontrolle, wie ich das mit meinen Emotionen immer tat. Ich musste abwarten. Es würde einen Gelegenheitsmoment geben, ich musste ihn nur abwarten.

Dann drehte er sich herum und ging davon, mit schweren Schritten auf dem Felsboden, und ließ Leutnant Perro als Wache zurück. Der einstmals stolze Krieger diente nun als unsere ständige Erinnerung daran, wie mächtig der Hive war, und wie schwach letztendlich wir.

Hunt stand auf, eine Hand an der Mauer, um sich abzustützen. „Wir müssen etwas unternehmen. Wir können nicht einfach hierbleiben, eingesperrt, und darauf warten, zu sterben."

Ich blickte zu ihm hoch. Er war es gewohnt, das Kommando zu haben, so wie ich. Es lag uns in den Zellen, zu führen, zu dominieren. Hier eingesperrt zu sein war für uns doppelt so schwer. Ich war genauso wütend wie Hunt, aber ich war immer schon der mit dem kühleren Kopf gewesen. Zumindest in solchen Situationen. Im Kampf war ich eiskalt. Präzise.

Hunt konnte anführen, war ein Diplomat und Stratege. Aber jetzt? Jetzt kochte er vor Wut, und sie kochte über. Die Dunkelheit, die er nie zeigte, trat hervor. Sein Zorn flackerte jedes Mal höher, wenn er Leutnant Perro ansah.

„Krael wird hierfür sterben. Und zwar langsam."

Ich sagte nichts dazu. Das brauchte ich gar nicht.

Nachdem ich Hunt ein paar Minuten lang hatte brodeln lassen, musste ich analytisch werden. Klar und logisch denken, und nicht von unserer tiefen Wut angetrieben sein. „Wir können im Moment nichts tun. Wir müssen die Gelegenheit abwarten. Sie wird kommen, aber wir müssen bereit sein. Wir müssen stark sein. Ruh dich aus. Dein Kopf muss sich anfühlen wie ein verdammter Felsbrocken."

Hunt drehte sich herum und seufzte. Er ließ die Schultern fallen, lockerte die angespannten Muskeln, zumindest vorerst. Er wusste, dass ich recht hatte, dass wir Ruhe bewahren mussten, zumindest vorerst.

„Das tut er. Scheiße." Er ließ sich wieder neben mir auf den Boden fallen.

Um unsere Kräfte zu schonen. Um abzuwarten.

TYRAN, *Gefängniszelle, Hive-Höhle*

ICH MUSSTE EINGESCHLAFEN SEIN. Ich hatte keine Ahnung, wie lange ich geschlafen hatte, aber laute Stiefelschritte weckten mich. Ich stieß Hunt mit dem Ellbogen an, der sich regte. „Es ist soweit."

Hunt öffnete die Augen. Als er die Schritte hörte, spannte sich sein Kiefer an. Er stand langsam auf, mit einer Hand an der Wand. Zum Glück hatten wir die Kragen, denn so spürte ich, dass sein Kopf zwar schmerzte, es aber nicht zu viel für ihn sein würde. Er brauchte einen klaren, scharfen Verstand, keinen mit Gehirnerschütterung. Ich erhob mich ebenfalls. Wir warteten. Seite an Seite, wie immer.

Perro und eine durch und durch bösartige Hive-Integrationseinheit standen auf der anderen Seite des Energiefeldes. Der Hive drückte auf einen Knopf, und das laufende surrende Geräusch verstummte. Ich wusste, das Energiefeld war ausgeschaltet. Meine Ohren sausten in der Stille.

„Ihr kommt mit uns mit", sagte die Integrationseinheit mit monotoner Roboter-Stimme. Ich blickte ihn an, dann Perro. Ich dachte an den Leutnant, wie er war, bevor der Hive ihn in die Finger bekam. Ein zweites Mal. Wenn ich ihn ansah, konnte ich an nicht viel anderes denken.

Erst vor ein paar Tagen hatte er Hunt gegenübergesessen, elend wie alle anderen Neuankömmlinge auf der Kolonie. Das hier hatte er nicht verdient. Er hatte im Krieg gekämpft, die Gefangenschaft überlebt, es in die gelobte Geborgenheit der Kolonie geschafft—und der Hive hatte ihn nur wenige Tage später hier aufgegriffen. Er war ein loyaler Krieger gewesen, und ich ärgerte mich für den Prillonen, der er gewesen war. Noch empörter darüber, dass es ihm hier passiert war, auf dem angeblich sicheren Planeten, direkt unter unserer Nase.

Hunt warf mir einen Blick zu, dann

stellte er sich neben die Hive-Einheit. Er brauchte nichts zu sagen. Ich konnte alles spüren. Rage, Frust, Entschlossenheit, Verbissenheit. Wir würden entweder wohlbehalten hier rauskommen—so wohlbehalten wir eben waren—oder wir würden sterben. Irgendwie würde ich Hunt eigenhändig töten, bevor ich zuließ, dass er auf einen verdammten Foltertisch geschnallt wurde. Und er würde dasselbe für mich tun.

Er ging den langen Gang entlang, an einer Reihe leerer Zellen vorbei, während ich neben Perro marschierte. Von der Gefängniszelle aus hatten wir nichts tun können. Jetzt hatten wir Gelegenheit, einen Fluchtweg zu finden, einen Weg nach draußen. Wir mussten uns befreien und Basis 3 benachrichtigen, ihnen sagen, wo diese Hölle unter der Erde sich befand, und sie vernichten.

Ich spürte das Stupsen einer Ionenpistole an meiner Seite, unter dem Oberteil, in der Lücke, wo es keinen Rüstschutz gab. Ich brauchte nicht mit einer Waffe gepiekt zu werden, um mich zum Gehen zu zwingen. Ich war ja schon auf dem Weg zu was auch immer für kranken Scheiß sie mit uns anstellen wollten. Perro stupste noch einmal mit der Waffe. Ich kniff die Augen zusammen, blickte auf die Waffe hinunter und wollte ihm schon sagen, er solle den Scheiß lassen. Er war vielleicht einmal mein Verbündeter gewesen, aber jetzt nicht mehr.

Aber die Waffe war gar nicht auf mich gerichtet. Nein, Perro drückte mir den Griff in die Seite. Ich hob überrascht den Kopf, blickte ihm ins Auge—das eine Gesunde, das er noch hatte—und stolperte beinahe. „Nehmen Sie sie", hauchte er. Ich konnte ihn kaum hören, und meine Augen wurden groß. Keiner von uns fiel aus dem Schritt, da wir wussten, dass uns jemand zusehen könnte. „Aber Sie müssen mich töten."

Sie müssen mich töten. Ja, er kannte sein Schicksal, wusste, dass der Funke des Kriegers, der in seinem Körper noch übrig war, keine Konkurrenz war für den Scheiß, den sie mit seinem Gehirn angestellt hatten. Wie hatte dieser Funke überlebt? Aber wenn er da drin war, dann konnte er gerettet werden.

Ich nahm die Waffe und ließ sie sich

vertraut in meine Hand schmiegen, den Arm hinter dem Rücken, um es vor der Hive-Einheit vor uns zu verbergen.

„Wir nehmen Sie mit", flüsterte ich. Er war ein guter Krieger, einer von uns. Ich würde ihn nicht zurücklassen, wenn es noch eine Chance für ihn gab.

Er schüttelte den Kopf. „Ich bin jetzt bei klarem Verstand, aber ich bin erledigt. Es überkommt mich, jede Minute mehr. Ich verblasse, vergesse. Es ist fast nichts mehr übrig. Töten Sie mich."

Ich sah, wie sein Kopf zuckte, sein klares Auge ausdrucksleer wurde. Seine Hand packte mich schmerzhaft am Arm. Seine Schritte wurden steif, ganz wie die der Hive-Einheit vor ihm. Von einem Augenblick zum nächsten war er nicht länger Leutnant Perro von der Koalitionsflotte. Von dem Prillon-Krieger war nichts mehr übrig.

Ich wusste nicht, ob es ein Aussetzer gewesen war, oder ob sein Wechsel noch nicht abgeschlossen war. Aber er war da gewesen, wenn auch nur ein paar Sekunden lang. Würde er wiederkommen?

Konnte ich ihn in einem klaren Moment retten?

Ich musste es testen, herausfinden, ob er gerettet werden konnte.

„Perro, lass sie damit nicht davonkommen", sagte ich mit lauter Stimme. Hunt drehte sich zu mir herum, aber ich ignorierte ihn. Er hatte die Veränderung meiner Stimmung über den Kragen gespürt. Er wusste vielleicht nicht, was gerade vorgefallen war, aber er spürte eine Hoffnung, die vor einer Minute noch nicht dagewesen war. Eine neue Entschlossenheit, auch unseren Kriegskameraden zu befreien. „Du bist ein verdammter Prillone, kein Hive."

Nichts. Keine Antwort.

Ich versuchte es noch einmal. „Krieger, Rüstung anlegen." Ich gab ihm meine beste Kommandostimme und sprach die Worte, die ein kommandierender Offizier bei jedem Einzug in die Schlacht sprach.

Perros Kopf drehte sich herum, unsere Blicke trafen sich, und ich konnte sehen, dass seine Pupille weit wurde. Sein Griff um meinen Arm lockerte sich, wenngleich er auch nicht ganz losließ. „Sir", antwortete er, aber die Hive-Einheit neben Hunt blieb stehen und drehte sich herum. Sie drückte einen Knopf am Kommunikationsfeld auf ihrem Handgelenk, und Leutnant Perros Körper zuckte krampfartig zusammen. Er fiel nicht zu Boden, aber es war, als hätte er einen Elektroschock bekommen, als wäre das Hive-Implantat in seinem Gehirn neu gestartet worden. Als der Hive seinen Finger wieder hob, wurde Perro still. Seine Hand fiel hinunter, das Auge wieder schwarz. Leer. Ich wusste, dass er fort war. Für immer? Ich konnte nicht sicher sein, aber er hatte recht gehabt. Es war nichts mehr übrig. Er hatte es nicht verdient, so zurückgelassen zu werden. Er hatte einen ehrenhaften Tod verdient, einen Kriegertod, anstatt von einem Kommunikator gesteuert zu werden.

Er hatte mir in einem seiner letzten klaren Momente seine Waffe gegeben, damit wir uns befreien konnten und vielleicht noch ein paar andere. Ich würde ihm seinen letzten Wunsch gewähren. Ich würde ihn erlösen.

Scheinbar zufriedengestellt—ich hatte keine Ahnung, wie eine Hive-Einheit Gefühle haben konnte—drehte sich der Hive, der Perro neu gestartet hatte, herum und ging weiter.

Mein Verstand verarbeitete alles so rasch, dass es mir schwerfiel, zu analysieren. Perro war ausreichend bei Bewusstsein gewesen, um zu helfen, in seinem vielleicht letzten Augenblick als Prillone. Oder er wollte sicherstellen, dass ich ihm dabei half, zu entkommen. Vielleicht hatte er durchgehalten, die Umverarbeitung stark genug bekämpft, nur um zu uns zu kommen und auf die einzige Art zu entkommen, die ihm noch zur Verfügung stand. Der Tod.

Aber jetzt waren wir frei, zumindest nicht länger hinter dem Energiefeld. Hier draußen konnte meine Körperkraft nicht eingeschränkt werden. Als ich zum ersten Mal vom Hive gefangengenommen worden war, hatten sie mich kräftig gemacht, stark. Nein, mehr als stark. Meine Knochen, meine Muskeln waren modifiziert worden, und ich ließ ein Atlan-Biest wie ein kleines Kind aussehen. Die Hive-Einheit vor mir war keine Konkurrenz. Ich konnte ihr den Kopf vom Körper reißen und dabei bei klarem Verstand bleiben, anders als ein

Biest. Ich konnte es tun. Ich *würde* es tun. Aber ich musste abwarten. Jetzt war nicht der Zeitpunkt, Aufmerksamkeit auf uns zu ziehen. Wir mussten aus dem Verlies raus und sehen, was dahinter lag. Sehen, ob es andere gab, die auch befreit werden mussten. Herausfinden, ob wir einem Dutzend Hive gegenüberstanden oder hunderten.

Ich wusste nur, dass wir immer noch auf der Kolonie waren. Dass es diese geheime Basis gab, die vom Hive gebaut und genutzt wurde, um das neue Leben zu zerstören, das Hunt und ich, und jeder Krieger auf der Kolonie, uns aufbauten. Sie musste vernichtet werden. Die Krieger würden einen Plan brauchen, oder zumindest Informationen.

Nachdem ich gesehen hatte, was ich wissen musste? Danach würde all die Technologie, die der Hive in mich gepflanzt hatte, gegen sie verwendet werden. Sie würden von einer ihrer eigenen Kreaturen zerstört werden. Sie hatten ein Monster erschaffen, und um zu Kristin zurückzukommen, würde ich es freilassen.

Der Hive war erledigt.

14

Kristin, außerhalb der geheimen Hive-Basis

„Wie zum Teufel konnte eine geheime Hive-Festung auf der Kolonie gebaut werden, ohne dass jemand Wind davon bekam?", flüsterte ich. Kjel hockte neben mir, und wir spähten über die Kante eines Felsbrockens hinweg auf den Eingang unter uns. Sie war vom Fels gut befestigt, als wäre sie in einen Vulkan oder so hineingebaut worden. Am einzigen, breiten Eingangstor standen Wachen.

„Ich bin neu auf diesem Planeten",

sagte er. „Soweit ich es verstanden habe, sind wir am gleichen Tag hier eingetroffen."

Der Everianer war genauso groß wie meine Gefährten, was überraschend war, denn die waren geradezu riesig. Für jemanden von so großem Körperbau war er ein guter Schleicher. Seine Füße bewegten sich nahezu lautlos über die Felsen, als wir dem Pfad folgten, den nur er sehen konnte. Es war, als hätte er Infrarot-Sicht oder konnte unsichtbare Brotkrumen oder so sehen, denn er hatte nicht auch nur einmal die Richtung gewechselt, seit wir Kraels Quartier hinter uns gelassen hatten. Teilweise Bluthund? Ich hatte keine Ahnung, aber der Mann war ein verdammtes Genie darin, eine Spur zu verfolgen. Niemand sonst auf dem Planeten wusste von dieser Basis—zumindest nicht die Guten—und er hatte uns schnurstracks hierhergebracht. Gut, so einfach war es nicht gewesen. Die Wanderung war lange gewesen, und es gab keinen richtigen Pfad. Nein, ich fühlte mich, als wäre ich über mehr Felsen geklettert als ein Bergsteiger auf Everest. Es gab zwar keinen Berg—wir waren an nichts Steilem hochgeklettert—aber überall Hügelformationen mit scharfen und schroffen Felsen. Meine Uniform war an mehreren Stellen zerkratzt, weil ich gegen Steine gestoßen war, und meine Hände taten weh davon, die grobe Oberfläche zu greifen, um das Gleichgewicht zu halten.

Aber das war gar nichts. Ich wusste, dass hinter diesem Eingang die wahre Hölle liegen würde.

Ich blickte zu Kjel, dem Jäger. Ich hatte gelernt, dass das *Jäger* ein echter Titel war. Marz hatte mir erzählt, dass sie quer über die Koalitionsplaneten verteilt als Kopfgeldjäger oder Polizisten arbeiteten, je nach Anlass. Jäger war zutreffend, denn er war verdammt gut darin. Everianer wurden von der Koalition für genau diesen Zweck rekrutiert und Elite-Einheiten für Erkundungszüge oder gezielte Attentate zugeordnet. Ich hatte nicht nachgefragt, aber ich fragte mich, ob er so dem Hive in die Hände gefallen war. Ich bezweifelte, dass ich es je erfahren würde, aber sie hatten anscheinend nichts gemacht, was seine Fähigkeiten eingeschränkt hätte. Mit ihm unterwegs zu sein, war eigenartig. Als wäre man mit einem Hellseher unterwegs.

Er wusste, wo meine Gefährten waren. Er schien es einfach zu *wissen*.

Wir liefen vor den anderen her, die Späher auf dieser Mission, während Rezz und Marz uns den Rücken deckten. Was mir gut passte.

Ich sah keinen Pfad, keine Spur von zwei riesigen Prillonen, und schon gar nicht von einem Haufen Hive.

„Da ich nicht hier war, weiß ich nicht, wie dieser Ort ihren Scannern entgehen konnte. Es gibt wohl eine Art Tarnvorrichtung." Er hob den Kopf und inspizierte die glatten Felswände um uns herum. „Oder magnetische Interferenzen von den Felsen."

Wenn ich nicht selbst betroffen gewesen wäre, hätte ich gedacht, dass er Sci-Fi-Blödsinn faselte. Aber er hatte wohl recht. Wie sonst könnte sich dieser Ort der Entdeckung entziehen?

Wir blieben still, sahen zu, wie die Wachen abgelöst wurden.

Hive.

Ich hatte noch keinen gesehen. Noch nie.

Aber ja, ich hatte mir ein paar *Star Trek*-Filme angesehen. Diese Dinger waren wie die Borg von Captain Picard, nur größer. Furchteinflößender. Sie waren keine kleinen Menschen, die in Cyborgs verwandelt worden waren, sondern über zwei Meter große Monster, die mit Silber überzogen waren. Sie waren in Dreiergruppen unterwegs, immer drei. Ich hatte von ihnen gehört, aber die Medien auf der Erde hatten gute Arbeit geleistet, die Ernsthaftigkeit der Lage herunterzuspielen.

Der Hive ist ein Problem für andere Teile des Universums. Die Erde ist vor ihnen sicher. Wir sind zu stark, unsere Verteidigungsanlagen zu gut, als dass sie bei uns einfallen würden.

Ja klar. Die Erde hatte nur verdammt großes Glück gehabt, dass die Koalitionsflotte uns unter ihren Schutz genommen hatte. Bisher. So viel ich inzwischen über sie wusste, würde keine Militärkraft, egal welchen Landes, auf der Erde eine Chance gegen sie haben.

Seit wir vom Hive erfahren hatten, von den anderen Planeten *da draußen*, hatte ich immer gedacht, dass sie nur die bösen Weltraum-Aliens waren, die bekämpft werden mussten wie im Film. Nicht...das hier. Sie töteten nicht nur, sie verzehrten, vernichteten Leben. Ruinierten Männer. Die Kolonie war der Beweis dafür.

Kjel, reglos neben mir, war der Beweis dafür. Ich sah ihn mir noch einmal an, konnte aber immer noch nicht sehen, wo seine Narben waren, wenn er überhaupt welche hatte. Aber es war egal. Jeder auf diesem Planeten hatte die Hölle überlebt. Ich brauchte kein Silber auf seiner Haut zu sehen, um zu wissen, dass er gelitten hatte. Und doch, hier war er, brachte mich direkt zurück zum Feind. Zu jenen, die ihn gefoltert hatten, die ihn schlussendlich in eine Hive-Einheit verwandelt hätten wie jene, die Wache standen.

Diese Männer waren mehr als nur tapfer.

„Vor ein paar Tagen bin ich von der Erde hierher gekommen, als Braut", sagte ich leise, setzte mich auf den Hintern und lehnte meinen Rücken an den Felsen. „Du kamst hierher, nachdem du von diesen Dingern gefoltert worden bist. Warum riskierst du deinen Hals noch einmal? Besonders, wenn das, was dir angetan wurde, noch so frisch ist. Ich meine, hast du keine Angst?"

Er sah mich eingehend an, und ich wusste, dass er mehr sehen konnte als die meisten. Als ein Jäger konnte er bestimmt Dinge sehen, die für andere nicht sichtbar waren. „Hast du keine?", fragte er mich im Gegenzug.

Kjel war der Einzige, der nicht widersprochen hatte, als ich sagte, dass ich meine Gefährten suchen gehen würde. Selbst der Gouverneur hatte meine Hilfe abgelehnt. Aber Kjel? Ich war nicht sicher, ob es ihm egal war, wenn ich in meinen Tod rannte, oder ob sein Spürsinn mitbekam, dass ich mehr war als nur ein Weibchen, das ausflippte, weil ihre Gefährten verschwunden waren. So, wie er mich jetzt ansah, wusste ich, dass es Letzteres war. Ich bin genauso für das hier ausgebildet worden wie er, wenn ich auch nicht über seine zusätzlichen Sinne verfügte. Selbst ohne sie wusste ich, was ich tat. Ich hatte gelebt, geatmet, trainiert, um Leute aufzuspüren und zu retten. Ich hatte verdammt gute Instinkte, und ich behielt auch unter Druck einen kühlen Kopf.

Diese Mission war genauso wichtig wie jede andere, auf der ich je gewesen war. Die bösen Jungs wollten Leuten schaden, sie töten, Verderben und Ruin verbreiten. Obwohl wir den Hive nicht hatten, da, wo ich herkam. Es war belanglos. Abschaum war Abschaum, egal auf welchem Planeten.

„Dieser Ort erinnert mich an einen James Bond-Film", murmelte ich und stellte mir vor, wie Dr. No mit seinen Handlangern in seinem unterirdischen Bau saß und versuchte, die Welt zu zerstören. Ich war aber kein James Bond. Kjel war gutaussehend genug, um in die Rolle zu passen, aber er war einfach zu groß, zu mächtig. Niemand würde auf den Film achten. Nur auf ihn.

Was mich betraf, so hatte ich Gefährten irgendwo hinter diesem bewachten Tor. Ich bewunderte Kjel zwar, aber meine Gefährten betete ich an. Und nichts würde mich davon abhalten, zu ihnen zu gelangen, nicht einmal ein riesiges Cyborg-Monster.

Kjel zog über meine Film-Bemerkung eine Braue hoch, aber er sagte nichts.

„Du bist im Umgang mit deiner Waffe sicher?", fragte er.

Ich zog sie aus dem Halfter und schmiegte sie in meine Hand. Das kühle Metall verlieh mir Sicherheit. Vertrautheit. „Ja."

„Gut." Er kniete sich neben mich. „Wir sehen zwar nur einen Eingang, aber es gibt immer noch einen."

„Ja, und wo sind seine Kollegen? Du sagtest, sie sind immer zu dritt unterwegs."

Kjel blickte über den Felsrand, durchsuchte die Umgebung. „Ich glaube, dass sie drinnen sind, knapp außer Sichtweite. Aber wir lassen sie sein. Der Hive würde nicht nur einen Ausweg aus diesem Ort haben, für Notfälle oder einen Angriff. Wir werden ihren zweiten Zugangsweg finden und dann von dort aus infiltrieren."

Hochgestochene Worte für einen Hochgestochenen Jäger? Zugangsweg? Aber vielleicht war das nur der Versuch meiner NPU, everianisch zu sprechen. Was soll's. Ich nickte, dann folgte ich ihm zurück in die Richtung, aus der wir gekommen waren, mit Marz und Rezz dicht hinter uns. Rachel war zur Basis 3 zurückgekehrt, und ich hoffte, dass sie gerade die Truppen mobilisierte. Rezz und Marz hatten eine Spur gelegt, alle paar Schritte tiefe Furchen im Boden hinter uns, damit sie uns folgen konnten. Hoffentlich würde bald Verstärkung hier sein.

Als Gruppe bewegten wir uns leise voran. Wir waren so weit von Basis 3 entfernt, tief im Höhlen- und Schluchtensystem des Planeten, dass die üblichen Kommunikationswege nicht funktionierten. Damit waren wir zu viert. Keine Verstärkung. Zumindest im Moment nicht.

Ich fragte mich, wie viele Hive wohl im Inneren dieser Höhle waren.

Kjel kroch um einen Felsbrocken herum, und wir folgten ihm der Reihe nach, Rezz hinter mir, was gut war. An dem Biest kam nichts vorbei.

Die Luft roch trocken, wie die Wüste in Arizona im Juli. Aber es war nicht heiß. In meiner Rüstung war mir angenehm kühl, vielleicht sogar ein wenig zu kühl, denn das schwache Licht des nächsten Sterns stand nicht mehr im Zenit. Ich nahm an, dass es beinahe Morgengrauen war, oder wie auch immer man das hier nannte. Das Licht war schwach, und die Kühle der Nacht lag noch in der Luft.

Es war fünf Stunden her, seit meine Gefährten ihren Meldepunkt verpasst hatten. Fünf Stunden, die die gesamte Basis in Raserei versetzt hatten. Die Nachricht, dass Krieger vermisst wurden, war nicht länger ein Geheimnis. Gouverneur Rone hatte alles abgeriegelt, und die Sicherheitskräfte durchsuchten jedes Zimmer. Aber wir wussten, dass der Hive, die Übeltäter, nicht dort waren. Krael war hier, mit meinen Gefährten. Ich musste kein Everianer sein, um das zu wissen.

Wenn irgendjemand meine Gefährten in diesem Höhlenlabyrinth, das sich unter der Oberfläche dieses Planeten befinden musste, auffinden konnte, dann war das Kjel. Und deswegen würde ich ihm, mit der Ionen-Pistole im Anschlag, in die Hölle folgen.

Wir mussten sie finden. Nicht nur meine Gefährten, sondern all die vermissten Krieger. Wir mussten diesen Ort auflösen, ihn zerstören, damit die Bedrohung vorüber war. Damit wir Frieden auf der Kolonie haben konnten. Die Alternative war undenkbar.

KRISTIN, geheime Hive-Basis, Die Kolonie

DER STEG IM FELS, auf dem wir flach auf dem Bauch lagen, befand sich nicht mehr als drei Meter über den Monstern. Das war der Hive nun für mich, Monster. Sie auch nur anzustarren jagte mir eine Höllenangst ein.

Wir waren tief im Inneren der Kruste des Planeten, und die kleine Höhle unter uns wimmelte vor Aktivität. Zwei chirurgische Stationen standen in der Mitte, etwa dreißig Meter von unserer Position entfernt, voll ausgestattet mit Beleuchtung und einer Reihe von Computern und technischen Geräten, die ich noch nie gesehen hatte. Mir fiel auf, dass nichts auch nur ansatzweise nach Narkosemittel aussah, was mich nicht schockierte, mich aber noch wütender machte, als ich es schon war. Mir wurde schlecht bei dem Gedanken daran, was sie mit diesen Kriegern anrichteten. Was sie schon angerichtet hatten. War es so für Hunt und Tyran gewesen, bevor sie ausbrechen konnten? Und auch für die anderen? Die Krieger, die mich flankierten? Zu wissen, dass sie diese Tortur durchgemacht und überlebt hatten, nur um wieder unter Hive-Kontrolle zu landen, würde selbst die stärksten und tapfersten Männer unter ihnen zerstören.

Der Bereich schien eine natürliche Felsformation zu sein, eine ausladende Höhle. Ein Ort, wie ihn Drogenhändler auf der Erde gerne nutzten. Unter mir sah ich drei Hive und zwei Gefangene. Diese Gefangenen waren meine Gefährten, die beide unversehrt zu sein schienen, zumindest bisher. Mein Herz machte einen Sprung, als ich sie erkannte, aber nicht nur aus Freude. Ich war ihnen nahe genug, dass mein Kragen sie spüren konnte, ihre Emotionen fühlen. Ich spürte einen Hauch von Schmerz. Sie waren verletzt, aber sie waren noch nicht gefoltert worden. Ich spürte Hass und Entschlossenheit.

Ich sah, wie Tyran den Kopf hob und

seinen Blick durch den Raum schweifen ließ. Er hatte mich gespürt, aber er wusste nicht, wo ich war. Meine Gedanken wurden still, und meine eigene Entschlossenheit füllte mich vollständig aus. Ich konnte nicht zulassen, dass sie meine Angst spürten, meine Sorge. Jetzt war nicht die Zeit dafür. Sie brauchten klare Köpfe, und wenn ich in Panik war, würden sie das auch sein.

Ich packte meine Waffe und blickte zu Kjel. Ja, ich würde von der Kraft der anderen zehren, mich aufbauschen, sodass meine Männer das und nur das spürten. Vielleicht würde meine Stärke ihnen zugute kommen. Sie waren nicht frei, und sie würden sie brauchen für das, was ihnen angetan werden würde—

Nein. Darüber würde ich nicht nachdenken. Fokus. Ich kniff die Augen zusammen und studierte den Feind. Da meine Gefährten auf alles achten mussten, was um sie herum geschah, musste ich kühlen Kopf bewahren. Die Kragen könnten unser Untergang sein, aber das würde ich nicht zulassen. Ich studierte den Hive in der Höhle. Kjel hatte mich über die verschiedenen Einheiten aufgeklärt, die wir zu sehen bekommen könnten, während wir nach dem Hintereingang zum Bau gesucht hatten.

Die Soldaten, wie der, der den Vordereingang zu dieser Hölle bewachte, und der, der Hunt und Tyran ein paar Schritte links von ihnen bewachte, waren die größten und stärksten, wohl auch die am schwierigsten zu töten. Sie waren mit genug Technologie ausgestattet, um dafür zu sorgen, dass sie stärker und schneller waren als jeder Krieger in der Koalitionsflotte, außer den Atlanen im vollen Biest-Modus. Dieser Soldat stand zwischen mir und meinen Gefährten, und es gefiel mir gar nicht.

Fokus.

Eine Soldaten-Klassifizierung war, wie mir jetzt klar wurde, der Verwendungszweck, den der Hive für meinen Tyran geplant hatte. Als er zum ersten Mal gefangengenommen wurde, hatten sie sich damit beschäftigt, ihn in einen Soldaten zu verwandeln, mit Implantaten in seine Muskeln und Knochen, damit er stark wie Superman wurde. Zum ultimativen Killer gemacht. Aber er war entkommen.

Nur war all diese Kraft immer noch in

seinem Körper und wartete darauf, aus ihm heraus zu explodieren. Sie hatten einen gefährlichen Gegner erschaffen, und er gehörte mir.

Der Hive, der hinter ihnen marschierte, mit einer großen Waffe auf Tyrans Rücken gerichtet, war ein Späher. Mit seltsamen optischen Implantaten und einer Reihe von Sensoren auf der Haut waren die Späher nicht für den Nahkampf vorgesehen. Kjel sagte, dass sie trotzdem schwer zu töten waren, aber darauf spezialisiert, schnell und kräftig zuzuschlagen und dann davonzulaufen. Wenn Soldaten ihre Infanterie waren, an der Front, dann waren die Späher ihre Scharfschützen, Piloten oder Erkundungstruppen. Sie waren dafür geschaffen, leise und schnell zu sein.

Und das hatten sie für Hunt vorgesehen.

Aber das war vorher gewesen, als meine Gefährten gefangengenommen und gefoltert worden waren. Ich fragte mich, was für Grässlichkeiten sie nun für meine Gefährten in Petto hatten. Was konnte es noch geben? Tyrans Kraft schien nichts auszumachen. Er marschierte wie ein gefügiger

Diener hinter Hunt, der dem dritten Hive folgte, dieser eine kleine, fiese Integrationseinheit, und der Späher machte den Abschluss.

Der Späher, den ich mit einem Anflug des Grauens wiedererkannte. Neben mir erstarrte Kjel, als der Hive das Gesicht hob und die Höhle absuchte, und wir beide einen guten Blick auf sein Gesicht bekamen. „Perro", murmelte er.

Der vermisste Krieger. Verdammte Scheiße. Ich kannte ihn nicht, aber er war nicht länger er selbst.

Aber ich hatte nicht die Zeit oder die Energie, das an mich heranzulassen. Ich widmete meine Aufmerksamkeit wieder der größten Bedrohung im Raum. Die Integrationseinheiten waren laut Kjel äußerst gerissen. Sie befolgten zwar Befehle, aber sie konnten mehrere Optionen abwägen und die skrupelloseste Vorgehensweise wählen. Und obwohl die Soldaten ohne Gnade Befehle befolgten und töteten, waren sie nicht grausam. Sie waren nicht viel mehr als hirnlose Killermaschinen, die zu Tausenden von der Hive-Kommandozentrale hergestellt wurden.

Aber die Integrationseinheiten waren sadistisch, genossen Folterungen, und ob sie so programmiert oder entworfen worden waren oder nicht, ihnen gefiel ihre Arbeit ein wenig zu gut. Und so, wie dieser kleine schwarzäugige Bastard meine Gefährten ansah, hatte er vor, sie leiden zu lassen.

Große Pläne.

Fokus.

Meine Augen verengten sich, und ich drückte ungeduldig den Ionen-Blaster in meiner Hand.

Den würde ich eigenhändig umbringen.

15

Kjel lehnte sich mir entgegen und hob das Kinn. „Die Hive-Einheit bei deinem Gefährten Tyran. Das ist Perro." Seine Stimme war nicht mehr als ein Flüstern. „Er ist integriert worden."

Kacke. „Also erschießen wir ihn?", flüsterte ich zurück.

Er nickte knapp, und seine Lippen formten eine dünne Linie. „Wir werden ihn nicht so hier zurücklassen." Was hieß, dass er ihn töten würde, ihn von seinem Leid erlösen. „Er wird einen Kriegertod sterben."

Ich wollte fluchen, mit dem Fuß aufstampfen, schreien. Alles, um den Schmerz loszuwerden. Aber nein. Ich musste kühlen Kopf bewahren. Meine Gefährten, und die anderen, brauchten mich. Ich konnte meine Gefährten nicht spüren lassen, dass etwas nicht stimmte, besonders nicht für mich. Außerdem war ihnen Perros Schicksal wohl bewusst.

Ich nickte knapp, fester entschlossen als je zuvor, die Sache zu Ende zu bringen. Ich wollte Kjel gerade sagen, dass ich bereit war, als sich die Haare auf meinen Armen aufstellten und mir ein Schauer über den Rücken lief.

Instinkt war alles, und so blinzelte ich langsam, um meine Sicht und meinen Kopf zu klären, bevor ich wieder in die Höhle zurück blickte. Ich hatte etwas übersehen. Der kalte Schauer, der mir über die Haut lief, schrie mich an, genauer hinzusehen.

Neben mir streckte sich Kjels Zeigefinger aus und bewegte sich ein paar Grad nach links. Auch er hatte es gespürt. Ich blickte in die Richtung und zitterte voller

Adrenalin, als ich Krael sah, der lässig an die Wand gelehnt war, als hätte er keine Sorge auf der Welt. Ich hatte nur Bilder von ihm gesehen, aber ich erkannte ihn sofort. Ich hatte keinen Zweifel bezüglich seiner Identität. Ich hatte Stunden damit verbracht, mir seine Militärunterlagen anzusehen, die Leute zu befragen, die ihn kannten und mit denen er auf Basis 3 zusammengearbeitet hatte. Ich wusste mehr über das Arschloch als seine eigene Mutter.

Er trug die Rüstung der Koalition, als wäre er immer noch Teil der Flotte. Er sah nicht wie Hive aus. Kjel, der neu auf der Kolonie war, hatte ihn auch noch nie gesehen, aber er hatte die gleichen Bilder gesehen. Und die Koalitions-Kleidung war ein untrügliches Zeichen, besonders, da er keine Ionen-Pistole auf sich gerichtet hatte.

Also was zur Hölle ging hier vor, abgesehen von der Tatsache, dass er siegessicher war?

Der bösartige Scheißkerl *grinste* meine Gefährten sogar an, zweifellos ungeduldig darauf wartend, dass ihre Folter endlich anfing.

Nur über meine Leiche.

Fokus, Webster.

Ich rutschte ein paar Zentimeter zurück, und Kjel folgte. Als wir uns wieder gegenüberstanden, vergeudete ich keine Zeit mehr und gab ihm keine Gelegenheit, zu widersprechen. Mein Flüstern war kaum hörbar, aber ich wusste, dass er mit seinem wohl verstärkten Jäger-Gehör kein Problem haben würde, jedes Wort zu entschlüsseln. „Du erledigst die Integrationseinheit. Lass Rezz und Marz sich um die anderen beiden kümmern. Krael gehört mir."

Kjel widersprach nicht, er lächelte, und ich beschloss auf dem Fleck, dass wir gute Freunde werden würden. „Wie kommst du da runter, Lady Zakar?"

„Du springst, richtig?" Der Steg im Fels lief weit genug an der Höhlenwand entlang, dass wir bis an einen Punkt daran entlanglaufen konnten, der nahe am Höhlenboden war. Aber dieser Tiefpunkt war auf der anderen Seite des Raumes. Wir würden es nie bis dorthin schaffen, ohne gesehen zu werden. An dieser Stelle waren wir drei bis vier Meter über dem Boden. Es war hoch, aber ich hatte schon schlimmere Landungen gehabt.

„Ja."

Ich guckte über die Kante und sah, dass Tyrans Blick durch den Raum schweifte, er nach etwas suchte. Nach mir. Inzwischen ließ Hunt sich von ihnen zum ersten Operationstisch führen wie ein Lamm zur Schlachtbank.

Nicht. Mit. Mir.

Ich wandte mich an Kjel. Uns ging die Zeit aus. „Bereit?"

Er nickte nahezu unmerklich. Ich nickte zurück, und unsere Blicke trafen sich einen Moment lang. Ich würde nicht ohne meine Gefährten nach Hause zurückkehren, und ich wollte, dass er diese Tatsache verstand. „Los."

Mit diesem einen Wort rollte ich mich über die Kante des Vorsprungs und sprang so leise ich konnte zu Boden. Der Aufprall war erschütternd, aber ich wusste, was mich erwartete und blieb weich in den Knien, damit ich nicht den gesamten Aufprall abbekam. Dann rollte ich mich zweimal ab und kam auf die Beine. Adrenalin rauschte durch meine Adern, also war mir nicht einmal schwindelig. Ich schoss sofort auf Krael.

Er grunzte, als ich ihn mitten in die Brust traf, aber der Prillone war nicht bezwungen. Ich traf ihn noch einmal in den Oberschenkel, bevor er sich bewegen oder überhaupt realisieren konnte, was geschah, als Kjel bereits den Raum durchquert hatte und auf die Integrationseinheit losging. Hinter mir erfüllte ein Brüllen von Rezz die Höhle wie das Dröhnen eines Hubschraubers. Es ließ meine Ohren klingeln und meine Knochen klappern, aber es erschreckte den Späher neben Hunt.

Ich feuerte noch einmal auf Krael und hörte Kampfgeräusche aus der Richtung von Tyran und dem Hive-Soldaten, mit dem er wohl gerade rang. Mein Gefährte hatte eine Art Handschellen getragen, aber die würden ihn nicht aufhalten. Nicht lange. Er hatte ruhig abgewartet. Clever.

Krael taumelte rückwärts gegen die Felswand, als ich ihn noch einmal in die Schulter traf, aber er ging noch immer nicht in die Knie.

Verdammte Koalitions-Rüstung!

Er blickte mir einen Moment lang in die Augen, bevor er in der Dunkelheit der Höhle hinter sich verschwand, ein kleiner, nahezu schwarzer Schlund, in dem es unmöglich war, etwas zu sehen. Der Pfad war mir nicht bekannt, und er würde im Vorteil sein. Ich wollte ihn zwar tot sehen, aber das war nicht das Ziel dieser Mission gewesen. Es war eine Bergungsaktion, und es gab noch mehr Feinde zu erledigen, bevor wir der Ratte hinterher konnten.

Ich fluchte und drehte mich herum, wo ich sah, dass Hunt in den Kampf mit seiner Hive-Wache verwickelt war, einer riesigen Soldaten-Einheit. Zumindest, bis Rezz hinter den Hive trat, ihn hochhob und seinen Körper buchstäblich in zwei Stücke riss. Bei dem Geräusch musste ich würgen, und Blut spritzte in der Gegend umher, überzog Hunt und das blanke Weiß und Silber des Operationstisches neben ihnen.

Ich war auf der Stelle erstarrt, konnte mich nicht rühren, während ich die Veränderungen an Rezz' Körper auf mich einwirken ließ. Der Atlane war vorher schon groß gewesen, unwirklich groß. Comicbuch-groß. Aber jetzt sah er aus wie eine drei Meter große, nicht grüne Ausgabe des unglaublichen Hulk.

„Tot." Dieses eine Wort enthielt einen

ganzen Haufen Zufriedenheit. Ich atmete zischend aus, während mein Verstand verarbeitete, was gerade passiert war, und ich mir vorstellen musste, wie es auf einem Schlachtfeld wieder und wieder passierte, hunderte und aberhunderte Male, wenn hunderte und aberhunderte von Biestern gemeinsam im Ansturm oder Angriff waren. Ich konnte mir nichts Beängstigenderes vorstellen.

Kein Wunder, dass meine Gefährten so beschützerisch waren.

Schwere Stiefelschritte dröhnten hinter mir, und ich hörte Rufe von Captain Marz und sah zwei weitere Hive-Soldaten aus einem Tunnel hervorkommen. Die Öffnung war für uns nicht sichtbar gewesen, da wir direkt darüber gelegen hatten.

Kacke. Sie waren nahe, und sie hatten sich an uns angeschlichen.

Ich hob meine Waffe, wich zurück und schoss, als der erste mit Marz zusammenstieß. Der zweite kam direkt auf mich zu.

„Kristin!" Mein Name war ein Brüllen, und ich wusste, dass es von Tyran kam. Meine Knie gaben nach, als seine Rage und seine Angst um mich über den Kragen auf mich einschossen. Wir alle hatten unsere Emotionen unterdrückt, bis jetzt. Ich sank auf ein Knie, hatte Mühe, meine Waffe hochzuhalten und auf den Hive zu richten, der auf mich zugestürmt kam, nur wegen der Kraft der Emotionen über den verdammten Kragen.

„Beherrsch dich!", schrie Hunt ihm zu, und die überwältigende Flut von Schmerz und Hilflosigkeit verblasste weit genug, damit ich mich bewegen konnte.

Ich zwang mich auf die Füße, kämpfte weiter. Feuerte auf den Hive, der nicht weiter als drei Schritte von mir weg war.

Der Hive sprang durch die Luft, und ich rollte mich ab, um dem Schlag auszuweichen. Der Boden war hart. Er musste Prillone gewesen sein, früher einmal, bevor sie ihn ermordet und zu etwas anderem gemacht hatten.

Aber der Schlag kam nie. Hunt und der Soldat kollidierten mitten in der Luft über meinem Körper, und die Kraft von Hunts Treffer beförderte sie zurück. Ich blieb unten—ich wusste, wann ich besser nicht im Weg stand und anderen das Kämpfen überließ—und Rezz sprang über mich hinweg, schnappte Hunt den Hive aus den Armen und riss ihn vor meinen Augen in zwei Stücke.

Hunt wandte sich zu mir. Seine Brust hob und senkte sich mit tiefen Atemzügen, seine Gesichtszüge waren blutverschmiert, aber er hatte noch nie vollkommener ausgesehen. Ich liebte ihn. Ich liebte ihn, und das ließ ich durch mich fließen wie eine Explosion.

Er kam gerade auf mich zu, als ich noch mehr Ionen-Blaster von der anderen Seite der Höhle hören konnte.

Tyran. Kjel. Wie konnte ich sie vergessen?

Ich musste entsetzt zusehen, wie Tyran einen Ionen-Blaster in den Späher jagte, der ein paar Schritte hinter ihm gegangen war, als sie in die Höhle kamen. Tyran feuerte weiter, aber der Hive kam immer noch auf ihn zu. Perro kam immer noch auf ihn zu.

Ich schüttelte den Kopf, hob meinen Blaster ans Knie, stützte meinen Arm dort auf und feuerte. Ich hoffte, dass ich ihn von der Seite treffen würde.

Mein Schuss traf sein Ziel, aber er bemerkte ihn nicht einmal. Es war, als wäre der Treffer an seiner Hüfte nicht mehr als ein Bienenstich.

„Unnützes Scheißding", raunte ich und beschimpfte so die einzige Waffe, die ich zur Verfügung hatte. Captain Marz erledigte seinen Hive und hielt am Tunneleingang Ausschau, wo unsere Überraschungsgäste erschienen waren. Ich blickte mich um und sah, wie das Biest Rezz sich zu Kjel gesellte.

Und Hunt? Hunt stand über mir wie ein Racheengel. Beschützte mich. Und so sehr ich ihn dafür liebte, konnte ich nicht unten bleiben. Das war nicht mein Stil.

Ich schob den wertlosen Ionen-Blaster zurück in meinen Schenkel-Halfter und stand auf, bewegte mich auf Tyran und den Hive zu, der nun seine Hände um den Hals meines Gefährten gelegt hatte.

Oh nein. Sicher nicht.

Ich war bereit, loszustürmen, aber Hunt packte mich am Arm und zog mich zurück an seine Brust. „Es geht ihm gut, Gefährtin. Vertrau mir. Sieh nur."

Als hätte Tyran nur auf Hunts Worte gewartet, hob er den Hive über seinen Kopf und warf ihn beinahe drei Meter weit durch die Luft. Der Körper des Hive krachte lautstark gegen die Felswand. Mein Gefährte ging hinüber, packte ihn und zerdrückte seinen Kopf zwischen den Händen. Ich wandte mich ab, als der Kopf des Hive buchstäblich platzte. Die obere Hälfte seines Schädels war fort, die Knochen, die einmal sein Gesicht waren, knickten wie Alufolie in Tyrans Griff.

Und *das* war ekelhaft. Mir wurde schlecht, aber ich hatte diesen Kampf schon dutzende Male gewonnen und ich ignorierte es, wandte mich ab, als ein Schauer durch mich lief. Hunt zog mich an seine Brust und ich ließ es geschehen, schlang meine Arme um seine Taille, während ich zusah, wie Kjel die Hive-Integrationseinheit in eine Ecke drängte.

Kjel und der Hive standen einander gegenüber, umkreisten einander wie Boxer, und Kjel hielt ihn in Schach. Was zum Teufel machte der Jäger da? „Töte ihn, Kjel!", schrie ich.

„Nein. Wir brauchen ihn lebend."

Richtig. Krael war davongekommen. Wir brauchten mindestens einen für eine

Befragung. In meinem Augenwinkel tauchte Tyran auf, ging direkt auf den Hive zu, hob ihn hoch und fixierte ihn gegen die Wand wie ein Insekt im Schaukasten.

„Bring ihn nicht um!", befahl Kjel. „Ich brauche ihn lebend", wiederholte er.

Tyran knurrte, aber sein Blick fiel auf mich und Hunt. Er sah aus wie der Rest von uns, blutverschmiert, aufgewühlt. Wütend.

Ich hielt seinen Blick fest und ließ ihn mich über den Kragen spüren. Ich hatte keine Angst. Nun, ich war etwas erschüttert, aber das war's auch schon. Und das nächste Mal, wenn ich in einen Kampf mit Schusswaffen zog, würde ich verdammt noch mal eine größere Kanone bringen.

Die Integrationseinheit zuckte, aber Tyran ignorierte sie völlig. Die Schläge und Tritte vom Körper des Hive ließen ihn nicht einmal mit der Wimper zucken.

„Wie lange können Sie ihn halten?", fragte Kjel.

Tyran zuckte mit den Schultern. „So lange wie nötig."

Captain Marz rief etwas, und Hunt und ich drehten uns beide zu ihm herum.

Er nickte in Richtung der Höhle. „Der Gouverneur kommt."

Rezz grollte tief, und es hallte durch die Höhle. „Zu spät. Alle tot."

„Nicht alle", sagte ich und drehte mich wieder zu Kjel herum, der mich beobachtete. Unsere Blicke trafen sich, und ich wusste, dass wir beide das Gleiche dachten. Diese Kreatur, das Monster, das Tyran gegen die Wand gepresst hielt, würde reden. Das musste er.

Sekunden später kamen Rachels Gefährten Maxim und Ryston in die Höhle gestürmt, meine neue Busenfreundin ein paar Schritte hinter ihnen. Von etwa zwanzig bewaffneten Wachen umringt, natürlich. Wie sie sie dazu überreden konnte, sie mitzunehmen, war mir schleierhaft.

Der Gouverneur erfasste die Lage mit einem Blick. „Wie viele sind entkommen?"

„Einer", sagte ich. Einen Moment lang lastete ein Gefühl des vollständigen Versagens schwer auf mir, aber Hunt schlang seinen Arm um meine Taille, und ich atmete durch. „Einer. Und es war Krael."

Maxims Blick fiel auf Rezz, der am Eingang des Tunnels stand, den der Verräter für seine Flucht genutzt hatte. „Sie haben Ihr Biest unter Kontrolle, Kampflord?"

„Ja."

Ich sah verblüfft zu, wie der Atlane vor meinen Augen schrumpfte. Seine Rüstung schrumpfte automatisch mit und passte sich an seine Größe an. Er schüttelte die Schultern, als würde er einen schweren Mantel abschütteln. „Es geht mir gut. Aber der Bastard ist hier entlang." Er deutete mit dem Kopf in die Dunkelheit. „Wir sollten hinterher."

„Dem stimme ich zu." Maxim nickte mehreren seiner Männer entgegen, und sie liefen auf den Atlanen zu und verschwanden allesamt Sekunden später in dem dunklen Tunnel. Nur noch ihre schweren Schritte hallten nach.

„Und Perro?", fragte der Gouverneur.

„Er ist tot", sagte Tyran mit flacher Stimme. Er deutete mit dem Kopf zur Seite, und der Gouverneur blickte auf den Haufen, der Perros Körper gewesen war, nahe einer kleinen Felsformation. Er rührte sich nicht. „Ich habe ihm gegeben, was er wollte."

Ja, er war tot, aber er hatte Frieden gefunden. Der Hive kontrollierte ihn nicht länger.

„Gibt es noch andere? Habt ihr die anderen gefunden?", fragte Ryston.

Hunt antwortete. „In diesen Höhlen befinden sich zumindest ein Dutzend Hive. Wir haben die anderen gefunden, aber es ist zu spät für sie."

„Verstanden." Der große Prillon-Gouverneur nickte einem seiner Männer zu. „Tötet, wen ihr müsst. Aber bringt mir Krael lebend."

„Ja, Sir." Ein zweiter Trupp Männer löste sich von der Gruppe und folgte Rezz und den anderen in den dunklen Tunnel.

Ryston ging mit drei weiteren Wachen, um Kjel und Tyran mit dem Hive-Krieger zu helfen, den sie immer noch gefangen hielten. Von so vielen Kriegern umringt, gab der Feind den Kampf auf.

„Nein! Bleibt zurück!", schrie Kjel, aber es war zu spät. Die Augen des Hive wurden tiefschwarz, und er erschlaffte in Tyrans Griff. Mein Gefährte schüttelte die Kreatur, sein Gesicht deutlich von Verwirrung gezeichnet, während Kjel fluchte und seine Waffe zu Boden schmiss.

„Die Götter seien verflucht! Nein!"

„Was ist passiert?", fragte Tyran.

Kjel winkte mit der Hand durch die Luft, als wäre die Antwort jetzt unbedeutend. „Die Integrationseinheiten sind anders. Wenn eine statistische Chance auf Flucht besteht, warten sie auf eine Gelegenheit. Wenn nicht, wenn sie—oder wer zur Hölle auch immer sie steuert—das Gefühl haben, dass eine Gefangenschaft droht, dann werden sie eliminiert. Ihnen schmilzt quasi das Gehirn im Schädel."

„Selbstzerstörungs-Modus?", flüsterte Rachel mit etwas, das verdächtig nach Anerkennung klang. Selbst mit ihrer so leisen Stimme hörte der Jäger sie deutlich quer durch den Raum. Dieser Krieger hatte ein Paar ernsthaft bionische Ohren.

„Ja. Ganz genau. Als nur Tyran und ich hier waren, sah der Hive eine statistische Wahrscheinlichkeit, zu entkommen. Sobald Ryston und die anderen da waren..." Seine Stimme klang angewidert. Als die anderen da waren, standen die Chancen anders, und nicht zu Gunsten des Hive.

„Es tut mir leid", sagte Ryston und verneigte sich leicht vor dem Jäger. „Das wusste ich nicht."

Tyran ließ den toten Hive auf den Boden plumpsen und blickte zu Maxim. „Wir müssen Perro mitnehmen, ihm ein ehrenvolles Ende bereiten." Er drehte sich herum und deutete auf den toten Krieger. „Abgesehen davon ist hier nur noch aufzuräumen." Sein Blick fiel auf mich und verweilte auf mir, während er seine Meldung zu Ende brachte: „Aber ich muss mich erst mal um eine ungehorsame Gefährtin kümmern."

Rachel wirbelte auf dem Absatz herum und warf mir einen Blick zu. Ihr Gesicht hatte einen „oh Mann, da hast du dir ganz schön was eingefangen"-Ausdruck, aber in ihrem Blick lag auch Sorge um mich. „Geht es dir gut? Bist du verletzt worden?"

Ich blickte auf meine Rüstung hinunter. Ich war voller Blut und Eingeweide, so wie der Rest des Teams. Und ja, ich sah uns nun als Team. Mich, Kjel, Rezz und Marz. Sie gehörten zu mir, nicht auf die gleiche Art wie Tyran und Hunt zu mir gehörten, aber trotzdem.

Ich zuckte unbekümmert mit den Schultern. „Es ist nicht mein Blut."

„In Ordnung. Gut." Sie kam näher, aber hob ihr Kinn hoch. „Aber umarmen werde ich dich nicht."

Ich lachte. „Das ist in Ordnung. Ich würde mich im Moment auch nicht gerade anfassen wollen."

Tyran kam um sie herum, vergrub seine Hand in meinem Haar und riss daran, so dass ich zu ihm hochsehen musste. „Ich schon."

Während Hunts Arm um meine Taille geschlungen war und alle im Raum zusahen, küsste Tyran mich. Heftig.

16

Kristin

Der Gouverneur ersparte mir eine Blamage mit seinem lauten Befehl, der keinen Widerspruch duldete. „Hunt. Tyran. Niemand fasst hier irgendwen an, bis ihr beiden nicht die Freigabe von Doktor Surnen habt, auf die Basis zurückzukehren. Ihr habt die letzten paar Stunden in Hive-Gefangenschaft verbracht. Ihr geht nirgendwo ohne bewaffnete Begleitung hin, bis der Doktor sagt, dass ihr sauber seid."

Tyran beendete den Kuss, um grimmig

in Maxims Richtung zu blicken. Ich konnte immer noch nicht alle seine Gefühle spüren, denn seine eiserne Beherrschung seiner Emotionen ersparte mir die volle Wirkung unserer Verbindung über die Kragen. Er hatte mich schon einmal fast von den Füßen gefegt. Hunt hielt sich ebenfalls zurück. Ich lief nur noch auf Adrenalin, nutzte den Rausch, um mich auf den Beinen zu halten. Ich wusste, dass der Schock, das Zittern, die Alpträume später kommen würden, wenn mein Verstand verarbeitete, was ich gerade gesehen hatte. Aber diesmal würde ich meine Gefährten haben, die mich festhielten. Diesmal würde ich die langen, dunklen Nächte nicht alleine bewältigen müssen.

Hunt antwortete. „Uns geht es gut. Wir sind unberührt."

Zu meiner Überraschung widersprach Tyran. „Dir geht es gar nicht gut. Dein Kopf ist schwer angeschlagen. Du gehörst wahrscheinlich in die Kapsel."

Hunt grunzte, und ich spürte einen Hauch von seinem Schmerz durch meinen Kragen. Ja, sie schirmten mich gut ab. „Und du? Du bist auch nicht ohne Verletzungen davongekommen. Du hast mindestens drei gebrochene Finger und ein paar gebrochene Rippen."

„Ihr *alle* lasst euch untersuchen", sagte Maxim nachdrücklich. „Ryston, Rachel, nehmt vier Männer und begleitet alle zurück auf die Krankenstation." Er blickte von seiner Gefährtin zu seinem Sekundär, und ich erkannte die ruhige, beherrschte Fassade, die Hunt oft aufsetzte. Und obwohl er einschüchternd wirkte, machte mir Maxim keine Angst. Was nie gut war, wenn es mir in den Sinn kam, vorlaut zu werden. So wie jetzt.

„Habt ihr hier ein forensisches Team?" Ich blickte zu Rachel, die ihre Augenbrauen zu einem „Ich habe keine Ahnung"-Ausdruck anhob.

Sie wandte sich an ihren Gefährten, der sie fragend anblickte. „Rachel?"

Rachel strahlte geradezu, und dann traf mich die Erkenntnis, dass sie hier der Wissenschafts-Geek war. Das war wahrscheinlich genau ihr Spezialgebiet. Ihr Gefährte wusste das und wollte ihren Rat. Er sah sie als ebenbürtig, ihre Fähigkeiten als von Wert für ihn und die Kolonie. Er hatte sie an dieser Mission teilhaben lassen, sobald er sich versichert hatte, dass sie geschützt sein würde. Und zum ersten Mal, seit ich sie kennengelernt hatte, war ich eifersüchtig. „Das glaube ich nicht, aber ich werde Doktor Surnen fragen."

Ryston trat hinter sie und legte ihr die Hände auf die Schultern, mit einer zärtlichen Berührung. „Was ist ein forensisches Team?"

„Eine Gruppe von Ermittlern. Ein Team, das wissenschaftliche Methoden anwendet, um Verbrechen aufzuklären, wie etwa Fingerabdrücke, DNA-Tests..."

Ich ergänzte Rachels Beschreibung. „Blutspritzer-Analyse, chemische Spurenanalyse, Tatort-Rekonstruktion..."

„Wir hatten dafür noch nie Bedarf auf der Kolonie", erklärte Maxim. „Wir haben solche Teams auf Prillon Prime, so wie in den Schlachtgruppen, aber wir hatten hier noch nie ein Problem mit kriminellen Aktivitäten. Bis jetzt zumindest."

„Ihr hattet auch noch nie Gefährtinnen hier", sagte Rachel nachdrücklich.

„Oder Hive." Das kam von mir, und

meine Bemerkung machte alle anderen nicht gerade glücklich.

Der Blick des Gouverneurs wanderte vom Gesicht seiner Gefährtin zu meinem, und sein Ausdruck wurde hart. „Kennen Sie sich mit diesen forensischen Teams und ihrem Tätigkeitsbereich aus?"

„Ja. Ich bin keine Wissenschaftlerin. Rachel wird die Laboranalysen machen müssen. Aber ich kann ein Team zusammenstellen und alles besorgen, was wir brauchen." Ich hatte im Lauf der Jahre genug Tatorte gesehen um zu wissen, wonach wir Ausschau halten und wo wir ansetzen mussten. Ich konnte Proben sammeln wie ein Profi und sie Rachel oder anderen für Tests zukommen lassen.

„Ich helfe gerne", bat Rachel an. „Und Doktor Surnen bestimmt auch."

Der Gouverneur nickte. „Dann ist es beschlossene Sache." Er blickte in die Ecke, wo Kjel über dem toten Hive kniete und nach etwas suchte. Ich hatte keine Ahnung, was er tat. „Jäger."

Kjel hob den Kopf und begegnete dem Blick des Gouverneurs. „Ja?"

„Sie werden Lady Zakar assistieren. Ich

übergebe Ihnen beiden hiermit offiziell die Leitung dieser Untersuchung."

Hunts Arm zog sich enger um meine Taille, aber Tyran knurrte geradezu. „Nein."

Ich biss die Zähne zusammen und drehte mich zu ihm. „Ja."

„Es ist zu gefährlich." Sein Gesichtsausdruck war kalt und distanziert geworden, aber ich würde nicht nachgeben, nicht in dieser Angelegenheit. Es war mir zu wichtig.

„Ich bin eine Strafermittlerin. Das ist meine Arbeit. Es ist mein Spezialgebiet."

„Nein."

Ich zog eine Augenbraue hoch und verschränkte die Arme, trat aus Hunts Umarmung hervor und starrte den riesigen Mann nieder, den ich liebte. „Ich bin, wer ich bin, Tyran. Wenn es dir nicht gefällt, kannst du dir vermutlich eine andere Gefährtin suchen."

Ich ließ diese Bombe direkt vor seiner Nase platzen und marschierte hinter Ryston und den anderen her zur Basis 3 zurück, wo ich mir dieses Blut runterwaschen und ein nettes, warmes Bett suchen konnte.

Alleine. Ich hatte absolut keine Energie mehr, mich im Moment mit dieser Affenkacke rumzuschlagen. Jeder Funke von Feuer und Willenskraft, die ich hatte, war darauf konzentriert gewesen, meine Gefährten zu finden. Und das hatten wir. Wir hatten sie gerettet.

Ich hatte sie gerettet. Mit Hilfe von Kjel. Kjel und Marz und diesem Riesenbiest Rezz. Ich hatte sie mitgeschleift, und sie waren auf der Suche nach ihrem Freund mitgekommen. Sie taten mir leid, denn wir hatten Leutnant Perro zwar gefunden, aber er war verloren gewesen. Umgewandelt. Jenseits von aller Hoffnung, und Tyran hatte ihm gegeben, worum er gebeten hatte. Aber zumindest wussten seine Freunde jetzt, was mit ihm geschehen war. Sie konnten damit abschließen. Das war mehr, als andere behaupten konnten.

Ich konnte mit Kjel gut umgehen, mit ihm zusammenarbeiten, um der Sache hier auf den Grund zu gehen. Ich mochte ihre Truppe, Kjel, Marz und Rezz. Sie waren meine Freunde. Besser noch, sie respektierten mich und meine Entscheidungen. Deckten mir im Kampf den Rücken. Erledigten ihre Aufgaben, und ließen mich meine erledigen.

Ich weigerte mich, zurück ins Glashaus zu gehen wie eine brave kleine Orchidee.

Ich war keine verdammte Orchidee.

In meiner Kehle brannten unvergossene Tränen, die ich von meinen Augen fort zwang. Ich würde nicht weinen. Ich würde mich dem Herzschmerz nicht hingeben, zu wissen, dass meine Männer sich einen Scheiß dafür interessierten, was ich konnte. Ich brauchte es, ein wertvolles Mitglied der Gesellschaft zu sein, nicht eine Gefährtin, die auf einem verdammten Podest saß. Ich würde nicht nur ein Sexspielzeug und sonst nichts sein, egal, wie umwerfend der Sex war.

Hunt und Tyran folgten mir nach, aber ich ignorierte sie, bekam sie gar nicht mehr mit. Einer von ihnen, wahrscheinlich Hunt, legte mir von hinten eine Hand auf die Schulter. Ich schüttelte sie ab und ging schneller. Ich wollte nicht, dass sie mich berührten. Nicht in dem Moment. Nicht, wenn sie so empfanden, wie sie es taten. Vielleicht nie wieder. Sie wollten mich vielleicht ficken, aber das schien auch schon *alles* zu sein, was sie wollten.

Die Tränen, die alle paar Schritte aus meinen Augen liefen? Ich konnte sie nicht aufhalten. Es war gar nichts. Ich hatte wohl Sand in die Augen bekommen.

TYRAN, zwei Stunden später, Krankenstation

DOKTOR SURNEN LIESS den ReGen-Stab über meine Hand laufen, und ich brauchte jeden Funken Selbstkontrolle, den ich besaß, um lange genug stillzuhalten, dass er seine Arbeit tun konnte. Meine Rüstung war weg. An ihrer Stelle trug ich eine blaue Tunika und Hosen. Ich war nicht im Kampf, aber ich war nervöser, als ich es in der Hive-Höhle gewesen war.

Kristin schloss mich aus. Schloss uns aus. Ich konnte von unseren Kragen nichts anderes fühlen als Leere. Enttäuschung. Eiskalte Entschlossenheit. Etwas stimmte nicht. Kristin war Hitze und Feuer, Leidenschaft und Freude. Nicht diese dunkle Leere.

Vor einer Stunde war Hunt aus der Re-Gen-Kapsel gestiegen, sein Kopf verheilt. Er war der Einzige, der noch Rüstung trug. Er war nach unserer Ankunft beinahe zusammengebrochen, und sie hatten ihn direkt in die Kapsel gesteckt.

Gouverneur Maxim hatte darauf bestanden, dass wir schnurstracks zur Krankenstation gingen. Ich hatte nicht widersprochen, denn ich wollte sicher sein, dass es Kristin gut ging. Meine verdammten Finger und Rippen waren mir egal. Was mir nicht egal war, war sie. Dass sie unversehrt war. Dass sie nicht einen Kratzer an sich hatte nach dieser Schlacht.

Nun, da die Gefahr vorüber und Hunt geheilt war, konnte ich meine Augen nicht von unserer Gefährtin lassen.

Ich wollte Kristin ficken, mich in ihr versenken, in der Lust, die ich nur in ihrem Körper fand. Unser Leid vergessen. Vergessen, dass sie in Gefahr gewesen war. Dass wir sie verlieren hätten können. Ich wollte sie endlich ganz in Besitz nehmen, die Sorge beseitigen, dass sie von uns weggenommen werden könnte, einem anderen gehören könnte. Ich wollte, dass all der Stress des Lebens einfach verschwand. Verdammt, ich wollte, dass alles und jeder verschwand, damit Hunt und ich mit unserer Gefährtin alleine sein konnten.

Sobald wir verheilt waren, meine Finger nicht länger gebrochen, Hunts Kopf vollständig erholt, nahm ich an, dass wir sie zwischen uns bekommen würden. Ja, ich wollte sie ficken, aber ich wollte sie auch bestrafen. Götter, sie hatte sich in Gefahr begeben und sie musste lernen, dass ihr das nicht erlaubt sein würde.

Ich wäre in dieser Höhle lieber gestorben, als zuzulassen, dass meine wunderschöne Gefährtin leiden würde oder verletzt werden könnte. Oder Schlimmeres. Die Götter alleine wussten, was der Hive mit Frauen anstellte.

Kristin saß auf einem Stuhl auf der anderen Seite der Krankenstation und diskutierte mit dem medizinischen Offizier, der versuchte, einen ReGen-Stab über sie zu schwenken.

„Es geht mir gut."

„Lady Zakar, ich muss darauf bestehen."

Sie verdrehte die Augen und saß reglos da, während der Mann seine Arbeit tat und der ReGen-Stab durch die cremefarbenen Hosen und Tunika scannte, die ihr das Krankenpersonal gegeben hatte. Wir waren alle ausgezogen, gewaschen und untersucht worden—alle außer Hunt. Ich wollte sie in Blau sehen, meinem Blau, aber die Tunika war besser als die Rüstung, die sie getragen hatte. In Blut getränkt. Hive-Blut.

Es hätte genauso gut ihres sein können.

In dem Moment, als der Stab anzeigte, dass es ihr gut ging, schob sie den medizinischen Offizier zur Seite und hüpfte aus dem Stuhl, als hätte sie große Eile, irgendwo hin zu gelangen. Und das hatte sie auch. Weg von mir. Von uns.

Sie eilte in die außenliegenden Korridore hinein, aber sie würde uns nicht entkommen. Hunt und ich waren beide vom Doktor für sauber erklärt worden, und wir beide hatten auf sie gewartet. Wir waren keine zwei Schritte hinter ihr.

Sobald wir in unserem Quartier angekommen waren, konnte ich meine Zunge keinen weiteren Augenblick zügeln.

„Ich will dir den Hintern versohlen, bis er feuerrot ist."

Meine Stimme war tief und dominant, aber ihr fehlte die übliche Überzeugungskraft. Ich wusste, dass Kristin das gemerkt hatte, denn als sie sich zu mir herumdrehte, waren ihre Augen nicht unterwürfig zu Boden gesenkt, sondern blickten mich mit fortlaufender Sorge an. Ich spürte ihren hartnäckigen Ärger, durchzogen von Verwirrung.

„Weil ich ausgezogen bin, um euch zu retten?"

„Weil du dein Leben für meines riskiert hast."

„Für unseres", fügte Hunt hinzu. Er zog sich die Rüstung über den Kopf und ließ sie zu Boden fallen. Ich spürte seine Erschöpfung, und sie lastete schwer auf mir.

„Wir sollen uns doch gegenseitig beschützen", entgegnete sie, die Hände in die Hüften gestemmt.

Ich schüttelte langsam den Kopf, packte den Saum ihres Hemdes mit den Fingern. „Nein, *wir* sollen *dich* beschützen."

Sobald das Kleidungsstück über ihren Kopf gezogen war, warf ich es zur Seite. Ja, da waren die perfekte Haut, die perfekten Brüste, die ich so liebte. Ich streichelte ihr ehrerbietig über die Schulter.

„Du bist heute um ein Haar gestorben, und darüber wollen wir uns streiten?" Sie erzitterte bei meiner sanften Berührung, und ich spürte einen Schuss ihrer Erregung. „Ich bin mehr als nur ein Fickspielzeug, weißt du. Ich halte es nicht aus, in diesem Zimmer eingesperrt zu sein. Ich werde verrückt dabei. Ich werde mit Kjel zusammenarbeiten und das forensisches Team leiten."

„Ich werde nicht zulassen, dass du verletzt wirst!", schrie ich.

„Im Leben passieren nun einmal Dinge." Sie zuckte die Schultern, aber ich bemerkt, wie der eiserne Wille, den ich so an ihr bewunderte, in ihr hochstieg. Hunt stand hinter mir und wartete ruhig ab, bis ich meine tobenden Gefühle abgearbeitet hatte. Er war ruhig, und ich nutzte ihn als Anker.

„Hunt?"

„Wenn du sie erdrückst, sucht sie sich

einen anderen. Jemanden, der stark genug ist, sie tun zu lassen, was sie glücklich macht."

Scheiße. Wenn er es so ausdrückte, fühlte ich mich wie ein Esel. Sie hatte das in der Höhle auch schon gesagt, aber ich dachte, dass sie bluffte. Vielleicht nicht. Ich wusste, dass sie recht hatte, dass Hunt recht hatte. Aber ich konnte die Instinkte nicht aufhalten, die in mir tobten. Die sie beschützen wollten, sie abschirmen, sie in Sicherheit wissen.

„Du willst Teil dieses forensischen Teams sein?" Ich konnte die Worte kaum aussprechen.

Ich spürte das Bedürfnis in ihr, ihr Sehnen danach, mit einbezogen zu werden, zu helfen. „Ja. Und wenn du eine Minute lang darüber nachdenkst, siehst du, dass es eine Arbeit ist, die stattfindet, *nachdem* etwas passiert ist. Nicht davor, nicht währenddessen. Ich werde die ganze Zeit über von Kriegern umgeben sein. Ich werde sicher sein."

Was sie sagte, ergab Sinn. „Du wirst nicht mehr in einen Kampf stürmen?"

Sie rieb sich mit den Händen über die

Arme, als wäre ihr kalt. „Ich kämpfe nicht gerne. Ich will das nicht mehr tun. Ich hoffe, dass das Auffinden der unterirdischen Festung bedeutet, dass der Hive eliminiert ist, für immer."

„Krael ist entwischt", fügte Hunt hinzu. „Die Gefahr wird weiterhin lauern."

„Dann werden wir uns ihr gemeinsam stellen." Sie legte mir eine Hand auf die Wange. „Aber ich muss nicht den Hive konfrontieren, um glücklich zu sein. Ich bin absolut damit zufrieden, es bei Analyse und Aufräumarbeiten zu belassen."

Hunt zog die Augenbraue hoch. „Also wirst du den Hive nicht mehr bekämpfen?"

Kristin spitzte die Lippen. „Ich *will* nicht, aber wenn sie euch bedrohen, dann werde ich tun, was notwendig ist. Das ist meine Entscheidung."

Ich seufzte, bemerkte ihre Wortwahl. Sie wollte selbst entscheiden. Wir hatten unsere Gefühle darüber deutlich gemacht, dass sie sich kopfüber in die Gefahr geworfen hatte. Sie wollte selbst entscheiden, was sie tat, und unsere Wünsche dabei berücksichtigen. Sie wollte, dass wir ihr vertrauten.

Ich lehnte mich in ihre Berührung und seufzte. „Ich will dich immer noch versohlen. Aber ich bin zu verdammt müde, um auch nur meine Hand zu heben und sie dir auf den Hintern sausen zu lassen." Ich kniete vor ihr nieder, zog ihr die Hose über die Hüften und streifte sie ihr ab, zusammen mit ihren Stiefeln. Ich hob meinen Blick zu ihrem. „Wir schlafen erst mal, dann reden wir weiter."

Ich seufzte, spürte, wie die schwere Last der Erschöpfung auf mich niederdrückte.

Ich stand auf, nahm sie an der Hand und führte sie zum Bett. Aus dem Augenwinkel sah ich, wie Hunt ins Badezimmer ging und hörte die Dusche angehen.

Ich zog die Laken zurück, und Kristin kletterte hinein. Ich zog mir die Kleidung aus und ließ alles zu Boden fallen.

„Leg dich hin."

Sie machte es sich in der Mitte des Bettes gemütlich, und Hunt kam herein, ging zur anderen Seite des Bettes und schlüpfte neben ihr hinein.

Mein Schwanz wurde hart, wenn ich sie ansah. Nackt, ihre Brüste nach oben gestreckt, ihre Nippel hart werdend. Sie war nicht scheu uns gegenüber, war sie nie gewesen. Ihre Beine öffneten sich ein wenig, und ich konnte den Tau ihres Verlangens sehen. Sie war vielleicht sauer auf uns, aber sie begehrte uns immer noch. So wie ein paar Tage zuvor, als ich sie im Wartungsraum rangenommen hatte.

Ich wollte sie an Ort und Stelle nehmen, aber es war nicht die Zeit dafür. Ich ging zum Badezimmer und hielt mich nicht lange in der Kabine auf, wusch mir nur sämtliche Überbleibsel von Blut und Dreck von unseren Strapazen herunter. Ich brauchte die Dusche weniger als ein wenig Zeit, meinen Verstand zu beruhigen, die Gedanken an Leutnant Perro und seinen traurigen Niedergang zur Ruhe zu legen. Und auch das Schicksal der anderen.

Als ich nur ein oder zwei Minuten später wieder ins Zimmer zurückkam, spürte ich, dass Kristin immer noch unglücklich war. Aber Hunt beruhigte sie mit seinen sanften Berührungen, strich an ihrer Seite hoch und runter, über ihre Hüfte, über ihren Bauch. Er berührte sie nicht auf sexuelle Weise. Nicht im Moment, aber sein Schwanz war steinhart, und sie räkelte sich.

All mein Blut fuhr mir in meinen eigenen Schwanz, und meine Eier sehnten sich danach, sich tief zu versenken. Sie brauchte einen guten Fick. Wir alle brauchten die Intimität, zu wissen, dass wir am Leben waren und unversehrt.

Ich schlüpfte neben ihr ins Bett und drückte mich eng an sie, sodass sie beide Gefährten spüren konnte. Ich stützte mich auf den Ellbogen auf und lehnte meinen Kopf in meine Hand. Meine andere Hand legte ich ihr auf den Bauch.

„Du wirst nicht davonlaufen und dir einen anderen Gefährten suchen, während wir schlafen?"

„Ich bin nur davongelaufen, um *euch* zu suchen." Sie versuchte, sich fortzuwinden, aber unsere Hände auf ihr hielten sie mühelos zwischen uns fest. „Wisst ihr, wie schlimm es war, nicht zu wissen ob es euch gut geht?"

Ihre Panik floss in mich, und es gab nur eine Art, sie wieder zur Ruhe zu bringen. Sie wissen lassen, dass wir wohlauf waren und hier bei ihr. Nicht nur als Krieger, sondern als ihre Gefährten. Wir würden ihr geben, was sie brauchte.

Ich ignorierte ihre Worte. „Gib dich hin, Kristin." Ihre Augen wurden ein wenig größer, aber sie leckte sich bei meinem dominanten Ton über die Lippen. Ich hatte doch noch genug Energie, ihr zu geben, was sie brauchte. „Wir sind hier. Wir sind in Sicherheit. Du hast uns gefunden, und jetzt sind wir an der Reihe, uns um dich zu kümmern. Dafür zu sorgen, dass es dir gut geht."

Sie bewegte sich unter unseren Händen, und ich spürte nun keinen Ärger mehr über ihren Kragen, sondern nur... Akzeptanz. Ja, unsere versichernde Anwesenheit war genau das, was sie brauchte. Sie wollte zwischen uns eingeklemmt sein. Gehalten werden. Sicher in dem Wissen, dass wir das Kommando hatten. Dass wir alle in Sicherheit waren.

„Als wir entführt wurden, da ist deine Welt außer Kontrolle geraten, nicht wahr?", fragte ich.

Sie nickte.

„Dein Vertrauen war erschüttert, dein Schutz war weg. Deine Gefährten, weg."

Tränen füllten ihre Augen.

„Du warst so tapfer, Gefährtin", fügte Hunt hinzu.

Sie drehte sich zu ihm herum, und Tränen flossen über ihre Wangen und auf das Bett.

„Du musst nicht länger tapfer sein. Wir sind da."

Ja, Hunt hatte recht. Sie brauchte nicht länger die gesamte Verantwortung auf ihre kleinen Schultern laden.

„Spüre uns, Gefährtin." Mit einem Finger drehte ich ihr Gesicht herum, bis ihre glänzenden Augen meinen Blick trafen. Und ihn hielten. „Spüre unsere Macht. Sie hält dich zwischen uns. Genau da, wo du sein willst. Wehre dich nicht länger. Gib nach", forderte ich.

Da flossen die Tränen in heißen Flutwellen. Ich drehte sie zu mir herum, legte ihren Kopf an meine Brust und ließ sie weinen.

Ich blickte zu Hunt, der nickte und ihr den Rücken streichelte, während sie alles rausließ. Als sie sich erschöpft hatte, wurde ihr Weinen zu Schluchzen, dann zu Schniefen, bevor sie schließlich einschlief.

Erst dann entspannten wir uns selbst, gaben uns unserer eigenen Erschöpfung hin, zufrieden in dem Wissen, dass Kristin genau da war, wo sie hingehörte. Zwischen uns.

17

Hunt

ICH SCHRECKTE aus dem Schlaf auf, hatte vergessen, wo ich war. Es gab keinen Vergleich zwischen der ungemütlichen, unbarmherzigen Einengung des unterirdischen Gefängnisses und diesem warmen Bett, aber mein Geist hatte noch nicht mit meinem Körper aufgeholt. Ich atmete so leise, wie ich konnte, und beruhigte mein rasendes Herz.

Kristin und Tyran schliefen beide noch neben mir. Ich konnte die Uhrzeit nachsehen und herausfinden, wie lange wir geschlafen hatten, aber es spielte keine Rolle.

Wir waren alle erschöpft. Zu müde, um zu tun, was wir alle wollten.

Tyran hatte recht gehabt. Wir mussten uns erst ausruhen, dann konnten wir uns um die Besitznahme kümmern.

Ich spürte seine Absichten deutlich. Kristin hatte damit gedroht, uns zu verlassen und einen anderen zu wählen. Keiner von uns beiden konnte das akzeptieren. Wir waren Feiglinge gewesen, unsere Gefährtin weggesperrt wie zartes, zerbrechliches Glas sehen zu wollen.

Wir hätten zwar nie damit gerechnet, dies einzugestehen, aber sie hatte recht gehabt. Wir konnten ihren Geist nicht verkrüppeln, indem wir sie dazu zwangen, in unserem Quartier zu verweilen. Wir konnten ihr befehlen, nicht in eine verdammte Schlacht zu ziehen oder eine todesmutige Rettungsmission, aber wir mussten sie leben lassen, ihre eigenen Entscheidungen treffen.

Das konnte ich akzeptieren. Was ich nicht akzeptieren konnte, war es, sie zu verlieren, nur weil wir Angst hatten.

Ich wollte auch meine Hand auf ihren Hintern sausen lassen. Tyran war vielleicht ihr primärer Gefährte, der dominantere Teil, aber ich war genauso böse auf sie wegen ihres Mangels an Bekümmertheit um ihr Wohlbefinden. Ich wollte sie genauso sehr in Sicherheit wissen wie Tyran. Ich hatte ihre Aufmüpfigkeit vorhin gespürt, aber ich hatte die Tiefe von Tyrans Reaktion unterschätzt. So wie sie.

Ich wischte mir mit der Hand übers Gesicht, befühlte die silbrige Haut um mein Auge herum und bewegte meinen Arm. Ich wusste, dass ich dankbar sein konnte, dass das alles war, was der Hive mit mir angestellt hatte, und dass ich nicht zerstört worden war wie Perro und die anderen. Ich war ganz. Ich hatte eine Gefährtin. Ich konnte leben. Eine Familie haben. Und das alles wegen des Wunderwerks, das neben mir schlief.

Kristin war in Sicherheit, schlief zwischen uns.

Tyran hatte überlebt.

Wir waren immer noch eine Familie. Mein Schwanz wurde dicker, länger beim Anblick ihres nackten Körpers. Das Laken, das Tyran über uns ausgebreitet hatte, war ihr bis an die Taille heruntergerutscht, und ihre Brüste waren zu sehen. Volle Brüste, die runden pinken Spitzen empor gerichtet. Sie waren üppig und bereit, von mir in den Mund genommen zu werden, und ich wusste, wie sie sich an meiner Zunge zu harten Knospen formen würden.

Ich begehrte sie mit einer neuen Verzweiflung, und sie wimmerte, spürte meine Gefühle über den Kragen, aber nicht stark genug, um sie aufzuwecken.

Eine ernste Unterhaltung und ein gründliches Ficken waren angesagt, aber ich brauchte zuerst eine Kostprobe. Ich sehnte mich nach dem Geschmack ihrer Pussy, dem Duft ihrer Erregung auf meinem Gesicht. Ich hatte daran gedacht, während wir gefangen waren. Ich schob ihr Laken weiter nach unten, bis ihre Pussy freigelegt war. Ein Knie war gebeugt, was sie für mich öffnete. Sie war kahl dort unten, kein blondes Haar verdeckte sie. Ich konnte die feuchte Spalte nicht verfehlen, ihre inneren Furchen so angeschwollen und hungrig nach uns, dass sie hervorlugten. Und ihr kleiner Kitzler, mir lief beim

Anblick der rosa Perle das Wasser im Mund zusammen.

Ich verlagerte mich im Bett und ließ mich zwischen ihren Beinen nieder. Eine Hand an ihren Innenschenkel gelegt, schob ich ihr Bein weit in den Bereich hinüber, in dem ich zuvor gelegen hatte, und ließ mich dann nieder, bis mein Gesicht direkt über ihrem weiblichen Fleisch schwebte.

Ich atmete ein, genoss ihren femininen Duft.

Ich konnte nicht länger warten. Meine Hand am Ansatz ihres Beines, legte ich meinen Daumen an ihre äußere Lippe und breitete sie auf, legte ihren ganzen rosigen Schatz frei.

Ich senkte den Kopf und leckte sie von der engen Rosette ihres Hinterns hoch über ihren triefenden Eingang und bis zu ihrem Kitzler, den ich in den Mund nahm.

Sie bewegte sich wieder, als sie die Berührung meines Mundes spürte. Ich musste meine eigenen Hüften verlagern, denn mein Schwanz war unter mir eingeklemmt, hart und ungemütlich.

Sie war schon feucht gewesen, als ich ihre Schenkel gespreizt hatte, aber jetzt tropfte sie geradezu, und mein Kinn war benetzt. Ich leckte es auf, aber sie produzierte mehr und mehr.

Sie räkelte sich nun, stieß gegen Tyran, der erwachte und sich auf die Hand stützte. Er blinzelte ein paar Mal, sah sich an, was neben ihm vor sich ging, dann grinste er.

Ich hob den Kopf nicht, hörte nicht auf, eine geschwollene Lippe in meinen Mund zu nehmen und daran zu knabbern, und dann zur anderen überzugehen.

„Sie darf nicht kommen", sagte Tyran. Seine Stimme war so hart wie sein Schwanz, aber er flüsterte. Wir wollten beide sehen, wie lange sie noch weiterschlafen würde, während ich so zärtlich über ihre Pussy hereinfiel. Er beugte sich hinunter, hob etwas vom Boden auf. Seine Hosen. Er packte ihre Hände an den Handgelenken, umwickelte sie und band sie am Kopf des Bettes fest. Ihre Arme waren über ihrem Kopf, ihr Rücken durchgestreckt.

Wir würden sie befreien, wenn sie Panik bekam. Aber fürs Erste gehörte sie uns.

Tyran hatte recht. Ich würde vielleicht gerne Stunden zwischen ihren Schenkeln verbringen, aber sie hatte sich das Recht, zu kommen, noch nicht erworben. Es war unsere Aufgabe, es ihr zu verleihen. Es war auch unsere Aufgabe, es ihr zu verwehren, bis ihr Körper wie eine Rakete in den Orgasmus schoss. Ihre Lust hinauszuzögern, um ihre Erlösung umso intensiver zu machen.

Ich blickte an ihrem Körper hoch, über ihren weichen Bauch, ihre vollen Brüste, und sah ihr zu, wie ihre blasse Haut hübsch rosa anlief. Sah zu, wie ihr Kopf sich von einer Seite auf die andere drehte, ihre Lippen sich öffneten. Sie zerrte an den Fesseln und schrie ihre Lust hinaus.

Ich wusste, was ihr gefiel, spürte es über den Kragen, und so machte ich weiter.

Ihr Körper erstarrte, als sie aufwachte. Ihre Augen wurden groß auf, als sie erst an die Decke blickte, dann zu Tyran, dann ihren Kopf hob und auf mich hinunterblickte.

Sie zerrte an ihren Handgelenken, schaute hoch und stellte fest, was ihre Bewegung einschränkte.

Ich leckte sie noch einmal, um sie abzulenken.

„Oh mein Gott", stöhnte sie und zog an den Fesseln, während zugleich ihre Lust auf mich einschoss. „Bitte, ich muss kommen."

Keiner von uns beiden sprach. Ich leckte sie weiter, saugte an ihr, badete sie mit meiner Zunge, während sie sich räkelte und bettelte. Jedes Mal, wenn ich spürte, dass sie nahe dran war, ließen meine Bemühungen nach.

Ich spürte, wie ihre Haut schweißnass wurde, und wusste, dass ich sie hart an die Grenzen trieb. Wir hatten bisher immer nachgegeben und ihr die Lust bereitet, die sie begehrte. Diesmal nicht. Und mein Schwanz sehnte sich schmerzlich danach. Meine Eier waren voll, gefüllt mit dem Samen, den ich in sie pumpen würde. Sie markieren. Sie in Besitz nehmen. Schon bald.

Tyran hatte seinen Schwanz in der Hand und streichelte sich langsam, sah ihr zu, aber berührte sie nicht. Ich wusste, dass es seine eigene Not um nichts leichter machte, aber er tat es trotzdem.

„Was ist, Kristin?"

Ihr Rücken bog sich, und Tränen aus

Frust formten sich in ihren Augenwinkeln. Sie war nicht traurig, sie war nicht verletzt. Nein, sie war voller Not, und das machte mich wahnsinnig. Wir bezahlten ebenso teuer für das hier wie sie.

„Ihr lasst mich nicht kommen", wimmerte sie.

„Nein, da hast du recht."

„Warum?", rief sie und zerrte an ihren Fesseln.

„Dieses Gefühl, das du jetzt durchlebst? So fühlten wir uns, als wir dich von diesem Vorsprung mitten in die Höhle springen sahen. Wir fühlten uns hilflos, ohne Kontrolle, machtlos."

„Ich musste euch retten!"

„Das hätten andere auch gekonnt", entgegnete Tyran.

„Ich musste es tun. Ihr gehört mir", schwor sie leidenschaftlich.

„Ja, wir gehören dir. Aber du wirst unseren Kontrollverlust zu spüren bekommen."

„Scheißkerle", fügte sie hinzu, und ich spürte ein Aufflackern von Zorn über den Kragen, aber auch ihr Verlangen. Sie wollte nicht, dass Tyran sie losband. Sie wollte nicht, dass ich aufhörte, ihre süße Pussy zu schmecken. Sie wollte mehr.

Tyran schüttelte den Kopf und streichelte seinen Schwanz, wischte seinen Daumen über den Lusttropfen, der aus der Spitze hervortrat. Er hob ihn an ihren Mund, drückte auf ihre Unterlippe.

„Aufmachen", sagte er und drückte seinen Daumen in ihren Mund.

Sofort leckte und saugte sie an ihm, als wäre es sein Schwanz.

Ich stöhne unwillkürlich in ihre triefenden Furchen hinein.

Er zog seinen Daumen heraus, und sie war begierig nach mehr, begierig nach einem Schwanz. Aber es würde ihr versagt bleiben, auf unsere Kosten.

„Wir sind deine Gefährten. Wem gehörst du?"

Ich saugte an ihrem Kitzler, trieb sie bis an die Spitze, dann hob ich meinen Mund gänzlich von ihr.

„Euch!"

„Und wem gehöre ich?"

Ihr Kopf drehte sich zu Tyran herum, aber sie sagte nichts.

„Spüre die Wahrheit, Gefährtin. Was

für ein Gefühl gibt dir der Kragen über diese Antwort?"

„Du gehörst mir." Sie stöhnte, aber hob ihren Kopf, um an ihrem Körper entlang auf mich zu blicken. „Du gehörst auch mir."

Verdammt, ja, ich gehörte ihr. Mit Hingabe. Ich würde alles für sie tun, selbst zulassen, dass sie sich in Gefahr begab, wenn sie das glücklich machte. Ich wusste, dass Tyran ebenso empfand.

„Ganz recht", fuhr er fort. „Wir wollen nicht, dass du dich direkt in die Gefahr begibst, aber dieser Job, das forensische Team, wird sicher sein. Wir wissen, dass du etwas brauchst, das dir gehört. Dafür zu sorgen, dass jedes neue Mitglied der Kolonie sich mit einbezogen und zugehörig fühlt, ist Teil unserer Aufgabe. Dazu gehörst auch du."

Es war schwer, ihre Zufriedenheit über unsere Worte zu spüren, denn sie war viel zu weit in ihre Erregung abgedriftet. Ihre Not trieb unsere an, aber wir mussten die Sache hier durchziehen.

„Wir wurden dir zugeordnet, Kristin Webster von der Erde. Wir werden dich nicht aufhalten oder dich je wieder in dieses Zimmer einsperren. Ich liebe dich. Ich liebe alles an dir. Du bist eine ernstzunehmende Kämpferin, wenn es um den Schutz deiner Gefährten geht." Er umkreiste mit einer Hand ihre Brust, ließ sie auf ihren Bauch gleiten. „Ich hoffe, dass du eine ebenso beschützerische Mutter sein wirst."

Während Tyran sprach, leckte ich sanft ihre Pussy. Ich wollte zwar, dass sie kam, aber sie musste klar genug im Kopf sein, um Tyrans Worte zu hören und zu verstehen, was er ihr sagen wollte.

„Nimmst du unsere Besitznahme an?", fragte ich, und mein Atem hauchte über ihr geschwollenes Fleisch.

„Jetzt gleich?" Sie drückte sich an mich, hob ihre Hüften begierig meinem Mund entgegen.

„Ja. Jetzt gleich", bestätigte Tyran. „Ich werde mich dazu zwingen, zuzulassen, dass du mit dem Jäger zusammenarbeitest, aber das kann ich nicht, wenn du nicht mir gehörst. Wahrlich mir."

Ich spürte, was er als Nächstes wollte, und hob den Kopf, rückte am Bett zurück, bis ich zwischen ihren Knöcheln kniete, sodass er seinen nächsten Befehl geben konnte. „Auf alle Viere."

Mit seinen Händen half er Kristin, sich umzudrehen und zu knien, ihr Oberkörper am Bett, ihre Arme lang ausgestreckt und weiterhin über ihrem Kopf angebunden.

Ich rutschte wieder zwischen ihre Beine, diesmal auf dem Rücken, sodass ihre Pussy direkt über meinem Gesicht schwebte. Ich packte sie an den Hüften und zog sie nach unten, bis sie auf meinem Gesicht saß.

Während ich sie so hielt, fuhr Tyrans Hand herunter und klatschte hart auf ihren Po.

Sie schrie auf, die Mischung aus Seligkeit von meinem Mund an ihrer Pussy, meiner steifen Zunge, die in sie stach und sie oberflächlich fickte, kombiniert mit dem heißen Brennen von Tyrans Hand.

Seine Hand pfefferte über ihren Hintern, erst eine Seite, dann die andere, jedes Mal auf eine neue Stelle treffend. Sie liebte es. Ich spürte das in der Art, wie ihr Körper sich nach jedem schallenden Aufklatschen von Handfläche auf weichem

Fleisch anspannte, aber sofort wieder nachgiebig wurde. Der Art, wie ihr Körper sie feucht und bereit für unsere Schwänze hielt.

„Bitte", jaulte sie.

Tyran schlug sie noch einmal, diesmal kräftiger. „Wem gehörst du, Kristin von der Erde?"

Tyrans volle Dominanz war zurück. Er hatte sich von seinen Verletzungen erholt, war erfrischt vom Schlaf und bereit, sich unserer Gefährtin anzunehmen. Sie zu Unserem zu machen.

Vollständig.

Er versetzte ihr einen weiteren Hieb. Ich leckte und badete sie weiter mit der Zunge.

Ich hörte, wie er das Gleitgel öffnete, die nassen Laute, als Tyran es über seinem Schwanz verteilte. Ich wusste, was er tun würde, spürte seinen inneren Drang, während er sich bereit machte.

Schließlich glitt ich unter ihr hervor und wischte mir ihre Säfte vom Mund. Tyran legte seinen Daumen an ihren Hintereingang, benetzte ihn mit Gleitgel, holte mehr aus dem Behälter. Dann trug er mehr an ihr auf, machte sie bereit für seinen Schwanz.

Sie schob die Hüften nach hinten, und sein Daumen glitt mit Leichtigkeit hinein. Sie ächzte, und er auch. Ich spürte ihre Lust so stark, als wäre sie meine eigene. Ich konnte meinem Schwanz die Freude nicht länger versagen, packte ihn und drückte ihn, versuchte, meinen Orgasmus hinauszuzögern. Ich wollte tief in ihr sein, wenn ich kam, aber das würde ich erst tun, wenn wir sie in Besitz nahmen.

„Wem gehörst du?", wiederholte Tyran. Ich sah zu, wie er ihren Hintern mit seinem Daumen fickte, den Finger dick mit Gleitgel bestrichen, tiefer und tiefer in sie dringend, zwischen gespreizten Arschbacken, die leuchtend rot waren von seinen Hieben.

Ich spürte, wie sie dagegen ankämpfte. Fühlte ihre Not, fühlte alles, was auf uns einschoss. Aber dann, als hätte sie sich mit den Fingerspitzen an einer Kante festgeklammert, ließ sie los. Jede Linie in ihrem Körper wurde weicher, sie wimmerte selbst vor Erleichterung.

„Euch", keuchte sie.

Götter, sie war umwerfend.

„Warum?" fragte ich.

„Weil ihr mich beschützt, und *wisst*, was ich brauche, und es mir gebt."

„Was noch?"

„Mich Ich sein lasst, im Bett und außerhalb."

„Ganz richtig, Gefährtin. Du wirst durch deinen Tag gehen und wissen, dass deine Gefährten für dich da sind. Warten. Bereit sind, für dich zu töten, für dich zu sterben. Alles, weil wir dich lieben."

„Wir verhauen nur *dich*. Wir ficken nur *dich*. Wir füllen nur *deinen* Hintern", sagte Tyran und dehnte sie weiter. Er hielt meinen Blick fest und deutete mit dem Kopf auf meine Hand. Ich wusste, was er wollte. Er wollte, dass ich ihre Pussy füllte, während er ihren Hintern dehnte. Es war an der Zeit, sie vor Lust schreien zu lassen. „Weil du uns gehörst und wir wissen, *dass du es genießt*."

Ich beugte mich vor und fasste unter sie, wo ich langsam zwei Finger tief in ihre nasse Mitte gleiten ließ, und sie sackte schluchzend zusammen.

„Ich liebe dich, Kristin", wiederholte er. „Du gehörst mir."

Da kam sie, ein sanfter, rollender Orgasmus, von einem langen, klagenden Stöhnen begleitet. So war es nicht, wenn wir sie fickten. Nein, das würde noch kommen. Das hier war eine andere Art von Erlösung. Ihr Körper und ihr Geist gaben sich uns hin, ließen uns die Oberhand. Liebten es, liebten uns. Unsere Dominanz. Unsere Akzeptanz von ihr als eine starke, unabhängige Frau.

Tyran hielt mit dem Daumen still, ließ sie den Moment auskosten, denn auch wir spürten es. Sie beschenkte uns, und wir beschenkten sie.

Als sie Atem geschöpft hatte, öffnete sie die Augen. Tyran lehnte sich vor, um in ihre Augen voller Leidenschaft blicken zu können. Ich sah, dass die blassen Tiefen mit Liebe erfüllt waren. *Spürte* es. Wenn ich ein Atlan-Biest gewesen wäre, hätte ich mir auf die Brust geschlagen und gebrüllt.

„Nehmt mich in Besitz." Ihre Stimme war atemlos, aber die Worte waren dennoch ein Befehl.

Ich hielt still, zog meine Finger heraus.

Das waren die Worte, die ich sehnsüchtig erwartet hatte, seit sie auf der Transportplattform erschienen war. Tyran grinste und ließ den Finger aus ihr herausgleiten. „Du weißt, dass der prillonische Brauch der Besitznahme auch Zuschauer vorsieht. Zeugen für den offiziellen Akt, in dem wir deinen Hintern und deine Pussy ficken und dich mit unserem Samen füllen."

Ihre Augen wurden groß, selbst während ihre Wange auf das Bett gedrückt war. „Nein."

„Dann willst du nicht, dass wir dich in Besitz nehmen?", fragte Tyran.

„Nehmt mich, fickt mich, aber tut es hier. Keine Zuschauer. Ich brauche keinen Zeugen. Ich weiß, dass ihr mir gehört." Sie drehte den Kopf herum, bis ihre Stirn auf die Matratze gedrückt war, und wartete. „Ihr gehört beide mir."

Er nickte und warf mir einen Blick zu. Dies war ein weiterer Bruch des Protokolls, aber wir waren lang damit fertig, uns noch um Bräuche und Regeln zu scheren. Wir scherten uns nur noch um sie.

„Gott, ihr beiden treibt mich in den

Wahnsinn. Tut es. Nehmt mich in Besitz. Solange es jetzt gleich ist."

Ich fasste nach oben, löste den Knoten am Kopf des Bettes, dann lockerte ich den Teil um ihre Handgelenke und befreite sie. Ich half ihr hoch, bis sie kniete, und rieb ihre Arme und Schultern, um ihre Muskeln zu entspannen. Tyran legte sich auf dem Bett auf den Rücken und wartete. Ich half ihr, auf seinen Schoß zu klettern, aber er drehte sie herum, sodass sie ihn nicht anblickte.

„Ich liebe es, meine Handabdrücke auf deinem Hintern zu sehen", sagte Tyran, packte sie an den Hüften und positionierte sie da, wo er sie wollte, sein Schwanz direkt hinter ihr.

„Wir haben zwar keine Zeugen", sagte er. „Aber wir werden die Worte sprechen. Nimmst du unsere Besitznahme an, Gefährtin? Gibst du dich mir und meinem Sekundär frei hin, oder wünscht du, einen anderen primären Gefährten zu wählen?"

Kristin blickte über ihre Schulter hinweg auf Tyran und lächelte ihn an. Ich spürte eine Explosion von Liebe von den beiden.

„Ich nehme deine Besitznahme an, Krieger." Sie sagte es zu Tyran, und dann drehte sie sich zu mir herum. „Ich nehme auch deine Besitznahme an", wiederholte sie.

„Dann nehmen wir dich in Besitz, durch das Ritual der Benennung", sagte ich und sprach damit die feierlichen Worte zu Ende, die schon jahrhundertelang von Prillon-Gefährten ausgesprochen wurden. „Du gehörst mir, und ich werde jeden anderen Krieger töten, der es wagt, dich anzurühren."

„So wie auch ich", schloss Tyran ab.

„Es ist soweit", sagte ich. „Nimm seinen Schwanz in deinen Hintern, Gefährtin. Tyran wird dir helfen. Sobald er in dir ist, werde ich deine Pussy füllen."

Sie nickte und hob sich hoch. Dann, mit Hilfe von Tyrans Hand auf ihr, senkte sie sich herab, bis sein Schwanz an ihren Hintern drückte. Da Tyran die Öffnung vorbereitet und großzügig Gleitgel eingesetzt hatte, brauchte Kristin nur einmal tief Luft zu holen und zu entspannen, dann öffnete sie sich, und die Spitze seines Schwanzes glitt hinein.

Sie stöhnte, dann stieß sie ihren Atem aus, während Tyran sie auf der Stelle fixierte und die Schwerkraft davon abhielt, ihn zu schnell in sie zu stoßen.

Ich streifte mit meinem Daumen über einen Nippel, spürte, wie weich er war und sah zu, wie er sich zusammenzog. „Du nimmst ihn wunderbar auf, Gefährtin. Du sollst wissen, dass mir alleine davon schon die Eier wehtun, zuzusehen, wie sein Schwanz in dir verschwindet."

Sie leckte sich über die Lippen und nickte, und Tyran wusste, dass er sie heruntersenken konnte. Langsam bewegte er sie auf und ab, fickte sie, bis er vollständig in ihr war und sie auf seinem Schoß saß.

Ich rieb meinen Schwanz allein bei dem Gedanken daran, dass er tief in ihr vergraben war.

„Bereit für mich, Gefährtin?"

Kristin stieß den Atem aus und schenkte mir ein zittriges Grinsen. Ich konnte sehen, wie ihr Kitzler hervorlugte, und leckte mir über die Lippen, ihren Geschmack immer noch auf meiner Zunge. „Ja, ich will auch dich in mir."

„Leg dich zurück", sagte ich, und sie

legte ihre Hände hinter sich auf Tyrans Oberkörper. Der Winkel streckte mir ihre Pussy entgegen.

Tyran spreizte die Beine weiter, und ich bewegte mich zwischen sie, packte meinen Schwanz und führte ihn an ihren Eingang. Sie war immer noch gleich nass, und ihre Säfte benetzten meine Krone. Ich blickte in ihre blassen Augen, sah ihre Erregung, spürte ihre Bereitschaft für das hier.

Ich rückte mich zurecht und glitt hinein, aber sie war so verdammt eng. Es gab fast keinen Platz für mich, während Tyrans Schwanz durch die dünne Membran zwischen uns hindurch gegen meinen drückte.

Ich hielt den Atem an, während ich mich vorarbeitete. Ich stütze eine Hand aufs Bett und beugte mich vor, bis meine Brust ihre berührte, ich ihr tief in die Augen blickte und kräftig zustieß.

„Ja!", schrie sie.

Ich ächzte, und Tyrans Hüften stießen aus eigenem Antrieb nach oben.

„Wir sind eins, Gefährtin. Es ist Zeit, dich in Besitz zu nehmen."

„Ja", wiederholte sie, dann wieder und wieder, machte es sich zum Mantra, während wir sie zu ficken begannen, erst unsere Stöße abwechselten und sie dann, als wir unsere tiefsten Bedürfnisse nicht länger zurückhalten konnten, mit wilder Hingabe füllten.

Sie umfasste mich fest wie eine Faust. Eine heiße, nasse, perfekte Faust. Ich war nicht stark genug, um lange durchzuhalten. Ich hatte das hier gewollt, von diesem Moment in der Gefangenschaft geträumt. Ich spürte über den Kragen, wie sehr Kristin es genoss. Ich wusste, dass sie an der Kippe war.

Auch Tyran spürte es, denn er rief aus: „Komm, Gefährtin. Komm, und wir werden dir folgen, dich mit unserem Samen markieren."

Sie streckte den Rücken durch und erstarrte, ihre Augen geschlossen, ihr Mund offen, und sie stieß ein kehliges Stöhnen aus. Ich spürte es in meinen Knochen, meinem Herzen, meinen Eiern. Ich konnte mich nicht mehr halten. Besonders, da ihre Pussy um mich herum zuckte und mich noch fester drückte. Meine Eier zogen sich zusammen, entleerten sich, und der Samen spritzte in sie in dicken, heißen Stößen.

Ihre Lust trieb meine noch höher. Meine brachte Tyran über die Grenze, und er kam tief in ihrem Hintern.

„Uns", schrie Tyran aus, als er ihre Hüften packte und sie füllte.

„Uns", wiederholte ich, denn ich wusste, dass wir die eine perfekte Gefährtin des gesamten Universums für uns gefunden hatten. Ich sah zu, wie der Kragen um ihren Hals sich von Schwarz zum Blau der Zakar färbte. Die Besitznahme war abgeschlossen. Ja, sie gehörte uns. Für immer.

„Euch", keuchte Kristin, perfekt zwischen uns platziert.

Wo sie hingehörte.

EPILOG

Kristin

„FERTIG?", fragte Rachel, als sie in den Raum kam, der zum neuen Forensik-Labor umgewidmet worden war. Er lag nebenan von Rachels Arbeitsbereich in der Krankenstation von Basis 3. Kjel und ein paar andere hatten täglich mit mir zusammengearbeitet, um Beweismaterial zu untersuchen, das von der unterirdischen Festung gesammelt worden war. Fast jeden Tag kehrten wir dorthin zurück und kartografierten das Labyrinth von Tunneln. Wir fanden bei jedem Besuch weiteres Material über den Hive. Schlimmer noch, wir wussten, dass sie nicht fort waren. Wir hatten nicht gesiegt. Sie waren nur weitergezogen. Jede Basis auf der Kolonie war über das Problem in Kenntnis gesetzt worden, und Primus Nial hatte zusätzliche Schlachtschiffe bestellt, um den Raum zwischen der Kolonie und vom Hive kontrollierten Weltraum zu patrouillieren.

Alle hatten es zum Ziel, Krael zu finden und ihm Gerechtigkeit zukommen zu lassen, bevor er neue böse Pläne schmieden konnte.

Ein ganzer Monat war seit meiner Ankunft vergangen, seit die Krieger verschwanden. Drei Wochen seit meiner Besitznahme. Meine Hand wanderte an den Kragen, der nun blau war, passend zu meiner Kleidung und den Kragen meiner Gefährten. Anfangs dachte ich darüber nach, Tyran aufzuziehen, indem ich Orange oder Rot oder Schwarz trug. Jede andere Farbe.

Aber das zufriedene Kribbeln, das er jedes Mal in meine Richtung schickte, wenn er oder Hunt mich in den Farben der

Familie Zakar sahen, tötete diesen Drang in mir ab. Ihr Glück war meine liebste Droge.

Tyran und Hunt waren zwar nicht begeistert darüber, wenn ich irgendwo anders als an ihrer Seite war, aber sie erkannten nach ihrer Rettung, dass es mich nicht glücklich machen würde, wenn sie mich erdrückten. Tyran hatte recht gehabt. Die Zuordnung bedeutete, dass ich Ich sein musste, und das war eine unabhängige Frau. Wenn sie einen Fußabtreter wollten, würde ihnen das Interstellare Bräute-Programm einen geschickt haben.

Ich nickte, machte das Licht an meinem Arbeitsplatz aus. Rachel hakte sich bei mir ein und führte mich den Gang hinunter. „Gut, deine Gefährten warten auf uns."

Wir sollten sie im gemeinschaftlichen Speisesaal treffen. Ich freute mich darauf, sie zu sehen und ihnen meine Neuigkeiten zu erzählen. Ich hatte Doktor Surnen zur Verschwiegenheit verpflichtet, aber er strahlte geradezu, also wusste ich, dass er es nicht lange aushalten würde.

Es hatte kein Baby mehr auf der Kolonie gegeben seit...also, noch nie.

„Wissen sie Bescheid?", fragte sie.

Ich nickte einem Atlanen zu, den wir passierten, dann blickte ich Rachel an. „Ich weiß nicht, wie sie das nicht könnten. Die verdammten Kragen lassen keine Geheimnisse zu."

„Eine Frau sollte ihren Männern erst dann sagen, dass sie ein Baby bekommt, wenn sie soweit ist, und nicht, weil sie verdammte Gedankenleser sind."

Ich hatte mich am Vortag im Labor übergeben, und Rachel hatte mich auf den Gedanken gebracht, dass ich vielleicht nicht krank war, sondern schwanger. Sobald der Gedanke in meinem Kopf war, wusste ich, dass es stimmte.

Ich war geiler als sonst—nicht, dass ich ihr das erzählt hätte—und meine Brüste waren empfindlich. Schmerzten. Meine Gefährten banden mich immer noch gern fest und fielen über mich her. Ich liebte es —natürlich wussten sie auch das—aber sie waren stolz auf mich, dass ich meine Fähigkeiten einsetzte, um der Kolonie zu helfen. So wie Rachel das getan hatte. Und diese Akzeptanz war das Letzte, was ich noch gebraucht hatte. Alles in mir fühlte sich nun richtig an. Ich war nie glücklicher gewesen, zufriedener. Ich war so glücklich, dass ich langsam schon darauf wartete, dass etwas schiefgehen würde.

Niemand konnte so glücklich sein. Es schien nicht möglich zu sein. Ich war immer noch halb besorgt, dass dies alles ein Traum sein könnte und ich aufwachen würde.

Die Dinge waren zu perfekt. Ich konnte bei der Arbeit den Ton angeben, und mich hinter verschlossenen Türen unterwerfen. Ich fragte mich nur, ob sie mich anders behandeln würden, wenn sie vom Baby wussten. Ich wollte nicht, dass sie aufhörten, mich im Bett zu dominieren. Ihr Alpha-Gehabe machte mich so scharf, dass es mir den Verstand raubte. Ich hatte fast die Sorge, dass sie mich nicht mehr verhauen würden oder mich ficken, aus Angst davor, mir oder unserem ungeborenen Kind zu schaden. Von solchen Männern hatte ich auf der Erde schon gehört. Wenn ihre Frau erst mal schwanger war, flippten sie aus. Es törnte sie ab.

Ich würde sterben. Ich war von dem Feuer abhängig geworden, das ständig in den Augen meiner Gefährten loderte.

Wir betraten den Speisesaal. Eine Handvoll Krieger saßen in Grüppchen zusammen, aßen und plauderten. Aber ich hatte nur Augen für meine Gefährten. Sie standen auf, gemeinsam mit Maxim und Ryston, als wir eintrafen. Sie nickten Rachel zwar zu, aber auch meine Gefährten hatten nur Augen für mich.

„Gibt es da etwas, das du uns sagen möchtest?", fragte Hunt.

Ich warf Rachel einen Blick zu, die von Ryston in seine Arme gezogen wurde, während Maxim ihr einen Kuss auf die Stirn gab.

„Gedankenleser." Sie lachte, verdrehte die Augen, dann wandte sie ihre Aufmerksamkeit auf ihre Gefährten.

Hunt nahm mich am Arm, führte mich aus dem Saal und den Flur entlang. „Wohin gehen wir? Ich dachte, wir essen mit den anderen zu Abend."

Tyran hob mich in seine Arme hoch, hielt mich fest. „Ich denke, es gibt da etwas, das du uns sagen möchtest. Etwas Kleines, das aber jede Minute größer wird."

Ich sah das Feuer in seinem Blick, die Liebe. Spürte beides über den Kragen auf mich herein schießen. Ich war froh, dass er mich hielt, denn der Emotionssturm von Hunt war kraftvoll.

„Oh", keuchte ich und zerrte am Kragen. „Ihr wisst es schon?" Ein Hauch von Enttäuschung schwebte in der Luft. Ich hatte sie überraschen wollen. So richtig.

„Sag es", sagte Tyran.

Ich blickte ihn an, dann Hunt, der vor uns stand, in seinem Blick genauso viel Liebe und Feuer. Ich war geschützt zwischen ihnen.

„Wir bekommen ein Baby."

Hunt jubelte vor Freude, zur Überraschung von vorbeilaufenden Kriegern.

Ich konnte das Lächeln nicht unterdrücken, das sich auf meinem Gesicht ausbreitete. „Das heißt nicht, dass ich nicht arbeiten werde, oder dass ihr mich die nächsten neun Monate lang überall so hintragen werdet", murrte ich.

Tyran trug mich in Richtung unseres Quartiers, Hunt neben ihm. „Wir werden dich nicht zurückhalten, Gefährtin. Aber du darfst kein Risiko eingehen."

Hunt blickte grimmig drein. „Ich werde

das mit Kjel besprechen. Wir werden ihre Wachen verdoppeln."

Tyran nickte. „Gut. Ich werde mit dem Gouverneur sprechen und ihre Arbeitsstunden reduzieren lassen."

„Ihr werdet nichts dergleichen tun!" Ich gab Tyran einen Klaps auf die Schulter und Hunt auf die Brust, musste mich aber ausstrecken, um ihn zu erreichen. „Es gibt überall Frauen, die arbeiten und Kinder kriegen." Als sie beide grinsten, flog der Scherz auf. „Ihr beide seid furchtbar."

Ich hatte lange und hart um meine Unabhängigkeit gekämpft. Ich würde mich wahrscheinlich mehr schonen, wenn ich runder wurde. Ich hatte keine Ahnung, wie groß ein Prillon-Baby sein würde, aber wenn man von meinen Gefährten ausging, schätzte ich, dass ein gesunder Fünf-Kilo-Brocken nicht unwahrscheinlich war.

Hunt strich mir mit dem Finger über die Wange. „Du weißt, dass wir nur wollen, dass du wohlauf bist."

„Ich weiß. Ich passe auf."

„Das will ich hoffen." Tyran knurrte geradezu, aber ich spürte den Wirbel von Zufriedenheit zwischen uns allen dreien. Genau das hatte ich gewollt, als ich vor all diesen Monaten ins Testzentrum spaziert kam. Männer, die mich liebten, beschützten, respektierten. Mich ergänzten, so wie ich sie ergänzte. Und ein Baby? Das war der Bonus.

„Aber ich will nicht, dass ihr zu vorsichtig mit mir seid", sagte ich nachdrücklich und ließ meine derbe Lust auf meine Gefährten über die Kragen auf sie einschießen. Tyran schwankte, aber er fing sich rasch.

„Keine Sorge. Das heißt nicht, dass wir dich nicht ans Bett fesseln und Dinge mit dir anstellen werden."

Meine empfindlichen Nippel wurden hart. Sie wussten, wie sehr ich das liebte, mich hinzugeben und mich ihnen zu schenken, so wie auch sie mir im Gegenzug alles von sich schenkten.

„Ja, bitte", antwortete ich.

WILLKOMMENSGESCHENK!

TRAGE DICH FÜR MEINEN NEWSLETTER EIN, UM LESEPROBEN, VORSCHAUEN UND EIN WILLKOMMENSGESCHENK ZU ERHALTEN!

http://kostenlosescifiromantik.com

INTERSTELLARE BRÄUTE® PROGRAMM

DEIN Partner ist irgendwo da draußen. Mach noch heute den Test und finde deinen perfekten Partner. Bist du bereit für einen sexy Alienpartner (oder zwei)?

Melde dich jetzt freiwillig!
interstellarebraut.com

BÜCHER VON GRACE GOODWIN

Interstellare Bräute® Programm

Im Griff ihrer Partner

An einen Partner vergeben

Von ihren Partnern beherrscht

Den Kriegern hingegeben

Von ihren Partnern entführt

Mit dem Biest verpartnert

Den Vikens hingegeben

Vom Biest gebändigt

Geschwängert vom Partner: ihr heimliches Baby

Im Paarungsfieber

Ihre Partner, die Viken

Kampf um ihre Partnerin

Ihre skrupellosen Partner

Von den Viken erobert

Die Gefährtin des Commanders

Ihr perfektes Match

Interstellare Bräute® Programm: Die Kolonie

Den Cyborgs ausgeliefert

Gespielin der Cyborgs

Verführung der Cyborgs

Ihr Cyborg-Biest

Cyborg-Fieber

Mein Cyborg, der Rebell

Cyborg-Daddy wider Wissen

Interstellare Bräute® Programm: Die Jungfrauen

Mit einem Alien verpartnert

Zusätzliche Bücher

Die eroberte Braut (Bridgewater Ménage)

AUCH VON GRACE GOODWIN

Interstellar Brides® Program

Mastered by Her Mates

Assigned a Mate

Mated to the Warriors

Claimed by Her Mates

Taken by Her Mates

Mated to the Beast

Tamed by the Beast

Mated to the Vikens

Her Mate's Secret Baby

Mating Fever

Her Viken Mates

Fighting For Their Mate

Her Rogue Mates

Claimed By The Vikens

The Commanders' Mate

Matched and Mated

Hunted

Viken Command

Interstellar Brides® Program: The Colony

Surrender to the Cyborgs

Mated to the Cyborgs

Cyborg Seduction

Her Cyborg Beast

Cyborg Fever

Rogue Cyborg

Cyborg's Secret Baby

Interstellar Brides® Program: The Virgins

The Alien's Mate

Claiming His Virgin

His Virgin Mate

His Virgin Bride

Interstellar Brides® Program: Ascension Saga

Ascension Saga, book 1

Ascension Saga, book 2

Ascension Saga, book 3

Trinity: Ascension Saga - Volume 1

Ascension Saga, book 4

Ascension Saga, book 5

Ascension Saga, book 6

Faith: Ascension Saga - Volume 2

Ascension Saga, book 7

Ascension Saga, book 8

Ascension Saga, book 9

Destiny: Ascension Saga - Volume 3

Other Books

Their Conquered Bride

Wild Wolf Claiming: A Howl's Romance

HOLE DIR JETZT DEUTSCHE BÜCHER VON GRACE GOODWIN!

Du kannst sie bei folgenden Händlern kaufen:

Amazon.de
iBooks
Weltbild.de
Thalia.de
Bücher.de
eBook.de
Hugendubel.de
Mayersche.de
Buch.de
Bol.de
Osiander.de

Kobo
Google
Barnes & Noble

GRACE GOODWIN LINKS

Du kannst mit Grace Goodwin über ihre Website, ihrer Facebook-Seite, ihren Twitter-Account und ihr Goodreads-Profil mit den folgenden Links in Kontakt bleiben:

Web:
https://gracegoodwin.com

Facebook:
https://www.facebook.com/profile.php?id=100011365683986

Twitter: https://twitter.com/luvgracegoodwin

ÜBER DIE AUTORIN

Hier kannst Du Dich auf meiner Liste für deutsche VIP-Leser anmelden: **https://goo.gl/6Btjpy**

Möchtest Du Mitglied meines nicht ganz so geheimen Sci-Fi-Squads werden? Du erhältst exklusive Leseproben, Buchcover und erste Einblicke in meine neuesten Werke. In unserer geschlossenen Facebook-Gruppe teilen wir Bilder und interessante News (auf Englisch). Hier kannst Du Dich anmelden: http://bit.ly/SciFiSquad

Alle Bücher von Grace können als eigenständige Romane gelesen werden. Die Liebesgeschichten kommen ganz ohne Fremdgehen aus, denn Grace schreibt über Alpha-Männer und nicht Alpha-Arschlöcher. (Du verstehst sicher, was damit gemeint ist.) Aber Vorsicht! Ihre Helden sind heiße Typen und ihre Liebesszenen sind noch heißer. Du bist also gewarnt...

Über Grace:

Grace Goodwin ist eine internationale Bestsellerautorin von Science-Fiction und paranormalen Liebesromanen. Grace ist davon überzeugt, dass jede Frau, egal ob im Schlafzimmer oder anderswo wie eine Prinzessin behandelt werden sollte. Am liebsten schreibt sie Romane, in denen Männer ihre Partnerinnen zu verwöhnen wissen, sie umsorgen und beschützen. Grace hasst den Winter und liebt die Berge (ja, das ist problematisch) und sie wünscht sich, sie könnte ihre Geschichten einfach downloaden, anstatt sie zwanghaft niederzuschreiben. Grace lebt im Westen der USA und ist professionelle Autorin, eifrige Leserin und bekennender Koffein-Junkie.

https://gracegoodwin.com

www.ingramcontent.com/pod-product-compliance
Lightning Source LLC
LaVergne TN
LVHW011756060526
838200LV00053B/3613